KB102009

팔선문

정동준 新무협 판타지 소설

FANTASTIC ORIENTAL HEROES

팔천문 9

정봉준 新무협 판타지 소설

초판 1쇄 찍은 날 § 2014년 1월 17일
초판 1쇄 펴낸 날 § 2014년 1월 24일

지은이 § 정봉준
펴낸이 § 서경석

편집부장 § 권태완
편집책임 § 정수경

펴낸곳 § 도서출판 청어람
등록번호 § 제1081-1-89호
등록일자 § 1999. 5. 31
어람번호 § 제2-2452호

주소 § 경기도 부천시 원미구 심곡2동 163-2 서경B/D 3F (우) 420-822
전화 § 032-656-4452 팩스 § 032-656-4453
http://www.chungeoram.com
E-mail § chungeoram@chungeoram.com

ISBN 978-89-251-3677-6 04810
ISBN 978-89-251-1923-6 (세트)

팔선문

八仙
門仙

[완결]

9

정봉준 新무협 판타지 소설
FANTASTIC ORIENTAL HEROES

目次

길을 떠나다

새벽닭이 울기도 전. 유검호는 방을 나섰다.

일어나기보다 밤을 새고 잠에 들 시간에 더욱 어울리는 시간이다. 이런 꼭두새벽에 일어난 것은 몇 년 사이에 처음이다.

유검호로서는 힘든 결정이었다.

"제길. 아침잠 모자라면 피부가 늙는다던데."

누군가 들었다면 물었을 것이다.

잠으로만 따지면 이미 아기 피부를 가졌어야 되는 것 아니냐고. 다행히 들을 사람도, 따질 사람도 없다.

그를 위해 아무도 없을 시간에 나선 것이다.

유검호는 가벼운 몸놀림으로 청수장을 나섰다.

청수장에 돌아온 이후, 처음으로 나서는 외출이다.

첫 외출을 아는 사람 없이 비밀스럽게 나선 것이 아쉽다.

문득 강은설과 소린이 떠올랐다.

'걱정하진 않겠지?'

잠시 외출하고 온다는 간략한 쪽지를 남겼으니, 자리를 비워도 걱정은 하지 않을 것이다.

사실 그런 쪽지를 남기지 않아도 걱정할 사람은 없을 것이다. 명실공히 천하제일 고수가 아닌가?

게다가 묘선옥이 알아서 설명해 줄 것이다.

다른 사람들은 유검호가 보이든 말든 신경 쓰지 않을 것이다. 물론 자리 비우는 시일이 길어진다면 흑도비가 특유의 추적술(?)로 쫓아오겠지만.

저 멀리 몇 척의 배가 보인다. 해금령이 풀리면서 세외의 선박들이 자주 들락거리곤 했다.

'배나 한 번 더 타?'

십오 년 전 이맘때쯤. 한 병의 술을 들고 배에 탔다.

그 한 번의 행동이 그의 인생을 바꾸어놓았다.

유검호는 한 번 더 배를 타면 원하는 인생을 살 수 있지 않을까 하는 기대를 해보았다.

'쳇. 그럴 리가 없지.'

다른 사람은 몰라도 흑도비와 적무양만큼은 세상 끝까지라도 쫓아올 것이다. 그들과 함께 있는 한, 바뀌는 것은 아무것도 없다.

미련을 버리고 고개를 돌렸다.

여명이 밝아온다. 눈앞이 파르스름하게 물든다. 세상이 옅은 바다에 잠긴 것 같다. 새벽녘의 고요한 분위기가 마음을 편안하게 해준다.

'조용해서 좋군.'

그러고 보니 혼자서 길을 떠나는 것은 오랜만이다.

아마 돌아온 이후로는 처음일 것이다. 고생해서 고향에 돌아왔건만 제대로 유람 한번 제대로 해보지 못했다. 원체 움직이기 싫어하는 데다 딱히 어딘가 구경하러 다닐 만한 여유도 없었기 때문이다. 거기에 관해 딱히 불만은 없다.

'방랑 생활보다는 낫지.'

외국에선 항상 돌아다녀야 했다. 세계 방방곳곳에 가보지 않은 곳이 거의 없다. 아마 그보다 많은 곳을 가본 사람은 드물 것이다. 물론 여행을 좋아해서 다닌 것은 아니다. 어쩔 수 없는 상황이었기에 방랑한 것뿐이다. 여행 도중에 겪은 일들을 다른 사람들에게 말해주면 아무도 믿지 못할 것이다. 그 고난과 역경을 생각하면 지금도 눈앞이 아득해진다.

그에 비하면 중원에서의 생활은 비교적 평화로웠다.

몇 차례 귀찮은 사건에 휘말려 고생하긴 했지만, 전체적으로 평온한 일상이었다. 무엇보다 더 이상 떠돌아다니지 않아도 된다는 점이 좋다. 청수장을 다시 찾은 것은 고향에 돌아온 것 이상으로 유검호에겐 의미 있는 일이었다.

그래서 유검호의 발걸음은 가벼웠다. 불편하고 번거로운 일을 처리하러 가는 길이었지만, 부담감도 없었다.

돌아갈 곳이 있기 때문이다.

이제 그의 자리는 문천기의 제자가 아니라 팔선문의 문주였다. 청수장을 되찾음으로써 그런 자신의 위치를 더욱 자각하게 되었다. 그렇기에 길을 나서면서도 주변을 돌아볼 여유까지 가질 수 있었다.

고향이라 할 수 있었지만, 오랜만에 보는 남경은 참으로 많이 변했다.

'십 년이면 강산도 변한다더니.'

못 보던 건물도 많이 들어섰다. 도로 역시 전보다 더욱 발달했다. 유검호는 연신 주변을 두리번거렸다. 마치 시골에서 갓 상경한 촌놈 같다. 이른 새벽이라 보는 눈길이 없어서 다행이지, 대낮이었다면 많은 비웃음을 샀을 것이다. 그러거나 말거나 유검호는 변화된 도성을 구경하기에 바빴다.

'이참에 유람이나 할까?'

구름처럼 느릿느릿 흘러가는 시간을 음미하며 여유롭게 관광을 하는 것도 나쁘지 않겠다는 생각이 들었다. 돌아다니는 것을 싫어하는 유검호였지만, 그런 한량과도 같은 여행이라면 한 번 정도 해볼 마음이 있었다.

마침 집을 나선 지금이 좋은 기회다. 이번에 일을 마치고 돌아가면 당분간 방 밖에 나갈 생각이 들지 않을 것이다. 무슨 일이든 의욕이 생겼을 때 하는 것이 가장 좋다.

하지만 유검호는 이내 마음을 접었다.

'이 주제에 유람은 무슨.'

손끝에 전낭의 감촉이 닿는다. 비어 있는 것처럼 가볍다. 실제로 비어 있는 것은 아니다. 속에는 일반인들은 구경하기도 힘들다는 은자가 하나 들어 있다. 청수장의 절반 소유권에 대한 대금을 치르고 남은 돈이다. 가증스럽게 섭부용은 청수장을 샀을 때의 비용에서 단 한 푼도 깎지 않고 모두 받았다. 덕분에 적무양이 마련해 준 돈은 거의 바닥이 났다. 남은 것이라곤 고작 은자 한 냥뿐. 그것으로 여유로운 유람은 고사하고 개봉까지 가는 길에 밥이나 굶지 않으면 다행이다.

게다가 무림맹의 출격 날짜가 코앞이다. 부지런히 가지 않으면 늦을 수도 있다. 물론 늦는다 해서 막지 못할 일은 아니다. 하지만 먼저 출발한 자들을 추적하는 것은 매우 피곤한 일이다. 쉽게 끝낼 수 있는 일을 굳이 복잡하게 만들고 싶진 않았다.

돈과 시간. 두 가지를 생각하자 여유롭던 마음이 절박해진다.

"젠장. 좀생이 같은 부자 문주. 여비나 좀 주고 가지."

중원에서 손꼽히는 부자라는 위대치. 그가 지니고 다니는 돈은 유검호의 예상을 뛰어넘는 거액일 것이 분명하다. 그럼에도 여비 하나 챙겨주지 않았다는 것이 새삼 화가 난다.

물론 위대치가 돈이 아까워 그랬을 리는 없다. 그에게는 일생일대의 도박이라 할 수 있는 일이다. 돈이 필요하다면 은자 아니라 금자라도 원 없이 가져다주었을 것이다. 다만 위대치는 유검호의 사정을 알지 못했을 뿐이다. 설마 일문의, 그것도 무림에서 가장 유명한 문파의 문주가 여비조차 없을 것이라고는 생각지 못한 것이다. 청수장이라는 그럴듯해 보이는 장원까지 지니고 있었기에 더욱 그렇다. 그래서 위대치는 애초에 돈 이야기는 꺼내지도 않았다.

'절대고수가 돈 몇 푼에 전전긍긍하겠는가?'

그것이 위대치의 생각이었다.

유검호는 돈 몇 푼에 전전긍긍하고 있었다.

"다음에 만나면 꼭 경비 청구를 해야겠군."

실제 쓸 돈은 은자 한 냥이지만, 아마 청구할 돈은 금자로 바뀌어 있을 것이다. 절대고수도 먹고 살아야 하지 않겠는가?

"그건 그렇고… 여기쯤인 것 같은데."

유검호는 발길을 멈췄다. 작은 점포들이 밀집해 있는 상가였다. 그중 가장 큰 점포에 사람들이 모여 있는 것이 보였다. 이른 새벽에 어울리지 않게 활기에 찬 모습들. 등에는 크고 작은 봇짐 하나씩을 들고 있다. 상인들임을 쉽사리 짐작할 수 있는 외견이다.

유검호는 그들 틈에 파고들었다.

잠시 후 대도물상이라는 현판이 걸린 점포에서 사람이 나왔다.

"개봉으로 가는 상행에 합류하실 분들은 따라오시오."

그 말에 대다수 행상들이 그를 따라간다. 유검호 역시 그 뒤를 따랐다.

중원을 여행하는 방법은 여러 가지가 있다.

그중 가장 저렴하면서도 안전한 것이 바로 상행이나 표행에 합류하는 것이다. 행렬에 속하게 되면 여러 가지 이점이 있다.

첫째로 길눈 밝은 상인들과 함께하므로 길을 헤맬 일이 없다.

두 번째는 안전. 동행이 많을수록 산적이나 강도를 만날 위험이 줄어드는 것은 당연지사. 혹여 최악의 상황에 부딪친다 할지라도 사람이 많기에 대응도 수월해진다.

마지막 세 번째 이유는 바로 경비를 아낄 수 있다는 점이다. 위의 두 가지 이유 때문에 상단에 합류하려는 행상들이 많아졌다. 상단들은 자연스레 일정 액수의 금액을 받기 시작했다. 일종의 보호비 같은 것이다. 자신들의 인력을 무료로 제공하는 것이 아까워서 만든 관습이었다. 그런데 그 수익이 만만치가 않았다. 빈대처럼 빌붙어 다닌다고만 여겼던 행상들이 고객으로 인식되기 시작했다. 행상들에 대한 시선이 바뀌자 상단들은 그들을 끌어들이기 위해 많은 편의를 제공했다. 저렴한 숙식이 그중 하나다. 대규모 상행을 이끌 만한 상단이라면 주요 상로에 걸쳐 있는 객잔과 사전에 계약을 체결한다. 덕분에 행상들에게 저렴하면서도 쾌적한 숙식을 제공할 수 있는 것이다. 또한 노숙을 하게 될 경우에도 자체적으로 수송하는 식량과 야영장비들이 있다. 행상들은 적은 금액으로 그런 편의를 이용할 수 있기에 장거리를 이동할 시엔 상단이나 표국의 행사를 이용하는 것이 효율적이었다.

유검호가 이곳을 찾아온 이유도 그 때문이다.

얼마 되지 않는 경비로 편하게 이동하기 위해선 상행에 묻히는 것이 좋았다. 다행히 목적지인 개봉으로 향하는 상단은 많이 있었다.

행상들은 대도물상의 안내원을 쫓아 한 표국으로 갔다.

표국의 이름은 대도표국이다. 상단에서 함께 운영하는 표국인 듯했다.

이번 상행은 표행과 함께 움직이는 모양이다.

사람이 많을수록 안전해지게 마련. 모인 사람이 적게 잡아도 백여 명은 된다. 표국과 상단의 인원까지 헤아리면 족히 이백 명은 됨직하다. 그 정도면 매우 큰 행렬이라 할 수 있다.

모인 상인 중, 소년 티를 벗지 못한 사내가 그 규모에 혀를 내둘렀다.

"개봉에 전쟁이라도 났나? 웬 사람들이 이렇게 많지?"

어리둥절한 표정으로 중얼거리며 두리번거린다. 주변에 있던 노회한 상인 한명이 그를 흘깃 본다.

"자넨 보따리 짊어진 지 얼마 안 되었나 보군."

그 말에 젊은 상인이 놀라며 묻는다.

"아니, 그걸 어떻게 아셨습니까? 전 이번 상행이 처음입니다."

"그렇게 등짐을 꼭 쥐고 눈에 띄게 주변을 경계하고 있으니 난 신출내기 애송이요, 광고하는 격이 아니겠나? 진짜 상인들은 언제 어느 곳에 가도 주변인들과 쉽게 동화하는 법이라네. 여기 이 젊은이처럼."

늙은 상인은 말과 함께 유검호를 가리킨다.

유검호는 마치 제 집 안방처럼 편안히 주저앉아 꾸벅꾸벅 졸고 있었다. 그를 본 젊은 상인이 감탄하며 수긍한다.

"정말 자연스럽군요."

"허허. 그렇지. 원래 노련한 장사꾼일수록 자연스러워지는 법이지. 그건 그렇고, 자네는 이 행렬에 왜 이렇게 사람이 많이 모였는지도 모르는가 보군."

"네. 전 그저 초출이라 무작정 개봉으로 가보려고만 했습니다. 와보니 사람들이 많이 모여 있더군요."

"전부 개봉 무림맹 때문에 그런 걸세."

"무림맹이요?"

젊은 상인은 이해할 수 없다는 표정이다. 늙은 상인이 자세히 설명해 준다.

"근래 무림맹에서 보급품을 모으고 있다는 정보가 있네. 무슨 작전인지는 모르지만, 대대적으로 끌어모으는 것이 아무래도 큰일이 터지려나 보더군."

"아아. 그래서 개봉으로 가는 상행이 유달리 많은 거였군요."

병력이 움직이기 위해서는 많은 물자가 움직인다. 잘만 줄을 서면 크게 이득을 볼 수도 있는 시기인 것이다. 신출내기 젊은 상인도 그 정도는 알고 있었다.

늙은 상인이 고개를 끄덕인다.

"그렇지. 게다가 이건 아는 사람만 아는 정보인데 말일세."

목소리가 작아진다. 주변을 둘러보며 엿듣는 이가 없는지 확인한 늙은 상인은 흡사 비밀스러운 이야기를 하듯 속삭인다.

"지금 일부 대상들은 이미 감숙성으로 향하고 있다네."

그 말에 젊은 상인은 고개를 갸웃거리다 뭔가 생각난 듯 탄성을 터트렸다.

"감숙성이면… 아! 마……."

늙은 상인이 얼른 그의 입을 틀어막는다.

"쉿!"

주변 눈치를 보는 것이 여간 조심스러운 것이 아니다.

"이런 정보는 아는 사람이 적을수록 희소성이 높은 것 아니겠나?"

그의 말에 젊은 상인이 납득했다는 듯 고개를 끄덕인다.

늙은 상인은 그의 입을 풀어주고 다시 말했다.

"자네 짐작이 맞네. 무림맹에서 이런 대규모 작전을 펼칠 만
한 상대가 마도맹 외에 어디 있겠나? 아마 마도맹에서도 반격을
위해 물자를 모으고 있을 거라는 것이 일부 상인들의 주장일
세."

감숙성은 마도맹의 터전이라 할 수 있는 곳이다.

마도맹과 거래를 위해서는 반드시 들려야 하는 곳이었다.

젊은 상인은 미심쩍은 듯 말을 꺼냈다.

"하지만 그건 그저 추측이 아닙니까?"

"그렇지. 만약 무림맹의 상대가 마도맹이 아니라면 그야말로
허탕을 치는 셈이 되니까. 손해가 이만저만이 아닐 걸세. 하지
만 그런 일이야말로 성공했을 때 이득이 크지 않겠나? 남들이
움직이고 나서 동참하는 것은 의미가 없다네. 대상들은 항상 미
리 예측하여 남들보다 한발 먼저 움직이는 법이지. 그래서 가장
큰 이득을 얻는 것이고."

위험한 만큼 이득이 많이 남을 거라는 말이다.

크게 한탕을 노리는 모험심 강한 상인들은 혹할 만한 일이다.

"휴우. 우리 같은 사람들한테는 꿈도 꾸지 못 할 일이군요."

"그렇지. 그래서 우리는 봇짐이나 짊어지고 다니는 것 아니
겠나? 허허허."

그런 일은 알면서도 시행하기 힘들다. 실패했을 때의 결과가
두렵기 때문이다. 그런 불확실한 일에 인생을 걸 수 있는 사람
은 거의 없다. 거기서 거상과 일반 상인이 갈린다. 거상은 그런
불확실한 도박 속에서 실낱같이 희미한 성공이라는 끈을 잡아
챈 이들이다. 그런 이들은 실로 만에 하나가 될까 말까다. 거상

은 하늘이 내린다는 말이 괜히 있는 것이 아니다. 대부분의 상인들은 그런 도박에 실패하여 인생을 망친다. 한탕을 노리는 상인들이 오래가지 못하는 이유다.

젊은 상인은 신출이었지만, 상계의 격언을 많이 들어 알고 있다. 늙은 상인은 그런 젊은이를 기특하다는 듯 보았다.

"만약 마도맹에서도 물품을 모은다는 정보가 확실하다면, 당장이라도 감숙성으로 향할 텐데. 참 아쉬운 일일세."

정파 무인들이 들었다면 욕을 할 발언이다. 하지만 상인들에겐 당연하다. 그들에게 정사의 구분은 의미가 없다. 돈이 되는 상대인지 아닌지가 중요할 뿐이다.

그런 의미에서 마도맹과의 거래는 상인으로서 매우 탐이 나는 일이다. 희소성 때문이다.

감숙성은 무림맹보다 멀지만, 같은 물건을 비싸게 팔 수 있다. 뿐만 아니라 하기에 따라 향후 마도맹과의 거래를 유지할 수도 있다. 마도맹과 같은 거대 단체와 고정 계약을 체결한다면 크고 안정적인 이득을 얻게 된다. 떠돌이 행상에서 단번에 거대 상단의 주인으로 올라설 수도 있는 것이다.

반면 무림맹의 경우엔 경쟁이 너무 심하다.

수많은 상단이 무림맹과 계약되어 있다. 지금 개봉으로 향하는 소상인들은 모두 무림맹과 직접 거래를 하러 가는 것이 아니다. 무림맹과 계약되어 있는 상단에 물건을 넘기기 위함이었다. 상단 측에서는 당연히 물건 값을 제대로 쳐주지 않는다. 물건을 납품하겠다는 소상들이 줄을 섰기 때문이다.

마도맹과의 거래는 대등한 거래. 무림맹과의 거래는 거대 상단이라는 중계자를 통한 간접 거래.

군이 비교할 필요도 없다.

가능만 하다면 당장이라도 마도맹과 거래를 트고 싶은 것이 대다수 상인들의 심정이다.

늙은 상인 역시 마찬가지다.

그의 말에 젊은 상인도 입맛을 다셨다.

단번에 거상이 될 수도 있는 기회였지만, 불확실한 가능성에 인생을 바칠 엄두는 나지 않았다.

두 사람이 대화를 나누는 동안 상인들과 표사들이 출발 준비를 마쳤다.

돈을 내고 합류한 소상들과 여행객들 역시 저마다 마음에 맞는 사람들을 찾아 삼삼오오 짝을 이루었다.

늙은 상인은 연륜으로 보아 지인들도 많을 듯했는데, 젊은 상인이 마음에 드는지 그의 곁에 머물렀다. 그들 옆에는 여전히 유검호가 꾸벅거리고 있다.

그리고 또 한 명. 그들 곁으로 다가오는 발길이 있다.

거만하지만, 거부감은 느껴지지 않는 위풍당당한 걸음의 노인이다.

노인은 처음 보는 얼굴에 의아해하는 노소를 지나쳐 유검호에게 다가선다. 그리고 발로 그를 툭툭 건드린다.

"이놈아. 출발 시간이다. 가자."

그의 발길질에 눈을 뜬 유검호가 고개를 들었다.

노인의 얼굴을 본 유검호의 입에서 탄식이 터져 나왔다.

"제기랄. 끈질긴 노친네."

노인은 적무양이었다.

유검호가 꼭두새벽에 길을 나선 것은 모두 적무양을 떼어놓기 위함이었다. 어차피 적무양이 흥미를 느낀 이상. 그를 완전히 속일 수는 없다. 아마 무림맹에 먼저 가서라도 기다릴 위인이다. 하지만 가는 여정만큼이라도 자유롭고 싶었다.

그래서 궁리 끝에 선택한 것이 새벽에 출발한다는 것이다.

유검호에 대해 누구보다 잘 아는 인간이 적무양이다. 그가 아는 유검호는 절대 새벽에 스스로 일어나서 길을 나서지 못할 인물이다. 아마 유검호가 그런 선택을 할 것이라고는 꿈에도 예상치 못할 것이다.

적절한 노림수였다. 유검호는 거의 성공할 뻔했다. 하지만, 운이 나빴다.

전날 밤. 적무양은 방동한과 함께 새벽 늦게까지 음주를 즐겼다. 주제는 자신이 얼마나 강하고 위대한지에 관해서다.

적무양을 신봉하는 방동한은 그 말을 모두 호응해 주었다.

덕분에 술자리는 아침까지 이어졌다.

그리고 새벽녘. 유검호가 떠난 지 얼마 되지 않은 시간이다.

아랫도리를 부여잡고 소피를 보러 갔던 방동한이 고개를 갸웃거리며 돌아왔다.

"유 문주 방에 불이 켜져 있던데, 웬일로 이렇게 일찍 일어났을까요? 아니면 불을 켜고 자는 건가?"

그 말에 적무양은 자리를 박차고 뛰어나갔다.

새벽인데 방에 불이 켜져 있다. 그 짧은 정보만으로도 많은 것을 추리할 수 있었다. 유검호의 방문을 잡아 뜯고, 텅 빈 방을 확인한 적무양은 이를 갈았다.

"이런 독한 놈. 나를 피하려 이런 시간에 일어나다니."

새벽잠을 쫓는다는 것이 유검호에게 얼마나 큰일인지 알기 때문에 방심하고 있었다.

적무양은 급히 사방을 살폈다. 하지만 유검호의 기운을 포착할 순 없었다.

적무양의 이목을 속일 수 있는 인물은 천하를 뒤져도 몇 되지 않는다. 안타깝게도 유검호가 그중 한 명이었다.

적무양은 발을 동동 굴렀다. 그러다 문득 초조할 필요가 없음을 깨달았다. 어차피 유검호가 향할 곳은 정해져 있다. 목적지를 아는 이상 그가 먼저 가 있으면 될 일이다.

냉정을 되찾자 연달아 좋은 생각이 떠오른다. 유검호가 이곳을 벗어나 가장 먼저 찾을 곳까지 생각해 낸 것이다.

'그 녀석 주머니 사정은 뻔하지.'

편히 먹고 쉬면서 길을 가려면 택할 수 있는 방법은 한 가지. 표행이나 상행에 합류하는 것이다.

거기까지 생각해 낸 적무양은 마도맹의 연락원을 불렀다.

혁련월이 연락 두절을 우려해 청수장 근처에 대기시켜 놓은 수하였다. 그를 시켜 남경에서 아침 일찍 출발하는 상행이나 표행 정보를 알아오라 시켰다. 연락원은 혁련월이 직접 붙인 인재인 만큼 매우 유능했다. 반각도 채 되지 않아 남경의 모든 상단과 표국의 일정을 알아왔다.

그중 이른 새벽에 출발하는 곳은 단 한 곳뿐. 적무양은 회심의 미소를 지었다.

그리고 지금. 유검호에게 반갑게 손을 흔들고 있는 것이다.

그 여정을 들은 유검호는 할 말을 잃었다.

말로는 간단했지만, 그런 추리와 결론을 내기 위해 얼마나 머리를 굴렸을지 짐작이 간다. 정보를 얻어내고 그것을 토대로 결론을 내는 일. 적무양이 결코 하지 못할 일이라고 생각했다. 그래서 안심하고 느긋하게 걸음을 옮겼던 것인데.

유검호가 새벽잠을 억눌러 적무양의 뒤통수를 친 것처럼, 적무양 역시 고민이라는 그답지 않은 행위로 유검호의 뒤통수를 친 것이다.

"네 녀석 덕분에 아주 오랜만에 머리를 썼구나. 이 은혜는 개봉에 가서 제대로 갚아주도록 하마."

제대로 깽판을 놓겠다는 말이다. 말만 들어도 머리가 지끈거린다.

두 사람이 말을 주고받는 동안 상행이 출발했다.

상단 측의 사람 몇이 인원수를 파악하고 동행비를 걷어갔다.

유검호는 적무양 것까지 두 사람 분을 내야만 했다. 적무양이 급하게 나오느라 빈손이었기 때문이다.

물론 적무양이 빈손인 것과 유검호가 돈을 대신 내주는 것에는 상관관계가 없다. 하지만 적무양이 상단주와 표사들을 족치는 것은 유검호와 밀접한 관계가 있다. 그래서 내키지 않는 표정으로 주머니를 털었다. 그나마도 돈이 부족해서 전전긍긍하고 있는 것을 옆에 있던 늙은 상인이 보태준 덕분에 겨우 채울 수 있었다. 덕분에 돌아오는 여비가 없어졌다.

신세 진 것이 있다 보니 젊고 늙은 상인과 무리를 이루게 되었다.

늙은 상인이 사람 좋은 웃음을 지으며 먼저 인사를 해왔다.

"반갑소. 난 합비 출신 양 가요. 그냥 편하게 양 씨라고 불러 주시오."

생면부지인 사람에게 돈까지 빌려주고도 전혀 불편한 기색이 없다. 그의 인사에 적무양이 아는 척을 한다.

"호오. 합비 출신이면.. 신안상인인가? 떠돌이 행상이나 하고 있을 연배로는 안 보이는데?"

안휘성 출신의 상인을 흔히 신안상인이라 부른다. 휘주부의 옛 지명에서 유래한 명칭이다.

신안상인은 산서상인과 함께 대륙을 양분하고 있는 상인 집단 중 하나였다. 그런 휘주부 상계에서 잔뼈가 굵었다면 보통 인물은 아니다.

보통 밑바닥 행상부터 시작하는 신안상인이라지만, 양 노인 정도 나이라면 작은 상단 한두 개쯤은 맡고 있는 것이 정상이다. 양 노인은 씁쓸한 표정으로 말했다.

"허허. 천성이 상계하고는 맞지 않아 큰 이득을 얻지 못하다 보니 아직도 봇짐을 지고 다닙니다."

유검호는 그 말을 이해할 수 있었다.

자고로 상인은 이재에 밝아야 한다. 대가 없는 호의는 보이지 않고, 이득 없는 거래는 삼가야만 한다.

위대치만 보더라도 모든 언행이 철저한 계산에 의해 이루어진다. 그는 숨 쉬는 것조차 손익을 생각하며 행할 것이다.

반면 양 노인은 지나치게 호인이다.

처음 보는 신출내기 상인에게 친절하게 설명을 해주고 귀한 정보까지 알려준다. 뿐만 아니라 생전 알지도 못하는 사람들의 사정이 딱하다고 돈까지 빌려준다.

친분을 나누기엔 더할 나위 없이 좋은 사람이지만, 상인으로 서는 자격 미달이다. 늘그막 한 나이에도 행상으로 떠돌고 있다 는 것이 그런 사실을 입증한다.

입바른 소리를 꺼리지 않는 적무양도 차마 솔직한 심정을 말하지 못하고 위로를 해준다.

"힘내게. 크게 한탕 할 수 있는 날이 올 걸세."

"허허. 그러길 바라면서 봇짐을 지고 다니는 거죠."

양 노인의 말이 끝나자 뒤에 있던 젊은 상인도 고개를 꾸벅인다.

"남경 출신 마달이라고 합니다. 초행이니 잘 부탁드립니다."

마달은 미숙함을 드러내듯 자신의 본명을 밝힌다.

보통 이런 행렬에서 만나는 동행에게 이름을 밝히는 경우는 거의 없다. 나중에 무슨 해코지를 당할지 알 수 없기 때문이다.

적무양은 그의 미숙함을 웃어넘기며 자신을 소개했다.

"난 적 모일세. 저놈은 유 가지."

덤으로 유검호까지 소개하자 양 노인이 의아한 표정으로 물었다.

"상인은 아닌 모양이오?"

본래 유검호를 상인으로 보고 있던 양 노인이었다.

그런데 그의 지인으로 보이는 적무양이 등장하자 생각이 바꿰었다. 적무양에게서는 알 수 없는 위압감이 느껴졌다. 오랜 상인의 경험으로 미루어 그런 위압감은 군부의 실권자나 무림인들처럼 강한 힘을 지닌 자에게서 느낄 수 있는 것이다.

그런 적무양과 아는 사이라면 유검호 또한 상인이 아닐 확률이 높았다.

게다가 자세히 보니 두 사람은 봇짐조차 지고 있지 않다.

그의 물음에 적무양이 미묘한 표정으로 대답했다.

"글쎄. 상인이라. 가끔 뭔가를 사고팔기는 했었지. 물건은 아니지만."

적무양이 말하는 것은 사람의 목숨이다.

그의 말뜻을 알지 못해 어리둥절해하는 양 노인을 위해 유검호가 대신 나섰다.

"우린 그냥 여행객이요."

"여행? 하필 이런 시기에 개봉으로 가려는 거요? 지금 가봐야 어수선해서 제대로 구경도 못할 텐데."

무림맹의 행사를 말하는 것이다. 적무양이 그 말에 의미심장한 미소를 지으며 말한다.

"지금이 딱 좋지. 구경거리가 더 많아질 테니."

양 노인은 더욱 알 수 없는 표정이다. 하지만 더 이상 묻지 않는다. 알아봤자 좋을 것이 없음을 느낀 듯했다.

그들은 가벼운 대화를 나누며 걸음을 옮겼다.

이번 여정의 선두는 대도표국의 표두들이었다.

대도표국은 꽤나 이름난 표국이었다. 표국주로 있는 금환도 황일소가 워낙 고수인 데다 그의 지인들이 하나같이 무림의 명

숙들이었기 때문이다. 그래서 대도표국의 표기를 걸면 어지간한 산적들은 감히 앞을 가로막을 생각조차 하지 못했다. 규모가 크고 이름난 고수가 있는 산채 정도는 돼야 가벼운 통행료 정도를 요구할 수 있다. 그런 명성이 있었기에 상단에서 투자를 받아 표국을 운영하게 된 것이다.

그런 것을 보면 무림인들이 명성을 쫓는 것이 단순히 허상을 위한 것만은 아니었다. 지닌 재주가 무공뿐이다 보니 그것으로 삶을 풀어나가려는 사람들도 많다.

유검호는 그런 이들이 나쁘다고 생각지 않는다.

적어도 현실을 외면하진 않기 때문이다. 그들은 지닌 능력과 이상을 현실에 맞추어 살아가려 한다.

하지만 문천기처럼 명성 자체에 목을 매는 이들은 다르다.

그들은 현실을 자신의 이상에 맞추려 든다. 그 이상이 모든 이에게 이롭다면 다행이지만, 안타깝게도 그런 이들이 주장하는 이상은 항상 편협하게 마련이다.

문천기는 이번 일에 관해서도 자신이 절대적으로 옳다고 생각하고 있을 것이다. 그런 선택을 한 이유는 명예욕 때문이지만, 무림의 대의라는 명분을 내세우고 스스로를 속인다. 그로 인한 피해는 의당 존재하는 희생으로 치부한다.

자신의 이상을 위해 남에게 희생을 강요하는 것. 실로 이기적인 사고방식이다.

그런 이들에 비하면 차라리 지닌 무공으로 밑천 삼아 생활을 영위하는 사람들이 더욱 정의롭다. 적어도 남에게 피해를 주지 않고 사람들을 위해 무공을 사용하니까.

유검호가 표사들을 보며 생각에 잠겨 있을 때. 양 노인이 말을 걸었다.

"평범한 사람들로는 보이지 않는데, 무림인들이요?"

적무양을 흘깃거리며 묻는 것이 매우 조심스럽다. 무림인들 중에는 괴팍한 성격을 지닌 이들도 많다는 것을 잘 알고 있기 때문이다.

유검호는 고개를 저었다.

"무공은 좀 익히긴 했지만, 딱히 무림인은 아니요. 아, 저 영감은 무림인 맞소."

양 노인이 궁금해하는 것이 적무양인 듯해서 말을 덧붙였다.

"그렇다고 아무한테나 손을 쓸 만큼 몰염치하고 채신머리없진 않으니 그렇게 경계할 필요는 없소."

그제야 양 노인의 표정이 풀린다. 아무래도 적무양의 범상치 않은 기도가 꺼림칙했었던 모양이다.

적무양이 그런 양 노인을 보고는 픽 웃는다.

자신의 강함을 보이는 것이 유일한 낙인 적무양이지만, 무공을 모르는 사람들까지 겁먹게 만드는 것은 좋아하지 않는다.

물론 적무양과 처음 여행을 했을 때는 지금과 달랐다.

그 당시의 적무양은 살벌한 분위기를 풍겨 동행자들을 주눅들게 만들고 턱짓으로 부려먹는 것을 즐겼었다. 하지만 여행을 오래하다 보니 이제는 낯선 사람과 어울리는 것이 자연스럽다. 특별히 심기를 건드리지만 않으면 문제를 일으키지 않는다.

타고난 거만함과 그런 언행으로 인해 풍기는 위압감은 어쩔 수 없었지만, 그것 역시 젊었을 때 힘깨나 쓰던 늙은이 정도로

만 보일 뿐이다.

대마두라 불리는 악명에 비하면 양호한 언행이다.

양 노인은 적무양에 대한 경계를 거두자 살갑게 말을 걸었다.

"사실 난 이번 행상이 마지막이라오. 이번 일을 끝으로 은퇴할 생각이지. 그래서인지 자꾸 감상에 젖어서 오지랖만 넓어진다오."

마달이라는 젊은 상인이 놀라며 묻는다.

"왜 은퇴를 하십니까?"

"언제까지 마누라 독수공방시켜 놓고 떠돌아다닐 수는 없지 않겠나? 벌어놓은 돈은 얼마 되지 않지만, 얼추 먹고 살 만큼은 된다네. 그것과 이번 상행에서 번 돈으로 마누라하고 여생을 즐기려 한다네."

"하지만 상인으로 나선 이상 큰돈을 벌어야……."

"젊었을 적엔 나도 자네처럼 생각했지. 그런 생각으로 마누라한테 말했었네. 조금만 더 기다리라고. 남부럽지 않게 호강시켜 주겠다고. 그러다 보니 벌써 황혼이 되었다네. 호강은커녕 고생만 잔뜩 시켰지. 곁에라도 있었으면 힘이 되어주었을 텐데, 항상 밖에 나돌아 다니기만 하다 보니 마누라가 얼마나 늙었는지도 모르고 있었지 뭔가? 이번에 나오기 전에 보니 얼굴에 주름이 자글자글하더군. 그 얼굴을 보니 느껴지는 바가 있더군. 호강을 못 시켜준 것보다 필요할 때 곁에 없었던 것이 더욱 잘못이었다는 걸 말이야. 잘못을 알았으니 고쳐야지 않겠나? 허허."

허탈한 웃음 속에 인생의 깊은 고찰이 들어 있다.

유검호가 감탄하며 말했다.

"그거 대단한 진리를 깨우쳤구려. 이번 일이 끝나면 마나님하고 살 부비면서 알콩달콩 살아보시오. 혹시 아오? 늦둥이라도 하나 얻을지."

"예끼, 이 사람. 하긴, 그렇지 않아도 정력에 좋다는 건 구하는 대로 복용하고는 있네만."

"푸하하하. 노인장 인생 살아가는 법을 잘 아시는구려."

"어허. 그런 말은 한 살이라도 더 먹은 내가 할 소리 아닌가?"

두 사람은 죽이 잘 맞았다. 시시덕거리는 두 사람을 보며 마달은 이해할 수 없다는 표정으로 물었다.

"야망을 포기하고 집으로 돌아가는 것이 어째서 인생을 잘살아가는 것입니까? 남자라면 한 번 품은 결심은 버리지 않아야 옳은 것 아닙니까?"

"자네도 뭔가 결심이 있었으니 상행을 나선 것 아니겠나? 그런데 생각해 보게. 자네가 결심하게 된 계기를. 그게 자네 때문인지, 아니면 자네가 사랑하는 누군가 때문인지. 만약 전자라면 자네 말이 옳을 수도 있다네. 하지만 후자라면 생각해 보게. 자네의 결심을 이루기 위해 자네가 사랑하는 사람이 인생을 희생해야 한다는 사실을. 그럼 그것은 결국 과정을 위해 목적을 버리는 격이 아니겠나? 실로 주객이 전도된 것이지. 자네는 어느 쪽인가? 전자인가? 후자인가?"

마달은 대답을 하지 못했다. 그 역시 누군가를 위해 거상이 되려는 듯했다.

유검호가 혀를 차며 덧붙였다.

"수십 년 인생의 경험이 깃든 말이야. 이해가 안 된다면 이해 될 때까지 살아보라고. 네가 상인으로 성공하든 못하든 결국엔 양 노인의 말씀이 옳다는 걸 알게 될 거야."

양 노인이 그 말을 듣고 어이없다는 표정으로 말했다.

"자넨 아직 젊은데도 꼭 나보다 더 늙은 사람처럼 말을 하는 군."

적무양이 그 말에 고개를 끄덕인다.

"저놈 겉만 삼십 대지, 속은 완전 늙은이거든. 아마 체감 나이 로만 따지면 양 씨 자네는 물론이고 나보다 더 늙었을 거야."

유검호의 태무신공의 효능을 가리킨 말이었다. 유검호는 태 무신공을 깨우친 이후로 보통 사람보다 몇 배나 긴 시간을 느끼 며 살아왔다.

속사정까지 알지 못하는 양 노인은 유검호가 겉보기와 달리 속이 깊은 젊은이라는 생각을 하고 넘어갔다.

그들이 두런두런 대화를 나누고 있을 때였다.

선두를 걷던 표사들의 발걸음이 멈췄다. 그들 중 몇몇이 상단 측의 인물들과 대화를 나눈다.

잠시 후. 상행을 이끌던 행주가 상인들에게 다가왔다.

"표국의 마차 한 대가 고장이 났소. 다른 수레에 나누고는 있 지만, 자칫하면 지체될 수 있으니 여러분의 손을 좀 빌렸으면 싶은데……."

상인 중 한 명이 물었다.

"우리보고 남의 짐을 들라는 말이오?"

"우리가 먹을 식량이 든 짐이오. 함께 가고 함께 먹는데 네 것

내 것을 가려 뭐하겠소? 불편하더라도 조금만 이해해 주시오."

그 말에 상인 몇이 불쾌한 기색을 내비쳤다.

"우리가 공짜로 얹혀 가는 것도 아니고, 정당하게 돈을 내고 함께 가는 것인데 어째서 그런 일까지 해야 하오?"

"쟁자수는 그렇다 쳐도, 표사들은 빈손인데, 그들보고 들라 하면 되지 않소?"

"맞소. 힘도 그들이 더욱 셀 텐데. 어째서 우리보고 짐을 들라는 말이오?"

그들의 반발에 행주는 난감한 얼굴이 되었다. 상식적으로 상인들의 말이 옳았다.

하지만 마냥 그들의 말을 편들어줄 수도 없다. 대도표국은 분명 대도상단의 투자를 받아 일으킨 표국이다. 하지만 근자에 이르러 상단의 재정이 어려워진 반면에 표국은 승승장구. 이제는 반대로 대도표국의 입김이 더욱 강해졌다. 들리는 바로는 상단주조차 대도표국주에게 설설 긴다고 한다.

사정이 그렇다 보니 대도표국에서 일하는 쟁자수들조차 상단의 상인들을 우습게 보는 실정이다.

하물며 표국 내에서 가장 영향력이 많은 표사들과 표두들의 경우엔 숫제 대도상단의 상인들을 수하처럼 부린다.

이번 상행 역시 엄밀히 따지면 상단이 주인이고 표국은 고용인에 불과하다. 그럼에도 대도표국은 자신들의 이번 행렬의 주인을 자처하고 있다. 상단 측 상인들은 불만스러워도 감히 불만을 입 밖으로 표현하지 못했다.

이번 일 역시 마찬가지다. 같은 상인으로서는 행상들과 동조

했다. 상인들은 모두 제각기의 짐을 짊어진 상태. 쟁자수들 역시 많은 짐을 지고 있다. 그에 반해 표사들은 대부분이 빈손이다.

누가 봐도 그들이 짐을 나눠지는 것이 옳았다. 하지만 표사들은 호위를 위해 손이 가벼워야 한다고 주장한다. 만약의 사태가 벌어졌을 때, 빠르게 대처하기 위해서는 몸이 가벼워야 한다는 말이다.

그 말이 정말인지는 알 수 없다. 다만, 그들의 요구를 무시할 형편이 되지 않는다는 것이 중요했다.

행주는 그들에게 거절을 표하는 것보다 행상들을 설득하는 것이 수월하리라 생각했다.

하지만 행상들 역시 산전수전 다 겪은 이들. 불합리한 요구를 순순히 따를 리가 없었다.

그들의 불만스러운 목소리가 커졌다.

남의 짐이나 들어주려고 돈까지 낸 것이 아니라는 것이 주된 내용이다.

행주가 어쩔 줄 몰라 하고 있을 때, 표사 두 명이 다가왔다.

덩치가 크고 얼굴이 험상궂은 자들이었다.

"짐 한두 개 더 짊어진다고 어깨라도 내려앉나? 이봐. 우리가 힘들게 호위해 주는 거 안 보이오? 우리 없었으면 당신들은 진작 산적들한테 잡혀서 재산 다 빼앗겼어. 사람들이 은혜를 모르고 말이야."

"그러게. 나 같으면 먼저 나서서 돕겠네."

그들은 말을 하며 손은 시종일관 자신들의 무기 위에 올라가 있다. 무슨 말이라도 하면 바로 무기를 뽑아 들 것 같은 분위기.

상인들의 아우성이 쏙 들어간다.

그들은 모두 장사꾼들. 폭력 앞에서 당당히 소리칠 수 있는 담력은 지니고 있지 않았다.

그들이 조용해지자 표사들은 만족하며 말했다.

"전부 고생할 필요는 없어. 젊은 사람 몇 명만 적당히 좀 들어 달라고. 어차피 다 당신들 뱃속에 들어갈 음식들이니까. 우리 모두 강호 동도 아니겠소? 너무 고깝게만 생각하지 말고, 서로 사정 좀 봐줍시다."

나름대로 다독이는 말이랍시고 던지고는 휙 가버린다.

"아니 뭐 저런 사람들이⋯⋯."

마달은 분개하며 소리쳤다. 양 노인이 그런 마달의 입을 틀어 막는다.

"쉿. 괜히 표사들 귀에 들어가면 분쟁만 생기네."

"아니, 이건 불합리하지 않습니까?"

"원래 표사들이 좀 그렇네. 산적이나 수적들과 상대하는 거친 직업이다 보니 그들도 산적, 수적처럼 행동하게 되는 게지. 사실 저런 자들은 전직이 산적이었을 경우가 많다네. 산채에 관한 정보를 많이 알고 있기 때문에 마음만 고쳐먹으면 표국에서도 그냥 받아주곤 하지. 마음을 고쳤다 해서 옛 습성이 없어지는 것이 아니라, 말보다는 주먹이 먼저 나가는 족속이라네. 괜히 눈 먼 주먹에 맞지 않으려거든 그냥 참게나."

양 노인의 말에 마달이 움찔한다. 화는 나지만 폭력은 겁이 나는 모양이다. 마달은 수긍할 수 없다는 듯 중얼거렸다.

"그래도 불공평한데……."

적무양이 피식 웃으며 말했다.

"세상은 원래 불공평한 거다. 그게 싫으면 힘을 키우면 되는 거지. 만약 네가 저들보다 강하거나, 저들이 무시할 수 없을 만큼 부자였다면 이런 일을 당하지 않았겠지."

마달이 억울해하며 물었다.

"노인장은 이런 대우가 싫지 않다는 겁니까?"

"어차피 힘을 쓰는 것은 젊은 녀석들 아니더냐? 나와는 상관없지."

"만약 노인장께서 이런 불합리함을 당하게 된다면요?"

적무양은 당연하다는 듯 대답한다.

"그럼 참지 않겠지. 싹 다 지옥을 맛보여 줄 거다."

마달은 입을 다물었다. 그는 입 밖까지 치밀어 오르는 속마음을 차마 내뱉지 못하고 삼켰다.

'그럼 노인장은 저들보다 강하거나 돈이 많다는 말이오?'

양 노인과 달리 그는 적무양의 범상함을 눈치채지 못했다. 그가 보는 적무양은 그저 허풍 심한 노인네다. 하지만 그가 하는 말만큼은 옳다고 여겼다.

"결국 힘이 없는 것이 죄라는 거군요."

마달은 힘없이 중얼거렸다. 적무양이 빙긋 웃으며 응대했다.

"그렇지. 모든 것은 힘이 없어서다. 어린 녀석이 말귀를 잘 알아듣는구나. 누구랑은 다르게 말이야."

말을 하며 들으라는 듯 유검호를 흘깃 본다. 유검호는 한심하다는 듯 응대했다.

"거참. 지겹지도 않소? 가는 곳마다 쓸데없는 사상 주입하고 다니는 게? 이봐. 마달이라고 했나? 이건 네가 힘이 없어서 생긴 일이 아냐. 저놈들이 이 영감처럼 힘이 제일이라고 여기기 때문에 일어난 일이지. 넌 그냥 불합리한 일을 바로 잡을 능력이 없는 것뿐이야. 그런 능력이 없는 것은 절대로 잘못된 것이 아니지. 사람마다 지닌 능력은 제각각 다른 법이거든. 내가 양 노인처럼 흥정을 잘하는 능력이 없다고 해서 잘못된 것이 아니잖아? 이 일은 전적으로 힘을 내세워 강압적으로 일을 시킨 저놈들의 잘못인 것이야."

유검호는 말을 하며 표사들을 흘깃 보았다.

그들은 조금 전 상인들을 위협했던 기억은 벌써 잊었는지 시시덕거리고 있었다.

유검호는 잠시 고민했다.

'혼 좀 내줘?'

하지만 그러기엔 상황이 어중간하다. 강압적인 태도는 분명 표사들의 잘못이다. 하지만 혹시 모를 싸움에 대비하기 위해 힘을 아껴야 한다는 주장은 일리가 있는 말이다.

불손한 태도만으로 그들을 혼내기엔 지나치게 과민한 반응이다.

유검호는 조금 더 지켜보기로 했다.

결국 상인들 중 나이가 젊은 사람 몇이 짐을 나눠 받았다.

마달 역시 묵직해 보이는 상자를 받아 들었다. 상자들 들자 왜소한 마달의 몸이 휘청거린다.

"미련하게 제일 무거운 걸 받아오나?"

유검호가 보다 못해 상자를 들어주었다. 마달의 몸을 흔들었던 상자가 가뿐히 들린다. 자신이 제대로 들지도 못한 상자를 한 손으로 드는 것을 보자 마달의 눈이 휘둥그레진다.

"힘이 세시군요."

"이 정도는 세다고도 못하지. 내가 아는 놈은 이거보다 열 배 무거운 것도 한 손으로 짊어진다고."

"헛. 항우장사와 같은 천하의 영웅이겠군요."

"영웅? 뭐, 힘만 따지면 그럴지도 모르지."

유검호는 픽 웃으며 걸음을 옮겼다.

표국의 짐을 나눠 든 사람들 때문에 이동 속도가 느려졌다.

일행을 이끌고 있는 표두와 표사들이 연신 재촉을 했지만, 느려진 발걸음을 어쩔 수는 없었다.

그리고 길을 떠난 후 처음으로 도착한 객잔에서 행상들의 불만이 또 한 번 터졌다. 객방 분배 때문이었다. 객잔의 별채와 가장 좋은 방을 표사들이 모두 차지한 것이다. 그 탓에 상인들은 방 하나를 서너 명이 같이 쓸 수밖에 없었다.

대도상단 소속의 상인들은 딱히 불만을 표출하지 않았다. 그들은 전후 사정을 모두 알기 때문이다.

하지만 돈을 내고 합류한 상인들은 참지 않았다. 그들은 단체로 행주에게 몰려가 항의했다.

하지만 행주라고 별다른 수가 없었다. 그도 표사들이 안하무인격으로 구는 것이 달갑지 않았다. 상황이 그렇다 보니 어쩔 수 없이 고개 숙이고 지낼 뿐이다.

그런 와중에 상인들이 단체로 항의를 해왔으니, 그저 난감해할 뿐이다.

행주가 별다른 확답을 해주지 못하자 상인들은 표국으로 눈을 돌렸다. 그들은 별채로 향했다. 별채는 이번 표행을 이끌고 있는 표두 한 명과 고참 표사 몇이 사용하고 있었다. 표두는 소철환이라는 인물로, 무림에서는 철륜환도라는 별호로 알려져 있었다. 대도표국의 다섯 명밖에 없는 표두 중에서도 가장 강하다고 알려진 자였다. 표국주인 황일소와의 친분으로 표두를 맡고는 있지만, 실력으로만 따지면 황일소와도 그리 차이가 나지 않는 인물이었다. 표국 역시 실력을 중시하는 무림인들이 모인 곳인 만큼, 표국 내에서는 다들 그의 눈치를 볼 만큼 입김이 셌다. 사정이 그렇다 보니 소철환의 언행은 자연스레 거만해질 수밖에 없었다.

"그래서? 어쩌라는 거요?"

불만을 토로하는 상인들의 말을 단박에 끊어버리고 대뜸 묻는 말이다. 퉁명스런 물음에 상인들의 말문이 막힌다. 그중 담력 좋은 몇 명이 말문을 연다.

"우린 대도표국의 소문이 좋아서 돈을 낸 것이오. 만약 이런 대우를 받을 줄 알았다면 다른 곳을 찾았을 것이오."

"맞소. 지불한 돈에 맞는 합당한 대우를 해주든지, 아니면 환불을 해주시오."

환불이라는 말에 소철환의 뺨이 실룩거린다.

"환불? 먹을 거 다 처먹고, 보호받을 거 다 받아놓고 이제 와서 환불을 해달라고? 이거 순 도둑놈들 아냐?"

"뭐요? 도둑놈들? 말을 너무 함부로 하는 것……."

상인들이 발끈하여 따지려 들 때였다. 소철환의 주먹이 탁자를 내리친다.

우직.

탁자 다리가 그대로 부러지며 주저앉았다.

"도둑놈들이 아니면? 내가 당신들 물건을 싼값에 사서 잘 써먹다가 한 달 뒤에 마음에 들지 않는다고 환불해 달라고 하면. 당신들은 뭐라고 할 건데?"

대답은 나오지 않았다. 소철환의 살벌한 기세에 상인들의 얼굴은 이미 하얗게 질려 있었다.

"마음에 들지 않는 사람은 지금이라도 떠나라고. 붙잡지 않을 테니까. 단, 환불 따윈 없소. 아. 혹시나 해서 하는 말인데, 다른 곳에 가서 대도표국에 관해서 좋지 않은 소리를 흘렸다간!"

소철환이 환도를 뽑아들어 바닥을 후려친다.

차앙.

단단한 돌바닥에 굵은 선이 그려졌다. 소철환은 살기 어린 눈으로 상인들을 노려보며 말을 이었다.

"절대로 가만두지 않을 테니 알아서들 하시오."

상인들의 항의는 그렇게 끝이 났다.

자신들의 숙소로 돌아가는 상인들의 얼굴에는 두려움과 억울함이 반씩 섞여 있었다.

그중에는 양 노인과 마달도 있었다.

객방으로 돌아온 양 노인이 이해할 수 없다는 표정으로 중얼거렸다.

"대도표국이 이렇게 경우 없는 곳이 아닌데, 이번 표행은 정말로 이상하군."

마달이 분을 못 이겨 씩씩거리며 물었다.

"원래 저렇게 무도한 자들 아닙니까?"

양 노인은 고개를 저었다.

"대도표국은 정파의 그늘에 있는 문파네. 국주인 금환도부터가 협행으로 명성을 쌓은 인물이거든. 그런 사람이 국주로 있는 표국이 그럴 리가 있겠나? 원래 대도표국의 표행은 상인들 사이에서 안전하고 편하다고 소문이 자자했다네. 이번 표행이 이상한 거네."

"어째서 그럴까요?"

마달의 물음에 대답한 것은 유검호였다.

"배가 불렀나 보지. 신경 끄고 잠이나 자라고."

유검호는 미리부터 자리를 잡고 드러누워 있었다.

상인들이 항의를 하러 갈 때도 그는 함께하지 않았다.

항의한다고 들어줄 것 같았으면 처음부터 이런 대우를 하진 않았을 것이다. 특히 표행 중에 지켜본 소철환이란 자의 언행은 실로 거만하기 짝이 없었다. 상인들을 하찮게 여기는 것이 눈에 보일 정도다. 그런 인물이 행렬을 이끌고 있었으니, 개선의 여지는 없었다.

유검호의 말에 마달은 자신의 침상에 털썩 주저앉았다.

"앞으로 대도표국을 이용하면 제가 사람이 아닙니다. 가는 곳마다 소문도 낼 거고요."

"아서게. 그러다 혹여 그자들 귀에라도 들어가면 큰 봉변을 당할 걸세."

"흥. 그까짓 봉변. 해보라면 해보라죠. 앞으로 중원 방방곡곡을 떠돌아다닐 텐데, 저를 어떻게 잡겠습니까? 설사 잡힌다고 쳐도 죽이기야 하려고요."

"허허. 젊어서 그런가, 대담하구먼. 그럼 나도 아는 상인들한테 귀띔이라도 해놔야겠군."

"그러세요. 그래야 우리 같은 피해자들이 더 이상 생기지 않죠. 게다가 저런 자들을 어떻게 믿고 표물을 맡기겠습니까?"

"하긴, 아까 보니 표물을 막 다루긴 하더군. 깨지는 물건이라도 있었으면 온전하지 못했을 거야."

양 노인이 웃으며 동조하자 마달은 한결 기분이 풀린 표정이다.

유검호는 가만히 누워 그들의 대화를 들으며 생각했다.

'피해자라……'

사실 중간에 짐을 들게 한 것을 제외하면 대도표국의 대우가 나쁜 것은 아니었다. 음식도 양호했고 잠자리도 크게 불편하지 않았다. 객잔에서도 마찬가지다. 이런 큰 객잔을 통째로 빌리는 행렬은 거의 없다. 서너 명이 한방을 쓰기는 했지만, 하룻밤 등 붙이기엔 충분히 편안했다.

그럼에도 계속해서 불만이 나오는 것은 비교 대상이 눈앞에 있어서다.

상인들이 좋은 음식을 먹을 때, 표사들은 더욱 좋은 음식을 먹었다. 상인들이 불편하지 않은 잠자리에 누울 때, 표사들은 호화로운 잠자리를 차지했다. 그리고 상인들이 객방 하나를 서너 명이 함께 사용할 때, 표사들은 넓은 방을 하나씩 가졌다.

상인들은 표사들과 비교하여 자신들이 불합리한 대우를 받고 있다고 생각했다.

객관적으로 봐서 상인들에게 주어진 대우는 다른 상행이나 표행보다 좋은 편이다. 단지 표사들의 것이 더욱 좋은 것뿐이다.

상인들은 그것을 따로 분리해서 생각지 못한다. 돈을 냈으니 당연히 자신들도 함께 누릴 권리가 있다고만 생각했다.

하지만 표사들이 자신들의 것을 나눈다면 그것은 의무 이상의 호의다. 결국 상인들은 지금 호의를 베풀지 않는다고 항의를 하고 있는 셈이다.

유검호는 호의와 권리가 다르다는 것을 안다.

그는 돈을 낸 만큼의 값어치만 하면 충분하다고 생각했다. 애초에 대도표국을 비롯한 수많은 표행, 상행시에 동행자들을 모을 때 홍보하는 말도 그것이다.

저렴하면서도 편안한 여정을 약속한다고.

지불한 돈을 생각했을 때, 이 정도면 충분히 저렴하고 편안하다. 딱히 불만이 생기지 않았다. 하지만 그런 생각을 두 사람에게 말할 필요는 없었다. 유검호는 굳이 다른 사람들의 생각을 바꾸고 싶지 않았다.

그래서 잠자코 그들의 불만을 한 귀로 듣고 한 귀로 흘렸다.

적무양 역시 간섭하고 싶지 않은 듯 입을 다문다.

방 안에는 대도표국의 무도함을 토로하는 마달의 음성만 들려왔다.

대도표국은 믿을 수 없는 집단이라는 내용의 말이 일곱 번째로 흘러나왔을 때. 적무양이 손가락을 퉁겼다.

퍽.

"꿱!"

마달은 외마디 비명을 지르며 침상에 거꾸러진다. 뒤통수에는 주먹만 한 혹이 붙어 있다.

"고놈 참. 말 더럽게 많네."

적무양은 멀쩡한 사람을 기절시켜 놓고는 태연하게 귀를 후빈다. 유검호가 혀를 차며 탓했다.

"쯧. 점잖게 수혈을 짚어도 될 것을."

마달의 입을 다물게 하는 것에는 동의하는 유검호였다.

무영문

　상인들의 불만이야 어찌 되었든, 대도표국과의 동행은 안전했다.

　남경에서 개봉까지는 부지런한 걸음으로 열흘 거리. 그리 멀지 않은 거리였다. 뱃길로 간다면 더욱 빠르게 갈 수도 있었지만, 표국에서 택한 길은 육로다. 뱃삯까지 걷기엔 행상들의 주머니 사정이 넉넉지 않기 때문이다. 고작 이삼 일 단축하기 위해 돈을 쓰기보단 조금 돌아가는 편이 훨씬 싸게 먹힌다.

　덕분에 산적들이 출몰하기로 유명한 산이나 길을 지나칠 경우도 잦았다.

　보통의 표행이라면 한두 번쯤은 길을 막아서는 자들이 나타났을 것이다.

　하지만 대도표국의 표행은 내내 무탈했다.

아무리 간 큰 산적들도 대도표국과 같은 거대표국을 건드릴 생각은 못했고, 또한 표행의 규모 역시 컸기 때문이다.

오는 내내 불만을 토로하던 행상들도 안전성에 관해서는 역시 대도표국이라며 만족을 표했다.

처음에는 조금이나마 경계하는 듯하던 표사들의 얼굴에도 무료함이 자리 잡은 지 오래다.

그럴 만도 했다. 위험한 길은 모두 지났기 때문이다. 개봉까지는 불과 하루 거리. 남은 길은 모두 관도다. 무슨 일이 생기려야 생길 수도 없었다.

그렇게 별일 없이 여정이 끝나는 듯했다.

하지만 모두가 안심하고 있는 시각. 마달이 부르짖던 대도표국의 신뢰성을 시험하게 되는 일이 발생했다.

개봉까지 불과 반나절을 앞둔 관도. 복면을 쓴 수십 명의 무리가 길을 가로막고 선 것이다.

낄낄거리며 음담패설을 즐기던 표사들이 그들을 보고 경계의 빛을 띠었다. 덕분에 표행이 멈추었다. 출발한 이후 타의로 인해 발길을 멈춘 것은 처음이었다.

일행의 대표격인 소철환이 날카로운 목소리로 소리쳤다.

"대도표국의 표행이다. 앞을 막아선 자들은 정체를 밝혀라."

대도표국의 위명은 중원 전역에 퍼져 있다. 어느 지역을 가든 대도표국이라 하면 한 수 접어주게 마련이다.

하지만 복면인들은 대도표국이라는 말에도 아무런 미동조차 않는다. 그중 가장 덩치 큰 복면인이 나서며 응대한다.

"변두리 표국에서 세경 받아먹는 삼류표사 주제에 위세 하나는 대단하구나. 너희 같은 삼류표사들은 어르신들의 존함을 들을 자격이 없다."

철저히 무시하는 발언이다. 소철환의 얼굴이 벌겋게 달아오른다. 대도표국이 모욕 받아서는 아니다. 그가 분노한 이유는 대도표국에 묶여 삼류표사 취급을 받았기 때문이다.

무림에서 소철환의 명성은 결코 낮은 것이 아니었다. 출신지인 산동성으로 가면 오히려 국주인 황일소보다 더욱 알아줄 정도다.

때문에 일개 표국에서 일을 하기에 자신이 지닌 무공이 아깝다는 생각을 종종 하곤 했다. 다만 황일소와의 친분과 그가 제시한 거액의 수당 때문에 마지못해 수락한 것뿐이다.

그나마도 주머니에 여유가 생기자 슬슬 발을 뺄 생각을 하고 있었다. 이번 표행이 끝나면 황일소를 찾아가 직접 담판을 지을 생각이었다.

이번 표행이 상인들에게 지나치게 박했던 것은 그 때문이었다. 소철환은 이번이 마지막 표행이라 여기고 최대한 편의를 누리려 했다. 표행을 이끄는 소철환의 의도가 그랬으니 아래 표사들 역시 자연스레 그런 분위기가 형성되었다. 표행 여비로 제공된 공금을 아낌없이 써버린 것이다.

행상들의 불만이 터진 것은 그 때문이었다.

평소라면 잘 다독거렸을 소철환이 그들을 윽박지른 것 역시 같은 이유였다.

'어차피 마지막 표행. 떠나고 나면 표국의 명성 따위 어떻게 되든 내가 신경 쓸 일도 아니잖은가? 투덜대는 장사꾼들 따위

아무렇게나 대하자. 이번 표행만 대충 마치면 된다.'

무사안일. 그것이 소철환이 바라는 마지막 표행이었다.

그런데 여정이 막바지에 이르러서 느닷없이 정체불명의 습격자들이 나타났다. 그것만으로도 짜증이 복받쳐 오르는데, 자신을 삼류표사라며 모욕한다.

소철환은 더 이상 참지 않고 무기를 빼들었다. 상대의 목적 같은 것을 알아볼 필요도 없다. 복면을 쓰고 앞을 가로막은 자들이다. 선한 의도로 찾아왔을 리가 없다.

어차피 대화는 무의미한 상황.

소철환은 처음 그들을 발견한 순간부터 이미 싸움을 각오하고 있었다.

"무릎 꿇고 빌면서 정체를 말하도록 만들어주지."

소철환의 환도가 덩치 큰 복면인을 향한다. 그를 적의 우두머리로 판단하고 자신의 상대로 찍은 것이다.

그의 도발에 덩치 큰 복면인이 피식 웃는다.

"주제를 모르는군."

복면인은 거부하지 않고 앞으로 나섰다.

"무기를 뽑는 것이 좋을 텐데?"

소철환의 경고에 복면인은 빈손을 휘휘 젓는다.

"삼류표사를 상대로 거창하게 무기를 들 필요가 있을까?"

"건방진 놈."

소철환은 노성을 지르며 몸을 날렸다.

그의 환도가 거센 바람을 일으키며 허공을 갈랐다. 그를 무림의 강자로 만들어준 질풍연환도법이었다.

겉으로 보기엔 단순한 베기에 불과했지만, 그 속에 든 오의는 결코 단순하지 않다. 한 번의 베기에 열여덟 번의 연환 공격이 감추어져 있어, 상대는 숨 쉴 틈 없이 쏟아지는 도격에 허우적 대다 쓰러질 수밖에 없었다.

일단 연환도가 펼쳐지고 나면 상대에게 반격의 기회란 없었다. 모든 초식이 연환이 가능했기에 열여덟 번의 공격 후에는 또 다른 열여덟 번의 공격이 이어지기 때문이다. 그 모습이 끝없이 굴러가는 수레바퀴 같다 하여 소철환에게 철륜환도라는 별호가 붙었다.

철륜환도라는 별호가 붙은 이후, 소철환의 환도가 도중에 멈춘 일은 없었다.

이번에도 마찬가지일 것이다. 초식을 펼치기 전이었다면 모를까, 일단 발동된 연환도는 결코 상대를 놓치지 않는다.

'팔 하나 정도만 거두어주지.'

소철환은 상대에게 물어볼 것이 많았다.

복면을 쓰고 나타난 것이나, 대도표국의 이름을 듣고도 흔들리지 않는 것도 그렇고, 모든 것이 평범한 산적으로는 보이지 않았다.

자신들의 표행을 노리고 있었을지도 모른다는 생각이 들었다. 그래서 상대를 죽이지 않고 제압만 할 생각이었다.

그런데 소철환이 생각지 못한 것이 있었다.

바로 상대의 실력이었다.

쉬익.

거센 도풍 사이를 헤집고 들어오는 한 가닥 혈선. 실자락처럼 얇으면서도 송곳처럼 뾰족하게 파고든다. 뒤늦게 그것을 감지했지만, 몸을 피하기엔 이미 늦은 상황. 소철환은 과감하게 결단을 내렸다.

'먼저 취한다.'

출수를 한 것은 그가 먼저다. 후발제인의 묘리가 불안하게 뇌리를 간질였지만, 소철환은 자신을 믿었다. 상대가 수를 쓰기 전에 먼저 제압하면 된다.

그의 생각을 확인시켜 주듯 소철환의 환도는 거침없이 복면인의 어깨를 잘랐다. 아니, 자른 것처럼 보였다.

복면인의 팔이 떨어져 나가기 직전. 복면인이 손을 까딱거린다. 그와 동시에.

써걱.

살과 뼈가 잘라지는 소음이 터진다.

촤아악.

피분수가 뿜어졌다.

툭.

땅에 떨어진 팔이 몸에 붙어 있던 감각을 잊지 못해 팔딱거린다.

이윽고 터져 나오는 비명.

"으아악!"

소철환은 어깨를 잡고 비명을 질렀다.

절단면을 타고 피가 꾸역꾸역 흐른다.

고통에 찬 시선이 잘려진 팔로 향했다. 환도를 든 채로 팔딱거리는 팔이 보였다. 조금 전만 해도 자신의 의지대로 움직이던 팔이다. 소철환의 눈에 절망의 빛이 어렸다. 도객이 팔을 잘렸으니 그 이상 끔찍한 일은 없다.

소철환은 암울한 눈으로 앞을 보았다. 복면인이 보인다. 조금 전과 조금도 달라지지 않은 자세다. 어깨 부근이 붉게 물들었다는 것을 빼면 변한 것은 조금도 없다.

'고작 저 정도 상처밖에 못 입혔다니.'

팔을 잘리고도 상대에게 생채기 조금 낸 것이 전부라는 사실에 소철환은 또 한 번 좌절했다.

그리고 이어지는 복면인의 말이 남은 투지마저 모두 거두어 가 버렸다.

"죽이지 않고 제압만 하려다 보니 힘들군. 상처까지 입다니."

팔 하나만 거두려던 생각은 소철환만 한 것이 아닌 모양이었다.

복면인은 불쾌한 표정으로 어깨를 툭툭 턴다.

어깨에 묻은 먼지와 같이 미약한 일격. 그것이 소철환이 오른손으로 휘두른 마지막 일격이었다.

복면인은 전과 같은 목소리로 물었다.

"반항할 사람 또 있나?"

나서는 사람은 없었다.

가장 고수인 소철환이 일격에 팔을 잘렸다. 일반 표사들이 맞설 수 있는 상대가 아니다. 게다가 그자의 뒤에는 수십 명의 복면인이 버티고 서 있다. 실력으로도 뒤지고, 수적으로도 감당이 되지 않는다.

소철환은 침묵하는 표사들을 암담한 눈으로 돌아보았다.

평소에는 간이라도 빼줄 것같이 굴던 자들이 모두 시선을 피한다. 술을 마실 때마다 자신들의 무용을 자랑하던 이들이다. 목숨을 초개와 같이 여길 정도로 용맹하고, 귀신을 만나도 칼을 휘두를 정도로 담력에 세다던 자들이 하나같이 고개를 떨구고 땅만 보고 있다.

'비겁한 놈들.'

소철환은 시선을 돌렸다. 복면인의 비웃음이 뼈아프다.

소철환은 바싹 마른 입술을 힘겹게 떼었다. 고통에 겨워 갈라진 목소리가 나온다.

"대도표국은 무영문과 아무런 원한이 없거늘. 어째서 이런 일을 벌이는 것이오?"

소철환의 말에 복면인이 움찔한다.

"무영문? 무슨 말인지 모르겠군."

"무영혈사는 무영문의 독문병기. 그런 기병을 쓰는 곳이 무림에 또 있을 리가 없소."

복면인의 입꼬리가 꿈틀거린다.

"쓸데없이 견문이 넓군. 아는 것이 많으면 오래 살기 힘들다는 것도 모르는가?"

말과 함께 복면을 벗어 던진다. 더 이상 정체를 숨길 생각이 없는 듯했다.

복면 속에 드러난 얼굴은 차가운 인상의 중년인이었다.

그가 얼굴을 드러내자 소철환은 나직한 탄식을 터트렸다.

"무영은살! 당신이었군."

"알아차리는 것이 너무 늦었어."

상대의 정체를 알게 되자 소철환은 희망이 없음을 깨달았다.

무영문은 사파에서 이름 높은 문파였다.

워낙 괴이한 수법을 많이 사용하여 무공이 높은 고수들도 상대하기 까다롭다고 알려져 있었다.

특히 독문병기로 알려져 있는 무영혈사는 상대가 자신의 목이 떨어진 것도 눈치채지 못할 정도로 쾌속하고 은밀했다.

문호를 걸어놓기는 했지만, 문파의 무공 특성상 청부살인을 많이 행하는 곳이었다.

공공연히 살행을 저지르고 다니지만, 솜씨가 워낙 교묘하고 실력이 뛰어났기에 증거를 남기는 일이 없었다. 그래서 무림맹도 대놓고 무영문을 건드리지 못하고 있는 실정이었다.

사정이 그렇다 보니 산동성에서 무영문은 공포의 대명사였다.

자칫 시비가 붙었다간 쥐도 새도 모르게 목이 달아났으니 그럴 만도 했다.

다행인 것은 무영문은 문파의 구속력이 그리 크지 않다는 점이었다. 무영문의 기반은 산동성이었지만, 무영문 출신들은 한곳에서만 머무르지 않고 중원 전역에서 활동을 했다.

덕분에 정작 산동성에서는 무영문과 마주치는 일이 거의 없었다.

하지만 재수 없게도 소철환은 그들과 만나게 되었다.

단순히 만나기만 한 것이 아니라, 그들의 살행 현장을 목격하기까지 했다. 산동성에서는 전설로까지 여겨지는 무영문의 행사. 소철환은 숨은 자리에서 숨도 크게 쉴 수 없었다. 다행히 발각되지는 않았기에 큰 위기를 넘길 수 있었다.

소철환이 목격했던 살수가 바로 무영은살이었다.

무영은살은 무영문에서 가장 무섭다고 알려진 자였다. 그는 무영문의 독문병기인 무영혈사를 자기 몸처럼 다루었다.

그의 살행을 목격한 소철환은 두려움에 떨었다. 무영은살의 손속이 매우 잔인했기 때문이다. 무림에서 오래 굴러먹었다고 자부하는 소철환마저 오금이 저릴 정도였다. 더욱 소철환을 불안하게 만든 것은 술김에 자신이 목격한 바를 사람들에게 떠들고 다녔다는 것이다.

다음 날 술이 깼을 때. 소철환은 누군가 자신의 뒤를 캐묻고 다닌다는 정보를 입수했다. 누구인지 두 번 생각해 볼 필요도 없다. 꼬리를 남긴 무영은살이 후환을 제거하려는 것이 분명했다.

소철환은 그 길로 고향인 산동을 떠났다.

자신의 실력으로는 도저히 무영은살을 당해낼 수 없음을 알기 때문이다.

그가 머나먼 대도표국까지 와서 일을 하게 된 이유였다.

시간이 지남에 따라 불안함은 점차 사라져 갔다. 무영문의 추적이 없음을 느끼고 다시 고향으로 돌아갈 생각을 하고 있었는데, 이제 와서 그의 앞에 무영문의 자객들이 나타난 것이다.

"지독하군. 십 년이라는 세월이 지났건만. 아직도 쫓고 있었다니."

소철환의 말에 무영은살은 픽 웃어버린다.

"혹시 십 년 전 일 가지고 이러는 거라고 생각했다면 한참 잘

못 짚었군. 난 꼬리 말고 구멍에 숨어 버린 쥐새끼를 십 년이나 쫓아다닐 만큼 한가한 사람이 아니거든. 너한테 그런 가치가 있지도 않고 말이야."

그의 말에 소철환은 기분이 나쁘다기보다 의아했다.

자신 때문이 아니라면 그들이 표행을 습격할 이유가 없다.

"그럼 왜……."

소철환이 질문을 마치기도 전에 무영은살이 대답한다.

"그냥 재수가 없었다고 생각하라고. 너흰 마달이라는 재앙덩이와 동행하고 있었거든."

"마달?"

소철환은 의문을 표했다. 처음 듣는 이름이었기 때문이다.

"쯧. 자신들이 누구 때문에 죽는지도 모르다니. 어리석군."

무영은살은 말을 하며 사람들이 모여 있는 쪽을 본다.

날카로운 시선이 한 사람 한 사람을 훑는다. 눈빛으로 해부하듯 샅샅이 살피던 무영은살은 이내 눈살을 찌푸렸다.

사람이 너무 많았기 때문이다. 아무리 눈썰미가 좋아도 얼굴도 모르는 자를 골라내기엔 무리가 있었다.

무영은살은 아쉽다는 듯 혀를 차며 말했다.

"다 죽을 운명이었는데, 생로가 트였군. 모두 들어라. 지금 당장 마달이란 자가 나선다면 절반은 살려주겠다."

큰 선심이라도 쓰는 말투다. 하지만 이백 명 중의 절반. 즉, 백 명은 죽이겠다는 소리다. 아무 죄도 없이 그저 마달과 동행했다는 이유만으로.

실로 어처구니없는 말이 아닐 수 없었다.

하지만 항의조차 할 수 없다. 복면인들이 제각각 무기를 빼들고 금방이라도 살육을 행할 것 같은 분위기를 풍기기 때문이다.

상인들 중 몇이 표사들에게 소곤거린다.

"이보시오. 어떻게 좀 해보시오. 이럴 때 우리를 지켜달라고 돈을 준 것 아니오?"

"맞소. 며칠 전에 호위 하나는 걱정하지 말라고 하지 않았소?"

상인들의 말에 표사 하나가 어두운 표정으로 말했다.

"쉿. 조용하시오. 잘못하면 정말로 다 죽게 생겼소."

그는 일전에 짐을 들지 않는다고 윽박질렀던 표사였다.

이름이 왕보라는 사내로 흑면권이라는 별호를 지닌 인물이다. 덩치가 크고 인상이 워낙 험상궂어 어지간한 상대들은 싸우기도 전에 기가 죽는다 하여 붙은 별호였다.

그가 이곳에선 소철환 다음으로 고참 표사였다.

왕보는 별호 그대로 얼굴빛이 흑빛이 되어 있었다.

소철환이 제대로 명령을 내릴 수 없게 되었으니, 그가 결정을 내려야 했다.

원칙대로라면 소철환이 쓰러지는 순간 달려들었어야 했다.

아마 정통 표사들이었다면 그랬을 것이다. 하지만 왕보를 비롯하여 이곳에 있는 표사들은 제대로 된 표사들이 아니다. 전직도 산적이나 수적에서부터 시장통 건달까지, 가지각색이었다. 소철환이 아니었으면 표사 옷을 입기도 힘든 자들이 태반이다. 그들이 대도표국의 표사가 될 수 있었던 것은 바로 소철환 때문이었다.

대도표국에 발을 들이면서 소철환은 자신의 입지를 다지고 싶어 했다. 국주인 황일소보다 자신을 더욱 따르는 부하들을 가지려고 한 것이다. 그래서 소철환은 자신의 표행에 따를 표사들을 직접 뽑았다. 자신이 운영하는 조를 직접 만든 것이다. 황일소는 소철환을 붙잡기 위해 마지못해 허가했다.

그렇게 얻은 채용권. 소철환은 자신의 권한을 순전히 기분 내키는 대로 사용했다. 뛰어난 실력을 지닌 지원자를 떨어뜨려 버리기도 했고, 실력은 형편없는데 자신의 기분만 잘 맞춰주면 즉시 채용해 버리기도 했다. 채용 기준이 오락가락했으니 모이는 인간들은 하나같이 결함이 있는 자들일 수밖에 없었다.

사정이 그렇다 보니 나중엔 정통이나 규율에 얽매이는 표사들은 애당초 소철환의 조에 지원할 생각도 하지 않았다.

소철환은 그런 표사들을 수십 명이나 뽑아서 데리고 다녔다.

그럼에도 지금껏 문제가 없었던 것은 표행을 이끄는 소철환의 실력이 뛰어났기 때문이다.

무림에서도 일류급에 속하는 소철환이다. 일개 산적들이 난다 긴다 해도 당해낼 수 있을 리가 없었다.

일개 표두가 자신의 조원을 직접 뽑고, 데리고 다닌다는 것에 불만이 많던 사람들은 할 말을 잃었다. 맡은 일을 한 번의 실패 없이 완수해 버리니 트집을 잡을 수가 없는 것이다.

그래서 작금에 와서 대도표국은 표사들을 두 번씩 뽑는 전통이 생겨 버렸다. 표국주인 황일소를 필두로 표국 차원에서 한번 뽑고, 소철환이 개인적으로 한 번 더 뽑는 것이다.

대도표국이 사업을 확장하며 머릿수만 급하게 채우려 한다는 말이 나오게 된 연유다.

그런 채용 과정이 있었으니, 그들에겐 목숨을 바쳐서라도 표물을 지켜야 한다는 사명감 따위는 없었다. 아니, 설사 있다 하더라도 지금은 자중해야 한다. 상대가 무영문이기 때문이다.

'하필 무영문이 상대라니…….'

무영문은 그들처럼 세력을 이루지 못하고 떠도는 무림인들에게 가장 두려운 대상이었다. 무영문이 자객집단이라곤 하지만 대외적으로는 문호를 내건 문파. 다른 세력과 껄끄러운 상대가 되는 일은 피했다. 그러다 보니 그들이 노리는 대상은 대부분 후환이 없는 상대. 즉, 세력 없이 홀로 돌아다니는 이들이었다.

홀로 무림을 떠돌다 느닷없이 급살했다면, 열에 일곱은 무영문 출신이 개입된 일이다. 왕보가 알고 있는 무영문 관련 괴담만 늘어놓아도 책자 한 권은 족히 나올 것이다. 무영문의 신출귀몰함과 잔혹함은 많은 소문과 뒤섞여 공포 그 자체가 되어버린 것이다. 마치 본 적 없는 귀신처럼 본능적으로 두려워하게 만드는 존재. 그것이 뒤봐줄 세력 없는 떠돌이 무림인들이 느끼는 무영문이라는 단체다.

아마 집단에 속해 있는 자들이 지금의 상황을 보면 비웃을 것이 뻔하다. 명색이 도산검림을 노닌다는 무림인이 싸워보기도 전에 꼬리를 말 생각부터 한다는 것을 이해하지 못할 테니까. 그들은 결코 이해하지 못할 것이다. 왕보와 같은 이들이 느끼는 공포감을.

'젠장맞을. 조만간에 무림을 휘어잡을 거라는 소문만 듣고

지원했더니. 뒷배 얻으려다 개죽음 당하게 생겼구나.'

왕보는 한탄했다.

표국이란 것도 거대해지면 여느 문파 못지않은 세력을 과시할 수 있다. 하지만 그것은 정말 드문 경우. 거대문파의 후원을 받든지, 아니면 표국주가 무림에서 한 손에 꼽힐 정도의 고수라야만 가능한 일이다. 대도표국은 거대문파의 후원을 받지도 못했고, 국주인 황일소는 고수 소리를 듣긴 했지만 무림에서 손꼽힐 정도는 아니다. 대도표국이 근래 들어 급성장하고 있긴 했지만, 그것은 표국이라는 사업체로만 봤을 경우일 뿐. 무림에서 영향력을 발휘하기엔 한참 부족하다.

왕보가 그 사실을 깨달은 지는 오래되었다. 그럼에도 그만두지 않은 것은 일이 편하고 임금이 좋기 때문이다. 편안함을 좇은 선택이 지금 왕보의 생명을 위태롭게 만들고 있다.

왕보는 열심히 머리를 굴렸다. 그는 맞서 싸웠을 경우와 굴복했을 때의 생존율을 비교해 보았다. 무영문의 전력과 자신들의 전력을 꼼꼼히 가늠해 본 결과. 그가 내린 답은 하나였다.

"무기를 버려라!"

왕보의 명령에 대부분의 표사들이 무기를 버린다. 그들 역시 왕보와 같은 생각을 하고 있었던 것이다. 저항할 생각으로 무기를 쥐고 있던 표사들도 잠시 고민하더니 한숨을 쉬며 무기를 버린다.

그들의 행동에 무영은살이 비웃으며 말했다.

"결정이 빠르군. 하지만 항복한다고 달라지는 것은 없어. 마달이란 자를 내놓지 못하면 모두 죽은 목숨이다."

타협의 여지가 없는 말이다. 사실 무영은살 입장에서는 깔끔히 모두 죽여 버리는 편이 좋다. 무영문이 나섰다는 소문이 돌면 여러모로 번거로울 수밖에 없다. 그럼에도 절반이나 살려주겠다고 제안한 것은 마달의 용모파기를 확보하지 못했기 때문이다. 모두 죽였는데 정작 마달이라는 자의 신원을 확인할 수 없다면 곤란했다.

　결국 이들은 마달이라는 자 때문에 억울하게 죽게 생겼지만, 또한 마달 때문에 절반이나마 살아나게 된 것이다.

　물론 표사들은 그런 사정을 이해할 리가 없다.

　단지 그들은 자신들을 사지로 몰아넣은 주인공을 찾기에 급급했다.

　"대체 마달이라는 자가 누구야?"

　"이봐. 당신들 중에 마달이라는 놈을 아는 사람 없나?"

　"지금 농담이 아니라고. 다 죽게 생겼잖아. 마달이 누군지 모르지만 양심이 있으면 빨리 나서."

　표사들은 눈을 부릅뜨고 상인들에게 윽박질렀다.

　무영문을 대할 때와는 완전히 상반된 언행이다.

　평소라면 뻔뻔한 그들의 행태에 울분을 토했을 테지만, 상인들 역시 상황의 심각성을 파악하고 있었다. 상인들은 주변인들을 둘러보며 수군거렸다.

　"누, 누구 마달이란 사람 몰라?"

　"난 처음 듣는 이름인데. 상인 맞아?"

　"어지간한 상인들 이름은 한 번쯤 들어봤을 텐데. 상계에 발들인 지 얼마 안 되는 거 아니야?"

때 아닌 마달 찾기 소동이 벌어졌다.

하지만 마달이라는 이름은 나오지 않았다.

소란해진 장내를 보며 무영은살의 눈살이 찌푸려졌다.

"지루하군."

무영은살의 손가락이 까딱거린다.

"아악."

가장 앞쪽에 있던 표사의 팔이 잘려져 나갔다.

핏방울을 머금은 무영혈사가 햇빛에 반짝였다.

"이게 무슨 짓이오?"

왕보가 기겁하여 소리쳤다.

무영은살이 혈사를 거두며 말했다.

"기다리는 시간이 아까워서 말이야. 지금부터 열을 셀 때까지 마달이 나오지 않으면 목을 떼어주도록 하지. 다음 열을 세도 나오지 않는다면 두 명을 죽이고. 다음은 네 명. 그렇게 곱수로 목이 나뒹굴어 다니다 보면 마달이란 놈도 나오지 않겠나?"

말을 하는 무영은살의 입가에는 잔혹한 미소가 맺혀 있었다.

즐거움이 담긴 미소. 그는 이 상황을 즐기고 있었다.

그의 살소를 본 사람들의 표정이 굳어졌다.

'진심이다. 저자는 모두를 죽일 것이야.'

표사들과 상인들의 표정이 다급해졌다.

"이봐! 마달. 모두를 죽일 셈이냐?"

"빨리 나와! 난 이런 데서 죽고 싶지 않다고!"

"이봐. 너. 처음 보는 얼굴인데. 니가 마달 아냐?"

"우, 웃기지 마. 난 너야말로 수상한데."

분위기가 금세 험악해졌다.

당장이라도 칼부림이 일어날 것만 같았다.

"흐흐. 멍청한 놈들."

무영은살은 혼란에 빠진 장내를 둘러보며 비웃었다.

자신들의 목숨을 위협하고 있는 것은 무영은살이건만, 그들은 엉뚱한 마달에게 적의를 드러내고 있다.

인간은 어려운 상황엔 원망할 대상이 필요하다. 하지만 원흉인 무영은살은 원망하기엔 너무 공포스러운 존재. 결국 만만한 마달에게 모든 책임을 떠넘겨 버린 것이다.

무영은살은 이런 상황을 노리고 압도적인 무위와 잔인함을 보였다.

공포는 사람을 비이성적으로 만든다. 사람들은 살기 위해선 마달을 넘기는 수밖에 없다고 생각했다. 맞서 싸운다든가 도주, 또는 협상 같은 다른 선택지는 떠올리지도 못한다. 공포에 굴복했기 때문이다.

많은 죽음을 다뤄본 무영은살이기에 공포에 임하는 사람의 심리에 대해 잘 알고 있었다.

"슬슬 나올 때가 되었군."

장내의 혼란은 이미 한계에 이르러 있었다.

분위기로 봐서 다른 자들에 의해 마달이 나오든지, 마달이란 자가 스스로 나오든지 할 때가 되었다. 무영은살은 날카로운 눈으로 사람들의 반응을 살폈다.

그의 예상은 빗나가지 않았다.

행렬 뒤편에 모인 몇 명에게서 주변과 다른 기운이 감지되었다.

노인 둘과 젊은 사내 둘.

모두가 공포에 잠식되어 이성을 잃어가고 있을 때, 네 사람만은 주변과 판이한 반응을 보이고 있었다.

넷 중에서도 무영은살의 시선을 잡아끈 것은 가장 어려 보이는 사내였다.

한눈에 신출내기임을 알 수 있는 젊은 상인. 그는 하얗게 질린 얼굴로 앞으로 나가려 했고, 일행으로 보이는 늙은 상인이 그를 만류하고 있다. 늙은 상인이 어깨를 잡아당길 때마다 젊은 상인의 얼굴에는 복잡한 감정이 떠오른다.

무영은살은 젊은 상인의 얼굴에 떠오른 감정을 정확히 읽었다.

'죄책감?'

이 상황에 죄책감을 가질 사람을 단 한 명뿐이다.

"크큭. 저놈이군."

무영은살은 득의한 웃음을 지었다. 동시에 흥미가 생긴다.

마달을 말리고 있는 늙은 상인. 마달이 나서주면 사람들이 살수도 있다. 그럼에도 그는 마달을 만류하고 나선다. 두려움이 없는 것은 아니다. 주름진 얼굴이 하얗게 질려 있고 마달을 제지하는 손은 연신 부들부들 떨고 있다.

'죽을 때가 가까워져서 목숨이 아깝지 않은 건가?'

하지만 무영은살은 알고 있다. 나이를 먹고 살날이 얼마 남지 않은 자들일수록 삶에 대한 욕구가 더욱 강하다는 것을.

늙은 상인 정도라면 산전수전 다 겪었을 나이. 자신의 행동이 뜻하는 바를 모르지 않을 텐데 마달이 나서지 못하게 하고 있다.

그리고 또 다른 두 명.

사실 무영은살이 흥미를 가진 것은 바로 그들이다.

마달의 일행인 듯 서 있는 일노일소. 그들은 사람들과는 매우 다른 신색을 보이고 있다.

젊은 사내는 제자리에 쪼그리고 앉아 사람들을 둘러보고 있는데, 한심하다는 표정을 노골적으로 드러내고 있다.

나이를 짐작하기 힘든 노인은 더욱 기이했다. 그는 다른 자들은 신경도 쓰지 않고 무영문의 고수들을 훑어보고 있는데, 그 눈초리가 마치 먹이를 탐색하는 맹수의 것과 같다. 간혹 입맛을 쩝쩝 다시기까지 하는데, 그와 눈이 마주친 자들은 몸을 부르르 떨어댄다.

상황과 어울리지 않는 두 사람. 그들에게서 공통적으로 느낄 수 있는 것은 여유다. 살벌한 상황에 어울리지 않는 여유로움. 무영은살은 그들의 여유가 마음에 들지 않았다. 주변 상황이 어떻게 흘러가든 평상심을 잃지 않는 인물들. 득도한 고승이 아니라면 자신의 능력에 확고한 믿음이 있는 자들이다.

무영은살은 그들에게 흥미를 느꼈다.

'그 여유를 언제까지 유지할 수 있을까?'

무영은살은 혀로 입술을 핥았다. 흔들리지 않는 평상심을 깨부수는 상상을 하자 벌써부터 기분이 좋아진다.

악취미다. 강함을 자부하는 자들을 굴복시키는 것. 지금껏 무영은살의 손에 꺾여 폐인이 된 이들이 셀 수 없이 많다. 그들 중엔 한 지역의 패자도 있고, 이름만으로도 무림을 떨쳐 울릴 정도로 유명한 고수도 있다. 심지어 무영은살보다 훨씬 윗줄로 꼽히는 강자도 있었다. 하지만 그들 모두 결국엔 무영은살에게 패하여 바닥을 기었고, 그가 주는 고통과 공포에 굴복하여 종내에는 살려달라고 애걸복걸하게 되었다.

무쇠처럼 강했던 상대가 무른 진흙처럼 물렁물렁하게 바뀌는 변화 과정을 지켜보는 것은 무영은살의 유일한 낙이었다. 그 순간만큼은 미인과의 정사보다 더욱 강한 쾌락에 빠질 수 있다.

그렇기에 무영은살은 즐거웠다. 자신의 먹잇감을 두 명이나 발견했다는 것이. 그 사실이 견딜 수 없이 즐거웠다.

'지금은 잠시 참아야겠지.'

무영은살은 달아오르는 피를 식히며 시선을 돌렸다.

마달이라 추정되는 자와 그를 만류하고 있는 늙은 상인을 향해서다. 그는 공과 사를 철저히 구분할 줄 아는 인물이다. 지금 중요한 것은 그에게 즐거움을 줄 수도 있는 두 명보다 임무와 관련된 마달이다. 마달을 보자 그 옆에 달라붙어 있는 늙은 상인이 거슬린다.

'별 볼 일 없는 놈이 함부로 참견하다니.'

무영은살의 눈에 늙은 상인은 주제를 모르고 끼어드는 하루살이와도 같았다.

아무런 감흥도 줄 수 없는 무의미한 인물. 무영은살에게는 하등 가치 없는 존재다. 그런 인물이 감히 자신의 일을 방해하려 하고 있다.

무영은살은 자신의 뜻을 거스르는 자를 참아줄 아량 따위 없었다.

'늙은이 목이 날아가면 알 수 있겠지. 저놈이 정말 마달인지 아닌지.'

무영은살의 눈에 살기가 솟구쳤다. 그의 손가락이 튕겨지듯 펼쳐진다. 방향은 마달을 잡고 있는 늙은 상인의 목.

그의 손짓에 따라 허공에 늘어져 있던 무영혈사가 맹렬한 기세로 날아갔다. 장애물처럼 서 있는 사람들 틈을 유연하게 파고들며 단번에 늙은 상인의 목을 휘감는다.

무영은살은 망설임 없이 혈사를 잡아당겼다.

피잇.

팽팽히 당겨진 혈사에 진기가 실리자 칼날 같은 예기가 나타난다. 사람 목쯤은 단번에 잘라 버릴 수 있을 만큼 예리한 기운이다.

허공에 솟구치는 피. 뒤이어 발생할 소란들. 그 속에 만연한 공포. 무영은살은 기분 좋은 미소를 지었다. 피와 공포는 그를 기분 좋게 하는 요소 중 하나. 이후 마달을 잡고 흥미를 유발시킨 두 명을 괴롭히면 그의 하루는 충분히 보람찰 것이다.

하지만 무영은살의 계획은 시작부터 어긋났다. 예상했던 소란 대신 능글맞은 목소리가 들려왔다.

"저놈. 기분 나쁘게 왜 자꾸 히죽거려?"

태연하게 들려오는 목소리는 단번에 그의 기분을 상하게 만들었다. 무영은살이 예상했던, 피육이 잘려 나가고 공포에 가득 찬 비명을 모두 사라지게 만든 목소리.

무영은살의 시선이 목소리의 주인을 향했다.

모든 빛을 빨아들일 것 같은 묵빛 검. 그에 휘감겨 꼼짝도 하지 못하는 혈사. 그리고 그 검을 들고 있는 젊은 사내.

바로 무영은살의 흥미를 불러일으켰던 자였다.

무영은살은 그를 보며 살소를 지었다.

'예정보다 빨리 맛보겠군.'

"별 이상한 놈 다 보겠군. 뭐가 그리 좋지?"

유검호는 중얼거리며 흑암을 집어넣었다.

흑암이 빠지자 혈사가 힘없이 떨어져 내린다.

무력해진 혈사를 보자 무영은살의 입가에 더욱 진한 미소가 맺혔다. 그는 양 노인의 목을 노리려던 암수가 실패했다는 것은 전혀 상관치 않았다. 오히려 재미있는 장난감을 발견했다는 듯 즐겁게 히죽거릴 뿐이다.

이유는 알 수 없지만 보는 것만으로도 기분이 나빠지는 웃음이다.

적무양이 그를 보고 기이하다는 듯 말한다.

"호오. 저놈… 네 녀석을 보고 군침을 흘리는구나. 취향이 참으로 별난 놈이야. 어떠냐? 어차피 평생 가야 여자하고 인연 맺기는 불가능할 것 같은데, 이 기회에 성적 취향을 바꿔보는 것이. 그쪽 방면에선 의외로 인기가 있을지 누가 아느냐?"

"사양하겠소. 난 이쪽 방면에서도 충분히 인기 있거든. 그보다 영감이나 바꿔보는 건 어떻소? 저놈 보쇼. 영감보고도 군침 흘리지 않소?"

그 말대로 무영은살은 적무양에게도 뜨거운 눈길을 보내고 있었다. 다만 그들 말처럼 애정을 갈구하는 눈빛과는 거리가 멀다. 무영은살은 피를 갈구하듯 섬뜩한 안광을 흉흉하게 내비추고 짙은 살기를 피워 올리고 있었다.

"흐흐흐. 재미있군. 정말 재미있어. 나를 앞에 두고 이런 여유를 부리는 것들은 오랜만이야. 발끝부터 머리까지 한 치 단위로 썰리고 나서도 그렇게 여유로울 수 있는지 보겠다."

무영은살은 말과 함께 양손을 들어 올린다.

스르륵.

그의 손짓에 무영혈사가 튀어 오른다. 육안으로는 파악할 수 없을 정도의 쾌속함으로 솟은 무영혈사. 움직인다 싶었을 때는 이미 유검호와 적무양의 다리를 동시에 휘감고 있었다.

"우선 다리부터 떼어주지."

무영은살은 잔혹하게 웃으며 혈사를 잡아당겼다.

파앗.

뼈와 살이 갈라지는 감촉이 손끝에 전해져 온다.

"크흐흐. 다시 여유를 부려보……."

비웃던 무영은살은 점점 이상한 기분을 느꼈다.

다리 끝에서부터 스믈스믈 기어오르는 느낌. 뇌 속에서 보내오는 강렬한 신호. 고통이었다. 그것도 정신을 잃을 정도로 극렬한 고통. 타인에게 안겨주기만 했던 그 느낌이 무영은살의 전신을 관통한다.

"으아아악!"

무영은살은 비명을 지르며 나뒹굴었다.

쓰러진 그가 있던 자리에는 정강이 부분부터 깨끗이 잘려나간 다리 두 짝이 땅에 붙어 있다.

절단된 다리 위로 나풀거리는 무영혈사가 흘러내린다.

"어, 어떻게……."

무영은살은 고통보다 더한 놀라움에 말을 잇지 못했다.

자신의 다리를 자른 것이 자신의 독문병기 무영혈사였음을 깨달은 것이다. 그는 자신의 무기로 자신의 다리를 자른 셈이 되었다. 상대를 휘감고 있던 무영혈사가 어떻게 자신의 다리를 자를 수가 있는지 그의 머리로는 도저히 알 수가 없었다.

그 대답은 그의 뒤편에서 들려왔다.

"글쎄. 어떻게 했을까?"

"헉."

무영은살은 대경하여 고개를 돌렸다. 목소리의 주인을 확인한 그의 눈이 찢어질듯 부릅떠졌다. 분명 이십 장 이상 떨어져 있었던 유검호가 지척에 보였기 때문이다.

"허엇."

"저럴 수가."

여기저기서 경악성이 터져나왔다.

강호의 절대고수 중 하나라는 무영은살이 손 한 번 써보지 못하고 다리가 잘렸으니 눈으로 보고도 믿기 힘든 일이었다.

특히 무영은살의 부하들의 놀라움은 더욱 컸다.

그들은 무영은살의 무서움을 누구보다 잘 알고 있었다. 그들이 아는 무영은살은 그야말로 공포의 사신이었다. 다른 이들과는 충격의 강도가 달랐다.

하지만 그들 역시 살수 훈련을 받은 자들. 금세 정신적 충격에서 빠져나온다.

처척.

복면인들이 유검호의 주변을 둘러싼다.

한순간에 사방을 점하여 탈출로를 제거하는 움직임이 매우 신속하다. 눈 한 번 깜빡일 사이에 포위를 마친 복면인들은 곧장 공격을 가하려 했다.

그러나 그들이 움직이기 직전. 유검호가 먼저 말했다.

"어이. 부하들 다 죽이기 싫으면 물러나게 하는 게 어때?"

"으음."

무영은살은 나직한 신음을 흘렸다. 극심한 통증이 전해져 왔기 때문이다. 유검호는 쪼그려 앉은 채 흑암으로 절단된 상처를 툭툭 건드리고 있었다. 기이하게도 흑암이 닿을 때마다 철벅이던 출혈이 눈에 띄게 줄어든다.

'검기점혈?'

검으로 혈을 누르는 정도는 어느 정도 수준에 이른 검의 고수라면 누구나 할 수 있다. 하지만 저런 몽둥이 같은 검으로 장난하듯 휘둘러서 할 수 있는 사람은 거의 없다.

그것만으로 부하들과 유검호의 싸움 결과를 굳이 상상해 볼 필요도 없다.

"…물러나라."

무영은살은 힘겹게 명령했다.

그의 명령에 복면인들이 주춤한다. 그들은 살수다. 인질 때문에 물러서는 것은 그들의 규칙에 어긋난다. 무영은살이었다면 문주의 목에 칼이 겨누어지더라도 물러나지 않았을 것이다.

그들이 머뭇거리자 무영은살이 다시 말했다.

"대적 불가."

복면인들의 몸이 흠칫한다.

대적 불가. 즉, 모두 덤벼도 당해내지 못할 상대라는 말이다.

살수에게 암살 못지않게 중요시되는 것이 생존. 인질 때문에 물러서는 것은 규칙에 어긋나지만, 감당치 못할 적을 피하는 것은 합당하다.

복면인들은 더 이상 지체 않고 포위를 풀었다.

무영은살이 부하들을 물리자 유검호는 만족했다.

"상황 판단이 빠르군. 참, 그런데 그 다리 말이야. 뭐라도 감싸는 것이 어떤가? 대충 지혈을 하긴 했지만, 피를 완전히 멈출 수는 없거든."

유검호의 말에 무영은살은 묵묵히 상의를 찢어 상처 부위를 감쌌다.

그가 상처를 감싸고 나자 유검호는 다시 입을 열었다.

"그럼 슬슬 떠들어보지?"

유검호의 말에 무영은살은 대답 대신 질문을 던졌다.

"네놈은 누구냐?"

싸늘하고 위엄 넘치는 목소리는 본래의 무영은살의 것이다.

하지만 처한 상황은 결코 이전과 같지 않다.

조금 전의 그가 장내를 지배하고 좌지우지할 수 있었던 절대자였다면, 지금은 상대의 움직임은 전혀 알아차리지도 못한 사이에 다리를 잃은 패자에 불과했다.

유검호는 흑암으로 무영은살의 상처를 툭툭 건드리며 그런 상황을 깨닫게 해주었다.

"네가 지금 질문할 상황이냐? 팔이라도 멀쩡하고 싶으면 털어놔 봐."

"뭘 말이냐?"

"뭐겠어? 너희가 마달을 노리는 이유지."

유검호의 말에 무영은살의 입이 닫혔다. 그는 살수집단 무영문을 대표하는 인물. 물어본다고 순순히 털어놓을 만큼 녹록한 인물이 아니었다.

입을 굳게 닫는 그를 보며 유검호는 픽 웃었다.

"너도 직업상 이런 상황을 많이 겪어봐서 알겠지만, 결국엔 다 말하게 될 거라는 걸 알잖아? 벗어날 수 있는 방법은 자결하든, 털어놓든 둘뿐이지. 보아하니 자결할 생각은 별로 없어 보이는군. 그럼 피차 귀찮게 하지 말고 그냥 말하는 게 어때?"

"고문이라도 할 생각인가?"

"뭐 필요하다면."

"그런 짓을 할 것같이는 안 보이는데?"

"난 반전이 있는 남자거든. 생긴 건 곱상해도 할 땐 한단 말이지. 게다가 너, 어차피 여기 있는 사람 다 죽일 생각이었잖아."

그 말에 무영은살은 흠칫하며 변명하듯 말했다.

"절반은 살려준다고 말했었다."

"절반을 살려줄 거면 절반을 죽이지도 않아. 반대로 절반을 죽일 거면 나머지 절반을 살려주지도 않을 테고. 절반만 죽인다는 건 볼일 보고 닦지는 않겠다는 말이나 마찬가지잖아? 너 같

은 도살자가 그런 찜찜함을 감수할 리가 없을 테지. 복면으로
신분을 감췄던 너희가 무영문이라는 걸 발각된 시점에서 이미
살인멸구할 생각 아니었나?"

유검호의 말에 무영은살은 입을 다물었다. 유검호의 눈빛이
마치 속마음을 꿰뚫는 듯했기 때문이다.

유검호는 픽 웃으며 말을 이었다.

"너희 같은 놈들 생각은 항상 똑같지. 너희 일만이 세상의 전
부인 것같이 굴거든. 그 일에 무고한 사람이 죽든 말든 아무 상
관 없잖아. 안 그래? 그래서 너희에 한해서 나도 같은 방식을 고
수해 주곤 하지. 어차피 너도 날 죽이려고 했는데, 나도 동정심
같은 거 챙겨가면서 덜 잔인해질 필요는 없지 않겠어?"

무영은살은 유검호의 눈을 보았다. 허풍인지 아닌지 진의를
파악하기 위해서다. 하지만 유검호의 눈은 잿빛구름에 가려진
하늘처럼 그 속을 들여다볼 수가 없었다.

'파악 불가.'

무영은살은 자신의 능력으로는 눈앞의 인물의 속내를 알 수
없다고 판단했다.

'파악할 수 없다면 진의나 마찬가지다.'

무영은살은 한숨을 내쉬었다. 유검호도 말했지만, 그는 아직
죽고 싶은 생각은 없었다. 비록 두 다리가 잘리긴 했지만, 그가
다리 없이 할 수 있는 일은 무수히 많다.

"하아. 천하의 무영은살이 이런 꼴이 되다니. 한심하군."

"위로가 될지는 모르겠지만, 내 앞에서 그런 말을 한 인간들
중에 너보다 약한 놈은 별로 없었지."

무영은살은 멍하니 유검호를 보았다. 그 역시 무림에서는 절대강자 중 한 명으로 꼽힌다. 굳이 비교해 볼 필요를 느낀 적은 없지만, 아마 구대문파의 장로급 이상은 될 것이다. 그런 자신이 유검호에게는 그저 숱한 패배자들 중 한 명으로 취급받고 있었다.

무영은살은 좌절감을 속으로 삼키며 말했다.

"한 달 전에 의뢰를 받았다. 의뢰자는 철검가. 의뢰 내용은 개봉으로 향하는 대도표국의 일행 중 마달이라는 자를 납치하여 하나의 물건을 찾아오라는 것이다."

"물건?"

"봉황이 새겨진 금낭이다. 속에는 옥패가 들어 있다더군."

"금낭과 옥패라. 이봐, 마달."

"네?"

유검호의 부름에 멀찍이 떨어져 있던 마달이 깜짝 놀라며 대답한다.

"이놈은 금낭과 옥패를 찾는다는 군. 가지고 있어?"

유검호의 말에 마달은 머뭇거리며 대답했다.

"있기는 있지만 그저 평범한 주머니와 장신구일 뿐입니다. 왜 그런 것을……."

고작 그런 물건 때문에 사람의 목숨을 노린다는 것이 이해가 되지 않는 표정이다.

"보자. 정말 평범한 물건들인지."

유검호의 말에 마달은 엉거주춤하게 다가와 금낭을 꺼낸다.

금낭은 겉보기에도 고급스러워 보이긴 했다. 하지만 별다른 점은 보이지 않는다.

"줘봐. 한번 살펴보게."

유검호가 손을 내밀었으나 마달은 쉽사리 금낭을 건네지 못한다. 유검호는 그를 보며 픽 웃었다.

"내가 힘으로 뺏으려고 마음먹었으면 네 손 하나 못 비틀겠냐?"

마달은 그제야 금낭을 건넸다.

금낭은 겉으로 보기에는 특이한 점을 찾을 수 없었다. 주머니를 열자 안에는 손바닥만 한 옥패가 들어 있다. 옥패는 겉면에 원앙이 새겨져 있었다. 두 가지 물건을 살펴본 유검호를 머리를 긁적였다.

"정말 평범한데?"

금낭은 고급스러운 비단으로 만들고 옥패 역시 상당히 고급스러운 솜씨로 제작하긴 했지만 둘 다 대단한 값어치가 나갈 것 같진 않았다. 적어도 이렇게 사람을 해쳐 가면서까지 얻을 만한 물건으로는 보이지 않는다.

유검호가 알 수 없는 표정을 짓고 있을 때, 적무양이 다가왔다.

"귀한 물건이군."

적무양의 말에 유검호는 금낭과 옥패를 내밀며 물었다.

"뭔지 알겠소?"

"금낭은 모르겠지만, 그 옥패의 재질은 알겠군. 예전에 본 적이 있어. 이형천반옥(異形天反玉)이라는 거다."

"이형천반옥? 평범한 옥이 아니오?"

"당연히 다르지. 옥패에 진기를 넣어 보거라."

유검호는 옥패에 기운을 불어 넣었다. 그러자 옥패에 희미한 광채가 새어나왔다.

"평범한 기운으로는 안 될 게다. 상고의 기물이라고까지 불리는 것이니 네 녀석이라도 전력을 다해야 할 거야."

"귀찮은 물건이군."

유검호는 투덜거리며 내공을 끌어 올렸다. 웅혼한 내공이 주입되자 옥패의 빛이 점점 더 강해져 갔다. 놀랍게도 빛이 강해질수록 옥패의 외형 역시 조금씩 바뀌어져 간다. 마치 무쇠가 불에 녹아 용액이 되듯 흐물흐물해지더니 종내에는 푸르스름한 액체가 되었다. 출렁거리는 액체는 유검호의 손바닥 위를 이리저리 돌아다니더니 이내 치익 소리와 함께 푸른 기체가 되었다. 기체가 되어서도 유검호의 손바닥 위를 떠나지 않고 둥둥 떠다니는 것이 마치 작은 구름이 내려앉은 모습이다.

"이게 뭐요?"

유검호는 자신의 손바닥을 노니는 푸른 구름을 툭툭 건드리며 물었다.

"이형천반옥의 정수다. 세상에 존재하는 어떠한 사악한 기운이라도 되돌리는 효능이 있다고 하지. 꽤나 귀한 물건이다. 네가 취하든지 저 녀석에게 돌려주든지 마음대로 해라."

적무양은 세상에 존재하는 대부분의 선약과 영물을 경험했거나 아는 인물이다. 그런 적무양이 귀하다고 할 정도라면 세상에 드문 보물이 틀림없다.

"호오. 이게 그렇게 대단한 건가? 마달. 손 내밀어봐. 네 손에 심어주도록 하지."

"헛!"

유검호의 말에 마달이 기겁하여 손을 감춘다. 이형천반옥의 모습이 너무도 기괴한 탓이라 놀란 듯했다.

"그냥 기운일 뿐이야. 해치거나 하지 않으니 겁낼 것 없어."

유검호의 말에 마달은 고개를 젓는다.

"그게 아니라, 그것을 취하면 옥패가 사라지는 것이 아닙니까?"

마달이 신경 쓰는 것은 이형천반의 기운이 아니라 그것을 담고 있던 옥패였던 모양이다.

"음? 옥패? 무슨 사연이 있는 물건인 건가?"

"그것은… 정표입니다."

"정표? 정표라면 설마 애인 사이에 기념으로 주고받는 그런 걸 말하는 건가?"

"맞습니다. 제겐 가장 소중한 여인이 준 것이라 그 옥패를 사라지게 할 수는 없습니다."

"젠장. 사랑이라니. 나로서는 불가침영역이로군."

유검호는 인상을 쓰며 적무양에게 물었다.

"이걸 원래대로 돌리는 방법은 없소?"

"옥패는 단순한 그릇에 불과할 뿐이다. 지금은 내공에 의해 이형천반의 정수와 융합된 상태지. 이형천반을 취하고 정교한 내공 운용으로 불순물을 배출하면 옥패는 원래의 모습을 찾을 수 있을 것이다. 물론 신묘한 기운은 모두 사라진 껍데기뿐이겠지만."

그 말에 마달이 반색을 표한다.

"제게 소중한 것은 그 옥패입니다. 그 안에 담겨 있는 기운이 무엇이든 상관없습니다."

그 말에 유검호는 안심하고 말했다.

"그럼 문제될 것 없겠군. 손 내밀어. 손에 심어줄 테니."

유검호의 말에 마달은 다시 난색을 표했다.

그가 머뭇거리자 옆에서 지켜보던 양 노인이 조심스럽게 말했다.

"자고로 보물은 화를 가져온다지. 그게 그토록 귀한 것이라면 이 친구가 감당하긴 벅차지 않겠나? 지킬 힘이 있는 자네가 가지는 게 나을 것 같네만."

양 노인은 말을 하며 주변을 둘러본다. 보물을 목격한 눈이 많다는 것을 에둘러 표현한 것이다.

표행에 관련된 사람들은 물론이고 무영문의 인물들 모두 숨을 죽이고 일행을 주목하고 있었다. 이런 상황에서 마달이 이형천반이라는 보물을 소유하게 된다면 그들 모두의 표적이 되는 셈이다.

적무양 역시 양 노인의 말을 거들었다.

"이형천반옥의 힘은 최소한 심기일체를 이룰 정도의 공력을 쌓아야만 움직일 수 있다. 마달이 그 힘을 사용하려면 몇십 년이 걸릴지 알 수 없지. 힘을 사용하지 못하면 옥패를 복원할 수도 없다. 네 녀석이 취하지 않을 것이라면 이리 건네라. 내가 기운을 취하고 옥패를 돌려주도록 하지."

적무양이 손을 뻗자 유검호는 어림없다는 듯 이형천반이 든 손을 거둔다.

"홍. 영감 좋은 일 시킬 수는 없지. 몸에 좋은 건 내가 먹겠소."

유검호는 내공을 발출하여 손바닥 위에 어른거리는 푸른 구름에 주입하였다. 푸른 구름은 꿈틀거리며 이리저리 빠져나가려 했으나 촘촘한 기의 그물에 갇혀 결국 유검호의 손에 흡수되고 말았다. 이형천반옥의 기운을 모두 흡수하고 나자 푸른 기체 속에서 옥패 하나가 떨어져 내렸다. 기체가 되기 전의 형태를 고스란히 지닌 옥패였다.

"옥패는 단순한 그릇이라더니. 알맹이가 빠져서 그런지 빛이 꽤나 바랬군."

이형천반옥의 기운을 잃은 옥패는 전과 달리 투박해 보였다.

반면 옥패의 정수를 얻은 유검호의 왼손은 하얗고 반질거리는 것이 섬섬옥수가 따로 없었다.

"어라. 이건 뭐야?"

유검호가 자신의 손을 보며 어이없어 중얼거렸다. 적무양이 기다렸다는 듯 통쾌하게 웃으며 말했다.

"크하하하. 왼손은 중원 제일 미인이로군. 앞으로 용두질할 답시고 하물 주물럭거릴 때 매우 용이하겠구나."

유검호는 상반된 좌우 쌍수를 비교해 보았다. 왼손은 섬섬옥수, 오른손은 굳은살 가득한 투박한 손. 자신의 양손이었지만 실로 기괴하기 이를 데 없는 조합이다. 유검호는 낭패하여 소리쳤다.

"젠장. 영감은 알고 있었지?"

"당연하지. 몰랐으면 그런 보물을 그리 쉽게 네 녀석한테 넘겼겠느냐?"

물론 이런 부작용이 없었다 해도 적무양은 그리 탐내진 않았을 것이다. 적무양이나 유검호는 이런 기물에 힘입을 정도의 수준은 한참 전에 벗어났기 때문이다. 그들에게 기물은 단지 신기한 물건에 불과할 뿐. 다른 사람들처럼 목을 맬 만한 가치가 있는 것은 아니었다. 결국 유검호는 적무양에게 재밋거리를 주지 않으려다 오히려 자신이 재밋거리가 된 셈이다.

"쳇. 장갑이라도 끼고 다녀야겠군. 마달. 이거나 받으라고."

유검호는 손에 남은 옥패를 마달에게 건넸다. 이형천반의 기운이 모두 빠져 평범해진 옥패였지만, 마달은 그것을 조심스럽게 받았다.

옥패에 대한 의문이 풀리자 이번엔 금낭이 눈에 들어왔다.

'옥패는 그렇다 쳐도 금낭은 왜 빼앗으려고 한 걸까? 단순히 옥패가 들었기 때문은 아니겠지. 옥패와 금낭을 함께 원했다는 것은 이것 역시 뭔가 비밀이 있다는 말인데.'

유검호는 금낭을 자세히 살펴보았다.

하지만 아무리 살펴봐도 눈에 띄는 점은 없다. 물에 적셔보거나 진기를 넣어보기도 하고 속을 뒤집어보기도 했지만, 그저 어디서나 볼 수 있는 비단 주머니에 불과했다.

'겉은 역시 평범하군. 뭔가 있다면 속에 있다는 말인데.'

유검호는 마달을 흘깃 보았다.

금낭의 비밀이 무엇인지는 알 수 없지만 제대로 알아보려면 속을 뜯어봐야만 한다. 심지어 불에 태워봐야 할 수도 있다.

하지만 그렇게 되면 금낭이 훼손되는 것은 불가피하다.

그에게는 호기심을 자극하는 물건에 불과하지만, 마달에게는 소중한 물건일지도 모른다. 허락도 없이 함부로 훼손할 수는 없었다.

유검호의 시선에 마달이 고개를 끄덕이며 말했다.

"괜찮습니다. 연 매가 준 정표는 이 옥패였습니다. 정표를 보관한 주머니도 소중하지 않은 것은 아니지만, 옥패만큼은 아닙니다."

"그렇게 말해주니 고맙군. 가급적 훼손 안 되게 살펴보지."

유검호는 금낭을 뒤집었다. 속을 뜯어보기 위함이다.

천을 이중으로 덧대어 비밀을 숨기는 것은 가장 단순하면서도 효율적인 은폐 방법이다. 누구든 주머니의 안을 살펴보지 천 자체를 살피진 않기 때문이다.

금낭에 뭔가 비밀이 숨겨져 있다면 십중팔구 이런 것일 거다.

'이게 아니라면 불로 태워보거나 특별한 약품이라도 필요할 테지.'

유검호는 비밀을 숨긴 자가 단순한 방법을 썼길 바랐다.

말은 괜찮다곤 했지만, 마달이 금낭을 보며 안절부절못했기 때문이다. 금낭의 실밥이 뜯겨나갈 때마다 눈시울이 글썽글썽한 것이 태우기까지 하면 울기라도 할 것 같다.

다행히 비밀을 숨긴 자는 단순한 방법을 선호하는 인물인 듯했다.

금낭 외피를 뜯어내자 속에 얇은 천 두 장이 나온 것이다.

재질은 알 수 없지만, 매우 얇고 부드러운 천이었다. 손에 쥐고 있는지도 알 수 없을 정도로 얇은 데다 무게감이 거의 느껴지지 않는다.

금낭 외피도 상당히 고급스러운 비단 원단이었지만, 이것은 훨씬 값어치 나가 보인다.

유검호는 천을 꺼내 보았다. 작은 금낭 크기로 접혀 있던 것이 펼치고 나자 두 팔을 활짝 벌려야 될 정도로 컸다.

첫 번째 것은 알 수 없는 그림이 복잡하게 그려져 있었다. 중간 중간에 숫자가 표기되어 있고 몇몇 도형에는 간단한 글씨도 쓰여 있다.

"이건 해도 같군."

유검호의 말에 마달이 의아하여 물었다.

"해도요?"

"바다의 길을 표기해 놓은 지도 같은 거지."

"아! 지도. 그런 게 왜 여기 들어 있을까요?"

"이걸 보면 알겠지."

유검호는 두 번째 천을 펼쳤다.

거기에는 삐뚤빼뚤한 글씨가 가득 적혀 있었다.

…그렇게 노부는 백 일 밤, 백 일 낮을 두 번 이상 표류하여 우여곡절 끝에 알 수 없는 무인도에 홀로 당도할 수 있었다. 그곳은 거인의 나무가 우거지고 신화에나 나올 법한 신수가 뛰어다니는 환상의 섬이었다. …중략… 섬에서 살아간 지 십 년째에 마침내 섬의 중처를 발견하였도다. 그곳에는 온갖 진귀한 보물이 산처럼 쌓여 있었다. 그중 일부만으로도 중원 제일의 부자가 될 수 …중략… 천

운이 닿아 구조가 되어 섬을 빠져나오면서 보물에 관한 이야기는 할 수 없었다. 만약 보물에 관한 이야기를 한다면 그 섬을 빠져나올 수가 없기 때문이다. 보물에 눈이 먼 그들을 모두 죽여야 했을 테니까. 맨손으로 섬을 탈출하면서 가는 길을 지도로 그렸다. 지도를 그리면서 결심했다. 중원에 돌아가게 되면 반드시 돌아와 모든 보물들을 가지고 올 것을. 아아… 하지만 노부는 세월의 힘을 너무도 얕보았다. 시간은 누구에게나 공평하여 노부조차 …중략… 이 모든 이야기가 허언이 아님을 증명하기 위해 그곳에서 가져온 이 형천반옥을 남긴다. 험난한 여정이 될 터이니 호신을 위해 노부의 절기를 함께 남긴다. 연자는 반드시 보물을 찾아 노부의 한을 풀어주기 바란다.

—장상무존—

"그러니까 요약하자면 장상무존이라는 무림인이 어떤 관료가 이끄는 원정대에 몰래 훔쳐 탔다가 폭풍을 만나 선원들은 모두 죽고 배에 혼자 남아서 오랜 세월 표류하다가 보물이 숨겨진 이상한 무인도를 만났다는 말이군. 다시 찾아가려고 했지만 너무 늙어서 기력이 딸려 못 갔으니까 이거 찾은 사람이 대신 가서 찾아오라는 말이고?"

유검호의 말에 적무양이 눈을 휘둥그렇게 떴다.

"으잉? 장상무존? 그거 장설노괴잖아?"

팔선문의 재정담당관, 마달

"장설노괴? 아는 사람이요?"

적무양은 어이없다는 표정으로 대답했다.

"나보다도 한 시대 위의 늙은이다. 원래 별호는 장상무존인데 하도 허풍을 많이 치고 다녀서 사람들이 헛바닥만 길다는 뜻으로 장설노괴라고 부르곤 했지."

"허풍? 대체 무슨 말을 하고 다녔길래 그런 별호까지 붙은 거요?"

"한두 가지가 아니다. 주로 이야기는 젊었을 때 온 세상을 모두 돌아다녔다는 것으로 시작하지. 그러면서 모험담을 늘어놓는데 바다의 질서를 어지럽히는 악룡을 때려잡아 용왕이 감사 표시로 술을 접대했다든가, 지옥에서 기어 나오려는 마수와 삼일 밤낮으로 싸워 세상을 구했다든가, 상제는 인간 여자인데 하체는 물고기인 바다의 공주와 사랑을 나눴다든가 하는 이야기들이지."

유검호는 어이가 없어 물었다.

"설마 진짜 있는 일들이오?"

"그야 모르지. 분명한 건 그 늙은이의 말은 숨 쉬는 것 빼곤 모두 부풀려진다는 거였다. 한 번은 현성검이라는 이류검객과 술을 마시던 중에 현성검이 흥이 돋아 검무를 추었지. 장설노괴가 취중에 그걸 감명 깊게 본 모양이야. 다음 날 현성검객은 천하제일검이 되어 있더군. 현성검객은 그 길로 은둔해서 죽을 때까지 집 밖으로 나오지 못했다지. 또 한 번은 비월도라는 도객이 악행을 일삼는 녹림도 한 명을 때려잡았지. 그런데 우연히 그 장소에 장설노괴가 있었던 거야."

"비월도라는 사람은 대협객이 되었겠구려."

"그 정도면 다행이지. 중원 천지에 녹림십팔채가 모두 비월도 한 명에게 무릎을 꿇었다는 소문이 자자하게 나돌았다더군. 비월도는 기겁해서 녹림십팔채주를 일일이 찾아다니며 해명하느라 한평생을 바쳤다고 들었다. 그 정도로 허풍이 심한 장설노괴가 가장 많이 했던 이야기가 바로 신선도 이야기였다."

"신선도?"

"신선들이 기거하던 섬에서 십 년 동안 살다 왔다는 내용이지. 환상에서나 나올 법한 무릉도원에 세상에서 가장 귀한 보물들이 산을 이루고 있다던가? 장설노괴는 죽기 직전까지도 신선도에 대해 떠들다 숨이 넘어갔다더군."

적무양은 옥패를 보며 히죽 웃는다.

"그 늙은이 말이 모두 거짓은 아니었나 보다."

"그런데 영감은 장설노괴에 대해 어떻게 그렇게 잘 알고 있는 거요?"

"어렸을 때 그 늙은이 말에 현혹되어 보물을 찾으러 돌아다닌 적이 있거든. 따지고 보면 그 늙은이의 모험담은 내가 바다로 나가게 된 계기 중 하나였지."

"어떤 의미로 내게는 원수 같은 인물이군. 어쨌든, 사정은 그렇다는군. 어떻게 할까? 보물지도와 무공비급. 이것도 거절할 건가?"

유검호는 마달을 보고 물었다. 금낭의 소유권은 마달에게 있었으니, 두 가지 물건 역시 마달의 것이다.

유검호의 물음에 마달은 고민했다.

그도 돈을 목적으로 하는 상인. 무공비급이야 미련이 없다지만, 보물에는 욕심이 났다. 하지만 그가 지니기엔 지나치게 위험한 물건. 그로서는 가질 수도 버릴 수도 없는 노릇이다.

양 노인이 그의 고민을 알아차리고 조언했다.

"일단 유 씨 청년에게 맡기는 것이 어떻겠나? 거기 쓰여 있는 내용대로라면 어차피 보물이 있는 곳은 자네 혼자서는 가기 힘들지. 자네가 준비가 되었을 때 이 친구와 함께 보물을 찾으러 가면 되지 않겠나?"

그 말에 마달은 조심스레 물었다.

"그래 주시겠습니까?"

"그러지."

유검호가 흔쾌히 승낙하자 마달의 표정이 환해진다.

유검호가 장상무존의 유품을 집어넣으려 하자 적무양이 말한
다.

"무공비급은 그냥 줘도 된다. 장설노괴는 혓바닥보다 훌륭한
무공을 가지지 못했다. 별 볼 일 없는 무공 한두 수 가지고 누군
가 노리거나 하진 않을게다."

유검호는 장상무존의 무공을 훑어보았다.

대단치 않다는 적무양의 말과는 달리 상당한 수준의 장공과
경공이 수록되어 있었다. 적무양의 기준에서 별 볼 일 없다는
것이지, 일반적인 시각에서 본다면 꽤나 가치가 있는 비급이었
다. 하지만 적무양의 말대로 목숨을 걸 만큼의 가치는 없다.

"익혀두면 쓸모없진 않겠군."

유검호는 무공이 적힌 천과 금낭을 마달에게 건넸다.

"그럼 비밀은 다 풀었고. 한 가지만 남았군. 네가 이 물건들
을 가지고 있는 것을 철검가에서 어떻게 알고 노리는 거지?"

유검호의 물음에 마달은 한숨을 쉬었다.

"아마… 연 매 때문일 겁니다."

"네 애인이라는 여자? 그 여자가 철검가와 관련이 있나?"

"그녀는… 철검가의 가주입니다."

"음? 철검가의 가주?"

유검호는 이해할 수 없어 물었다.

"그 철검가라는 곳에서 널 노리고 있는데, 네 애인은 철검가
의 가주라고?"

"그렇습니다."

"젠장. 이거 사랑싸움이었냐? 엉? 날 사랑싸움에 끌어들인 거

였어? 애인 있는 놈 돕는 것만 해도 눈꼴신데 사랑싸움에까지 끼어들게 만들어?'

유검호는 엉겁결에 진심을 드러내며 마달의 멱살을 쥐고 흔들었다. 마달은 당황하여 손사래를 쳤다.

"켁. 사랑싸움이라니. 그런 게 아닙니다. 연 매는… 그녀도 어쩔 수 없었을 겁니다."

"그 여자 인생사까지 듣고 싶진 않으니 짧게 요약해서 해명해 봐."

"연 매는 전대 철검가주였던 용천호대협의 무남독녀였습니다. 십 년 전 용 대협이 돌아가신 후, 약관도 채 되지 않은 연 매가 신임가주가 되었죠. 어린 나이에 가주직을 맡게 된 탓에 연 매는 아직 철검가를 온전히 움직일 수가 없습니다. 몇몇 장로는 그녀를 무시하고 종종 독단적인 행동을 벌이기도 합니다. 아마 이번 일 역시 그들의 소행이고 그녀는 이런 일이 벌어졌다는 사실조차 모르고 있을 것입니다."

"철검가주라는 아가씨는 옥패를 어떻게 얻었고, 또 옥패에 대한 일을 장로라는 작자들은 어떻게 알았지?"

"옥패는 용천호 대협의 조부님이었던 용무성 대협이 신비의 기인에게서 우연히 얻으셨다고 들었습니다. 당시 철검가는 마침 해상 교역에 눈을 돌리고 있던 차였기에 대형 선박을 소유하고 있었지요. 마침 그곳을 지나던 신비 기인은 무슨 생각이었는지 철검가의 선박을 보고는 자신을 대신하여 무언가를 찾아달라면서 옥패를 남겼다고 합니다. 듣기로는 옥패 속에는 천하를 손에 넣을 수도 있는 비밀이 숨겨져 있다고 했다더군요. 그때부터 이 옥패는 철검가의 가보가 되어 전해 내려왔다고 들었습니다. 연 매는 서로에 대한 마음이 흔들리지 말자며 가보인 옥패를 정표로 준 것입니다. 철검가의 장로들이 뒤늦게 그 사실을 알고 손을 썼나 봅니다."

천하를 손에 넣을 수 있는 엄청난 비밀을 간직한 옥패를 그냥 넘겨주었다는 기인. 정체는 굳이 생각해 보지 않아도 알 것 같았다.

그때 적무양이 물었다.

"철검가라는 곳이 작은 문파인가?"

"아닙니다. 남경에서는 가장 큰 문파입니다. 무림에 대한 지식은 없지만, 아마 대문파라고 말해도 손색이 없으리라고 생각합니다."

적무양은 그럴 줄 알았다는 듯 고개를 끄덕였다.

"그럴 테지. 그러니 저런 녀석들도 부릴 수 있었을 테고. 그럼 너는 그런 대문파의 가주라는 여자를 대체 어떻게 꼬신 거지?"

적무양의 질문에 유검호 역시 마달을 보았다.

마달은 얼굴이 잘생긴 것도 아니고, 그렇다고 뛰어난 무공을 익힌 것도 아니다. 보편적인 계급 제도로 나누자면 하층민으로 분류할 수 있다. 반면 그의 애인이라는 여자는 남경 제일 문파라는 철검가의 가주다. 한 지방에서 제일이라 불릴 정도면 그 위세는 하늘을 찌를 것이다. 그야말로 상류층이다. 마달과는 완전히 다른 신분을 지닌 여인과의 사랑. 만남부터가 의문일 수밖에 없다.

적무양의 물음에 마달은 얼굴을 붉히며 대답했다.

"그건 선대의 약속 때문입니다."

"선대의 약속? 부모들 간에 혼약 이야기가 오갔었다는 말이냐?"

"그렇습니다. 저의 조부님과 연 매의 조부님께서는 친우 사이셨습니다. 그래서 우리가 태어나기도 전에 정혼을 하셨다더군요. 제가 스무 살이 되는 해에 식을 올리기로 했다고 들었습니다."

"평범한 사람이 철검가의 가주와 둘도 없는 친우였다니. 그것도 이상하군."

"조부님께선 무림인이셨습니다. 당시에 마가보라는 단체를 이끌고 계셨다고 들었습니다. 제가 어렸을 때까지만 해도 철검가 못지않았다더군요."

마달의 말에 적무양이 고개를 갸웃거렸다.

"마가보? 어디서 들어본 이름인데. 가만. 설마 천도마장의 마가보는 아니겠지?"

"어? 어떻게 아셨습니까? 조부님의 별호가 그거였다고 들었습니다."

그 말에 적무양은 크게 웃으며 소리쳤다.

"크하하하. 이제 보니 네가 바로 마적태의 후손이었구나."

마달은 눈을 둥그렇게 뜨고 물었다.

"조부님을 아십니까?"

"알다마다. 네 할애비는 나를 대형이라 불렀었다."

"네? 그게 정말입니까?"

마달은 깜짝 놀라 소리쳤다.

"내가 뭐 하러 거짓말을 하겠느냐? 마적태는 코찔찔이 시절 때부터 날 쫓아다녔었다. 내가 데리고 다니면서 많은 것을 가르쳐 줬지. 그때는 정말 천지분간 못하고 날뛰었었지."

적무양의 표정이 아련해졌다. 옛 추억을 떠올리는 듯했다.

추억을 회상한다는 것은 앞만 보고 달리는 적무양으로선 드문 행위였다.

유검호가 거기에 찬물을 끼었었다.

"영감 쫓아다녔으면 뭘 배웠을지 뻔하군. 대체 나쁜 짓을 얼마나 하고 다닌 거요?"

"흥. 주제 모르는 정파 놈들을 혼내주었을 뿐이다. 게다가 마적태는 나와 달리 심성이 올곧아서 심한 짓은 하지 않으려 했었지. 그 유약함이 여자에게 빠지게 만들었다. 결국 본교를 버리고 다른 곳에 정착을 했지."

"본교?"

"그래. 마적태는 배교 출신이었다. 여자에게 빠지지만 않았으면 지금쯤 마도맹의 대원로 정도 되었겠지."

그 말에 마달이 다시 한 번 놀란다.

"에엑? 조부님이 배교 출신요? 게다가 마도맹의 대원로? 조부님께서 그렇게 대단한 분이셨습니까?"

"쯧. 넌 손자라는 녀석이 할애비의 진가도 모르는 게냐? 절대 꺾이지 않는다는 천강도법과 지옥의 마귀보다 무섭다는 쇄심마장을 자유자재로 쓰는 마적태는 적에게 공포의 대상이었다. 무공도 무공이었지만, 적을 앞에 두면 절대로 물러서지 않는 투지

와 타협을 모르는 강직함까지, 천생 무골이었지. 머리 쓰기에
급급한 요즘 무림에서는 보기 드문 녀석이었어. 뭐, 워낙 강직
한 성격 때문에 마도 쪽보다 정파 쪽 인간들하고 더 친분이 많
았던 것 같긴 하지만. 어쨌든 내가 인정한 몇 안 되는 인간 중 하
나였다."

적무양으로서는 드물 정도의 칭찬이었다.

가만히 듣고 있던 유검호가 의아하여 물었다.

"그렇게 대단한 문파의 후계자가 왜 상인이 되려는 거지?"

그 말에 마달이 얼굴을 붉힌다.

"마가보는 조부님이 돌아가신 이후로 급격하게 무너졌습니
다. 조부님께서는 평소 마도맹을 지지하는 발언을 자주 하셨는
데, 그것이 화가 된 것입니다. 조부남께서 건재하셨을 때는 괜
찮았지만, 돌아가시고 난 후부터 주변 문파로부터 압박이 들어
오기 시작했습니다."

"흥. 정파 놈들은 상황이 변하면 손바닥 뒤집듯이 행동을 바
꾸는 놈들이지. 안 봐도 알 것 같구나."

마달의 표정이 씁쓸해졌다.

"조부님 생전에 친분이 있었던 지인들께 도움을 청하려고도
해봤지만 나서주는 사람은 없었습니다. 개인적으로는 조부님을
좋아했지만 마도맹을 지지하는 문파를 도울 수는 없다고 했다
더군요."

"핑계겠지. 마가보는 마도맹에 소속되지도 않았어. 마적태의
성격상 의리 때문에 그런 말을 하고 다녔을 수는 있겠지. 하지
만 마가보가 정말로 사파였다면 그놈들이 교류를 했을 리가 없

다. 정도맹이 마가보를 가만히 놓아두었을 리도 없고. 놈들은 그저 마가보의 재산을 빼앗을 명분이 필요했을 뿐인 거야."

"그랬던 것 같습니다. 선친께서도 억울함에 정도맹 측에 연락을 해봤지만, 그들은 마가보에 대해 아무런 적의를 가지고 있지 않았다더군요. 상대 문파에서 미리 손을 쓴 탓에 나서주지도 않았지만요."

"정파란 족속이 원래 그런 놈들이지. 헌데 이상하구나. 마적태의 무공은 충분히 위력적이다. 네 부친이 마적태의 무공을 반만 전수받았어도 마가보를 지키는 것이 어렵지 않았을 텐데. 어찌된 것이냐?"

마달은 어두운 표정으로 설명했다.

"선친께서는 무재가 없으셨습니다. 어렸을 때부터 무공보다 학문을 더욱 좋아하셨다고 하더군요. 때문에 조부님의 절기를 거의 이어받지 못하셨습니다. 게다가 아버님이 항상 말씀하시기를 '무력으로 흥하는 시대는 이미 지나갔다. 이제는 처세와 재화로 세력을 일구어야 할 시기이다.' 라고 하셨지요. 그래서 선친께서는 무력보다는 사업을 위주로 마가보를 꾸려 나가셨습니다."

마달의 설명에 적무양은 한심하다는 듯 혀를 찼다.

"쯧쯧. 세상물정을 몰랐군. 무림 문파가 무공을 등한시했다니."

적무양의 말에 마달은 시무룩해져서 고개를 끄덕였다.

"조부님께서 돌아가신 지 얼마 안 되어 곧바로 주변 문파들이 무력시위를 해왔다더군요. 마가보의 사업체마다 방해를 해서 제대로 운영을 할 수가 없었다고 들었습니다. 마가보에는 그들을 물리칠 무력이 없었지요. 관아에서는 무림인들의 다툼이니 무림인들끼리 알아서 하라며 나 몰라라 했고요."

"차라리 상단으로 시작을 했으면 사정은 달랐겠지. 관아에서도 일방적인 괴롭힘을 모른 체하지는 않았을 테니. 하지만 마가보는 무림의 문파였고 상대 역시 무림인들일 테니 관아에서도 끼어들기가 쉽지 않았을 거야. 어쩔 수 없지. 그것 역시 무림인들에 의해 만들어진 관행이니까."

마달은 억울하다는 듯 말했다.

"하지만 당시의 마가보는 무림문파라고 부를 수도 없는 상황이었습니다. 실력자들은 대부분 선친의 방침에 대한 불만 때문에 떠났고, 가솔 중에 무공을 지닌 사람이라고는 고작 열 명도 되지 않았는걸요."

"억울해할 필요 없다. 마가보 역시 처음 자리를 잡을 때는 무력으로 그런 사업체들을 소유하고 세력을 일군 것일 테니. 그들역시 똑같은 방법으로 마가보의 것을 빼앗아간 것뿐이다. 무림에 발을 담그고 세력을 일군다는 것은 결국 힘으로 모든 것을 해결하겠다는 말이나 마찬가지지. 잘못이라면 그런 단순한 이치도 모르고 무공을 포기한 것이겠지. 그래서 이후엔 어찌되었느냐?"

마달은 긴 한숨을 내쉬며 말을 이었다.

"선친께서 마가보를 맡으신 지 채 삼 년이 되지 않아 재산은 물론이고 장원까지 모두 빼앗겼다더군요. 선친께선 모든 의욕을 잃고 몇 년간 술만 드시다가 병에 걸려 돌아가셨습니다."

"몰락한 문파의 전형적인 말로로군. 그래서, 넌 어떻게 철검가의 가주와 연결된 것이냐?"

"선친께서 돌아가시기 직전에 말씀해 주셨습니다. 그래서 철검가를 찾아갔지요."

"선대의 약속을 내밀어 철검가의 위세를 얻어보려고?"

"그럴 생각은 없었습니다. 사정이 예전과 달라졌는데 어찌 그런 억지를 부릴 수 있겠습니까? 전 정식으로 파혼을 해달라고 찾아간 것입니다."

"구질구질하게 매달리긴 싫었다? 그것도 자존심을 지키는 방법일 테지. 그래서?"

"철검가에서는 조부님과의 약속 같은 것은 까맣게 잊고 있었습니다. 처음엔 호되게 문전박대를 당했지요. 전 그 일을 정리해야만 앞날을 생각할 수 있다고 생각했기에 계속 찾아갔습니다. 세 번째 찾아갔을 때, 우연히 연 매와 만났지요. 연 매는 당시에 철검가의 가주가 된 지 얼마 되지 않았을 때였습니다. 막중한 책임을 떠안아 정신이 없었을 텐데, 아직 수염도 나지 않은 어린아이가 나타나서 자신이 정혼자라고 우겨대니 어찌나 황당했겠습니까? 처음엔 제가 미쳤다고 생각했다더군요. 보통 여자였다면 당장 절 내쳤겠지요. 하지만 연 매는 절 조용히 불러 사정을 물어보았습니다. 모든 사정을 듣고 난 연 매는 당장은 답을 줄 수 없으니 기다려 달라고 하더군요. 나중에 들어 보니 당시 철검가의 가신들은 모두 저를 내쫓으라고 난리였다더군요. 아마 연 매의 마음이 따뜻하여 저를 지켜주지 않았다면 진작 맞아 죽었을 것입니다. 그런 연 매도 쉽사리 답을 내릴 수는 없었습니다. 난감했겠죠. 선대의 약속을 함부로 파기할 수도 없고 그렇다고 정혼을 승낙할 수도 없는 입장이었을 테니까요. 그렇게 쉽게 답을 내리지 못하고 하루 이틀 시간만 보내다 보니 철검가에서 몇 년을 보내게 되었습니다. 저도 마땅히 목적이 없었기에 그곳에서 허드렛일이나 도우면서 세월만 보냈지요. 그런데 희한하게도 그렇게 시간을 보내면서 간간이 연 매와 얼굴을 마주치고 대화를 나누다 보니 서로 비슷한 점이 많더군요. 힘들었던 어린 시절부터 선대의 짐 때문에 자유롭지 못한 지금까지. 많은 부분을 공감하고 서로를 동정하다 보니 어느새 정이 들더군요. 결국 선대의 약속과 상관없이 서로를 마음에 담게 되었습니다."

마달은 연인과의 추억을 생각하는 듯 봄 햇살 같은 미소를 지었다. 그의 이야기와 미소에 유검호가 감격하여 말했다.

"아름답군. 아름다워. 너무 아름다운 사랑이야기에 온몸에 두드러기가 날 것 같아. 카악. 퉤. 불공평한 세상. 나는 왜 손녀 있는 친구를 가진 할아버지가 없는 거지?"

적무양이 비웃으며 말한다.

"내 아는 놈들 중에 손녀 있는 놈들도 꽤 있을 텐데. 소개라도 해주랴?"

"됐소. 영감 아는 노친네들이래 봐야 뻔하지. 어쨌든 정혼자끼리 서로 마음이 통했으면 그걸로 끝난 이야기 아닌가? 어째서 사태가 벌어진 거지?"

"말씀드렸듯이 철검가의 가신들은 저를 인정하지 않습니다. 무공도 익히지 못한 데다 가진 재산도 없고, 마도맹을 지지하던 인물의 손자였으니 그들의 마음에 들 수 있을 리가 없죠. 연 매도 그런 이유 때문에 쉽사리 저와의 혼약 이야기를 꺼낼 수가 없었습니다. 그대로 철검가에서 얹혀 지낸다면 시간이 흘러도 연 매와의 관계는 영원히 제자리일 수밖에 없다는 생각이 들더군요. 본래 철검가를 찾아갔던 이유는 앞으로 나아가기 위해서였는데, 오히려 제자리에 주저앉아 버렸음을 깨달은 것이죠. 그래서 다짐했습니다. 연 매와 당당히 혼인할 수 있는 자격을 제 스스로 만들 것을."

"그래서 거상이 되어 돈 보따리 싸들고 찾아갈 생각이었다?"

"무공이나 관직으로 성공을 하기엔 늦은 나이였고, 제가 유일하게 선택할 수 있는 길은 상인으로 성공하는 것뿐이었으니까요. 다행히 철검가는 무력은 뛰어나지만 항상 재정이 부족하다고 들었습니다. 만약 제가 거부가 된다면 철검가의 가신들도 반대를 하진 못할 것이라고 생각했습니다. 또한 상도를 걸으려던 선친의 뜻도 이룰 수 있으니 더할 나위 없다고 생각했죠."

"그리 현명한 생각은 아닌 것 같군."

"연 매도 처음엔 만류했습니다. 자신이 어떻게든 가신들을 설득하겠다더군요. 하지만 연 매는 철검가를 이끄는 가주입니다. 개인의 마음만으로 혼인과 같은 큰일을 결정할 수는 없죠. 결국 연 매도 제 생각에 동의했습니다. 얼마가 되었든 기다려 줄 테니 반드시 돌아오라더군요. 그렇게 철검가를, 아니 연 매 곁을 떠나게 된 것입니다. 아마 철검가의 가신들은 연 매가 제게 가보를 주었다는 것을 알고 그것을 되찾으려 했을 것입니다. 가문의 보물을 함부로 외인에게 주었다는 것을 핑계로 연 매를 압박하여 자신들의 뜻대로 움직이려는 속셈이었겠지요."

"더불어 눈엣가시인 너도 제거하려 했겠지."

"아마… 그랬겠죠."

유검호의 지적에 마달은 고개를 어두운 표정으로 동의했다.

처갓집이라 할 수 있는 철검가에서 자신을 죽이려 했다는 사실을 알았으니 우울할 만도 했다.

유검호는 고개를 끄덕이며 무영은살에게 시선을 돌렸다.

"사정은 대충 알겠군. 이봐. 음침한 면상. 어떻게 생각해?"

무영은살은 알 수 없다는 듯 되묻는다.

"무엇을 말인가?"

"의뢰자의 가주가 이 친구 애인이라잖아."

"상관없다. 우린 단지 청부자의 의뢰대로 일을 마칠 뿐이다."

"계속 노리겠다는 말이군."

"우리 철칙이니까."

"너희 힘으로 어쩔 수 없는 상대가 지켜주고 있다면?"

무영은살은 픽 웃으며 대답한다.

"네가 평생 저자의 곁을 지켜줄 수 있겠나? 단 한 시라도 떨어진다면 저자의 목은 떨어질 텐데?"

"글쎄. 내가 지켜줄 거라고는 말 안 했는데?"

유검호는 말을 하며 적무양을 흘깃 본다. 무영은살은 동요 없이 말했다.

"마찬가지다. 저 노인이 마달과 인연이 있다 해서 그를 평생 지켜줄 수는 없을 것이다. 결국 마달은 본문의 손에 죽을 수밖에 없다."

"지키는 방법에는 여러 가지가 있지. 네가 생각하듯 보편적인 방법은 대상의 옆에 붙어서 지키는 거야. 하지만 그런 기다리는 방법을 싫어하는 사람도 있지. 저 영감처럼 성격이 불같은 인간들은 방어보단 공격을 좋아하거든."

"무슨 뜻이지?"

무영은살은 유검호의 말뜻을 이해하지 못했다. 그는 의문스럽게 쳐다보았다. 유검호는 불쌍하다는 듯 혀를 차며 대답해 주었다.

"쯧쯧. 네가 몸담고 있는 곳이 무영문이라고 그랬나? 안 됐군. 넌 곧 소속이 없어질 거야."

그 말에 무영은살은 어림없다는 듯 소리쳤다.

"말도 안 되는 소리! 본문의 정체는 정도맹에서조차 알지 못한다. 너희는 본문의 그림자조차 밟지 못할 것이야!"

불신 가득한 무영은살의 외침에 적무양이 입을 열었다.

"읊어봐라."

그러자 허공에서 불쑥 목소리가 흘러나온다.

"무영문은 산동성에 뿌리를 둔 문파로 이십 년 전 자객 출신인 무영혈객이라는 인물이 창시했습니다. 무영혈객은 살수의 비기를 바탕으로 은밀하면서도 독보적인 무공을 만들어 무영문을 키웠습니다. 드러난 활동은 여타의 문파와 다르지 않지만 실상은 살인청부업으로 자금을 확보하고 세력을 키운 문파입니다. 그 행보가 음침하고 지나치게 비밀스러워 정도맹에서도 감시하고 있는 모양이지만 워낙 은밀하게 움직이는 자들인지라 정파에 꼬투리 잡힐 만한 일을 남기지 않습니다. 본맹에서도 그들을 회유하려 몇 차례 사람을 보내봤지만, 자신들은 무림 세력에 관여치 않는 것이 철칙이라며 발을 뺐습니다. 그들에 대한 소탕 안건도 몇 차례 올라오긴 했지만 본맹에 거스르는 일도 없는 조직에 굳이 칼을 들이밀 필요성은 없다고 판단되어 보류하도록 조치되었습니다. 현재 무영문의 조직원은 본단에 백십구 명, 중원에 퍼져 있는 제자의 수가 이백십구 명입니다. 별도로 사십구 명이 훈련 중에 있으며, 추가 인원은 오 년에 한 번씩 받아들이고 있습니다. 청부업 건수는 총 이만 삼천 칠백 건이며 그중 살인은……."

감정 없는 목소리가 책을 읽듯 흘러나온다. 혁련월이 보내준 마도맹의 정보원이다. 그는 마치 평생을 무영문에 대해 연구한 사람처럼 머뭇거림 없이 무영문의 내부 정보를 읊었다.

적무양은 잡다한 설명을 듣기 귀찮다는 듯 손을 저어 보고를 끊었다.

"됐다. 본거지는?"

"대외적으로는 산동 제남의 무영문이라는 문파이고, 청부업은 기남 외곽의 홍영루라는 기루 별채에서 받고 있습니다. 워낙 점조직이라 중원 전역에 흩어져 있는 살수들이 개별적으로 의뢰를 받은 후 홍영루에 보고하는 식으로도 청부가 이루어지고 있습니다."

"산동의 홍영루라. 틀린 점이 있느냐?"

적무양은 무영은살을 보며 물었다.

무영은살은 대답을 하지 못했다. 모습조차 보이지 않는 목소리의 주인공. 그가 말한 내용은 한 치의 오차도 없는 사실이었다.

'저자가 어떻게 본문에 대한 정보를 속속들이 알고 있단 말인가?'

오히려 무영문에 소속되어 있는 무영은살보다도 더욱 많은 정보를 알고 있다.

그 정도의 정보력은 정도맹이라도 불가능한 일이다.

그렇지 않다면 무영문이 지금까지 산동 바닥에서 버젓이 청부업을 하진 못했을 것이다.

"모두… 사실입니다."

말투가 달라졌다.

상대는 그의 예상을 훨씬 뛰어넘는 자들이다.

무공도 무공이지만, 그것을 뒷받침해 줄 정보력이 있다. 그 말은 상대의 세력은 무영문이 감당할 수 있는 정도가 아니라는 말이 된다.

무영은살의 머릿속이 빠르게 회전했다.

정도맹을 능가하는 정보력과 구파의 장로급인 자신을 어린아이처럼 다룰 정도의 무력. 그들이 했던 대화 내용. 그리고 최근에 무림을 떠들썩하게 만들었던 소문들. 모든 정보를 자신의 지식에 대입하여 얻은 결과는 하나였다.

무영은살은 자신의 생각을 확인하고자 했다.

"혹시 노야께선 적씨 성을 지니셨습니까?"

"뭘 묻고 싶은 게냐?"

"노야께서 제가 생각하고 있는 그분이 맞는지……."

"네가 그렇게 생각한다면 맞겠지."

"그렇다면……."

무영은살은 유검호를 보았다. 그는 의뢰를 수행하느라 정사 회담을 관전하진 못했다. 하지만 소문은 지겹도록 들었다. 쪼그려 앉아 귀찮은 표정을 짓고 있는 모습에서 최근 무림을 떠들썩하게 만들었다는 한 인물이 떠오른다.

적무양이 그의 추측을 확인해 준다.

"그 녀석 성은 유씨지. 그놈도 네가 생각하고 있는 놈이 맞을 게다."

"헙!"

무영은살은 헛바람을 들이켰다.

'이들이 정말 천하제일마와 팔선문주라면…….'

천하에서 가장 강하다는 두 사람이다. 무력으로는 도저히 상대할 수 없다.

무영은살은 조심스럽게 물었다.

"두 분은 저 사람을 비호하실 생각이십니까?"

적무양은 당연하다는 듯 대답했다.

"물론. 이 녀석이 마적태의 핏줄임을 알았으니 그냥 보고만 있을 수는 없지."

"난 굳이 남의 인생에 끼어들고 싶은 생각은 없지만, 영감은 그렇다는군."

무영은살의 얼굴에 체념이 떠오른다.

적무양을 거스른다는 것은 곧 마도맹을 적으로 돌린다는 뜻이다. 조금 전에 확인한 마도맹의 정보력은 무서울 정도였다. 그런 정보력과 마도맹, 아니 적무양의 힘이 더해진다면 아무리 신출귀몰한 무영문이라 할지라도 살아나기 힘들 것이다.

'멸문은 피해야 한다.'

무영은살은 빠르게 결론을 내렸다.

"무영문은 이 일에서 손을 떼겠습니다."

그의 선언에 적무양이 코웃음을 치며 말했다.

"그건 당연한 거고. 내 시간을 빼앗은 대가는 어떻게 할 것이냐?"

"처분에 따르겠습니다."

무영은살이 고분고분하게 나오자 적무양은 만족스러운 표정으로 입을 열었다.

"향후 오 년간 마달의 안전을 책임지도록 해라. 너희가 죽이려 했던 목숨, 이제 너희가 지키라는 말이다."

죽이려 했던 자를 지켜라. 받아들이기 쉽지 않은 일이다. 특히 신뢰가 무엇보다 중요시되는 자객들에겐 더욱. 하지만 무영은살은 두 번 생각하지 않고 대답했다.

"분부대로 하겠습니다."

어떤 대가를 치러도 멸문보다는 낫다는 계산이다. 적무양이 다시 말했다.

"또한 네게 의뢰를 맡긴 자에게 가서 전하거라. 마가보의 후손 마달은 오늘부로 팔선문의 제자가 되었다고. 철검가에서 마달과의 혼인을 원한다면 팔선문에 성의를 보이고 마달을 모셔가라 전하라. 만약 파혼을 원한다면 그 역시 팔선문에 직접 찾아와 내게 사유와 보상을 논하라 일러라."

적무양의 호령에 모두가 목을 움츠렸다. 본능적인 공포심에 등골이 서늘해진 탓이다.

무영은살이 억눌린 목소리로 물었다.

"노야께선 팔선문과 무슨 사이십니까?"

아무리 적무양이라도 남의 문파의 일에 이토록 나선다는 것이 이상했다.

그의 물음에 적무양은 그답지 않게 겸연쩍어 하며 대답했다.

"험험. 내가 바로 팔선문의 장문인이다."

"헉!"

무영은살은 경악성을 토했다.

'적무양이 팔선문의 장문인? 그럼 유검호란 자는 뭐란 말인가?'

무영은살의 머릿속이 복잡하게 돌아갔다. 그런 무영은살을 더욱 헷갈리게 하는 목소리가 들려왔다.

"이런 미친 늙은이. 영감이 왜 본문의 장문인이야?"

유검호가 펄쩍 뛰며 소리친 것이다. 그의 반응에 적무양은 태연하게 물었다.

"그럼 아니냐?"

적무양의 얼굴은 당당했다. 오히려 펄쩍 뛰며 따지고 들었던 유검호가 당황한다.

"아니, 맞긴 하지만 그렇다고 그렇게 아무 데서나 밝히고 다니면 안 되는 거 아뇨?"

"흥. 안 될 것은 또 무어냐? 분명 거래를 했지 않느냐? 넌 문주, 난 장문인 하기로."

"그건 굶어죽지 않으려고 어쩔 수 없이… 아, 젠장. 그렇다고 본문의 일을 그렇게 마음대로 처리하면 어쩌자는 거요?"

"그럼 더 좋은 생각이 있느냐? 그리고 잘 한번 생각해 보거라. 금전 감각이라고는 쥐뿔만큼도 없는 네 녀석들에게 가장 필요한 것이 무엇인지를."

"필요한 거? 그게 뭐요?"

"바로 이 녀석이지. 아직 초짜이긴 하지만 명색이 상인이다. 그 말은 이 녀석만 있으면 너희가 굶는 일은 없을 거라는 말이지."

그 말에 유검호는 혹했다.

"호오. 마달에게 본문의 재정을 맡긴다?"

"그뿐이더냐? 이 녀석은 장차 철검가주의 남편이 될지도 모른다. 내가 해놓은 말이 있으니 철검가에서 이 녀석을 데려가려면 팔선문에 성의를 보여야 하지. 남경 제일 문파에서 보이는 성의라면 어느 정도일까?"

잠시 생각해 보던 유검호 입이 헤벌쭉 벌어진다.

"그야 물론 많겠지. 남경 제일 문파인데. 영감이 웬일로 머리 좀 굴렸군."

두 사람의 대화에 듣고 있던 마달이 기어 들어가는 목소리로 끼어들었다.

"저… 저기. 제 의사는……."

유검호가 단호히 그의 말을 자른다.

"닥쳐. 넌 이제부터 우리 인질, 아니 우리 문도다. 네가 결혼식 올리는 그날까지 우리가 널 보호해 주마. 난 진작부터 네가 마음에 들었어. 하하하."

유검호는 흑심이 역력히 묻어난 웃음을 터트렸다.

그렇게 마달은 엉겁결에 팔선문에 입문하게 되었다.

얼떨떨해하는 마달의 정신을 일깨운 것은 양 노인이었다.

"축하하네. 자네 정말 운이 좋군."

양 노인의 축하에 마달이 의아하여 물었다.

"네? 운이라니요?"

"허. 지금 자네에게 벌어진 일이 뭔지 모르는 건가?"

"그, 글쎄요. 제가 문파에 들어가게 됐다는 것 말고는……."

양 노인이 혀를 차며 설명했다.

"쯧쯧. 상인에게 배경이라는 것은 무엇보다 중요하네. 상단들이 재물을 짊어지고 이름난 무가를 찾아드는 이유가 무엇이겠나?"

"아… 그럼?"

"팔선문은 근래 무림에서 가장 위상이 높은 문파지. 자넨 지금 무림에서 가장 든든한 배후를 얻은 걸세. 그런 배경이 있으면 자네가 소원하는 거상도 꿈만은 아니지. 한마디로 자네 앞날이 매우 밝아졌다는 말이네. 난 수십 년을 걸려도 꿈도 꾸지 못했던 것을 자넨 초행길에 얻게 되는구먼. 이게 초심자의 행운이라는 것인가? 허허허."

양 노인의 말에 마달은 그제야 상황을 인지했다.

"아… 그렇군요."

마달의 얼굴도 환해졌다.

'연 매에게 당당해질 수 있다!'

마달은 가슴이 벅차올랐다. 당장 내일만을 생각하던 머릿속에 먼 훗날의 일들이 떠오르기 시작했다. 뜻하지 않은 웅심에 마달은 깊은 숨을 들이마셨다.

무영문은 나타날 때와 같이 조용히 사라졌다.

무영은살은 반드시 마달의 안전을 책임질 무인을 보내겠다고 약속했다.

그들이 모두 사라지자 표사들과 상인들은 부상당한 동료들을 추슬렀다.

그들을 기다리는 동안 유검호가 문득 물었다.

"그런데 궁금한 게 있는데. 네 이야기를 듣다 보니 철검가의 가주라는 여자는 너보다 연상인 것 같더군. 그런데 넌 왜 그 여자를 꼬박꼬박 '연 매'라고 부르지? 그건 보통 나이 어린 여자한테 쓰는 말이잖아."

마달의 얼굴이 붉어졌다.

"그, 그게 연 매는 무남독녀라서 항상 든든한 오라버니가 있었으면 좋겠다고 생각했다더군요. 그래서 제가 든든한 벽이 되어준다는 뜻으로 한 번 두 번 부르다 보니 나중에는 항상 그렇게 부르게 되었습니다. 애칭 같은 거라고 할 수 있죠. 연 매는 제가 그렇게 부를 때마다 저보다 어린 것같이 느껴져서 기분이 좋다고 하더군요."

"서, 설마 그 여자도 널 가가라든지 오라버니라고 부르는 건 아니겠지?"

"……."

"이런 벼락 맞을 놈!"

입문 첫날부터 문주의 분노를 산 마달이었다.

                    *   *   *

　무영문의 습격 이후 표사들의 행동은 완전히 달라졌다.

　상인들을 대함에 있어 이전의 무례함은 찾아볼 수 없었다.

　보호비를 받고도 상인들을 버리려 했다는 사실이 소문나면
무림에서 발붙이고 살 수가 없음을 알기 때문이다. 그들로서는
상인들을 다독여 조금이라도 소문이 덜 나게 하는 것만이 살길
이었다.

　무엇보다 유검호 일행을 대함에 있어서는 그야말로 극진했
다. 마치 조상이라도 대하듯이 공경했고, 조금의 불편함도 없이
떠받들었다.

　무영문 앞에 무릎을 꿇었던 그들이다. 그런 무영문의 최고수
인 무영은살을 어린아이 다루듯 했던 인물들이다.

　특히 적무양이 스스로 팔선문의 장문인이라고 밝힌 것이 컸
다. 출도한 지 일 년도 채 되지 않아 적무양을 물리쳤다는 유검
호가 몸담고 있는 곳이 바로 팔선문이다.

　그들은 적무양의 진짜 정체를 알지는 못했지만, 그가 팔선문
과 직접적으로 연관되어 있을 거라 생각했다. 그렇지 않으면 무
영은살과 같은 고수가 그토록 두려워할 이유가 없다.

　알려진 바로는 유검호가 바로 팔선문의 문주라고 했지만, 그
들로서는 하늘과 같은 고수들의 사정을 짐작키 어렵다고 생각
했다. 어쨌든 소문의 당사자인 유검호 본인이 적무양의 말을 부
정하지 않았으니까.

유검호에 관해 말하자면, 그들은 유검호를 마치 신선 보듯 했다.

유검호의 이름이 직접 거론된 것은 아니었지만, 적무양과 무영은살의 대화로 그의 정체는 밝혀진 것이나 다름없다.

표사들은 마치 신기한 생물 바라보듯 유검호를 힐끔힐끔 훔쳐보았다.

그도 그럴 것이 무영은살의 무위조차 천외천이라 여겼던 그들이다. 사실, 그들과 같이 평범한 표사들이 무영은살과 같은 거물을 만나기란 매우 드문 일이다. 그들로서는 무영은살만 해도 일평생 한 번 볼까 말까 한 절대고수라고 할 수 있다. 무영은살을 만났고 그에게서 살아남았다는 사실만 자랑하고 다녀도 주목을 끌 수 있을 정도다.

그런데 유검호는 현시대의 천하제일인이라는 명칭이 공공연하게 따라붙는 인물. 무영은살은 비교할 수도 없을 정도의 명성을 얻고 있다.

표사들에게는 그야말로 신선과 다를 바 없는 존재. 절로 허리가 굽어지지 않을 수가 없었다.

표행을 이끌고 있는 소철환 역시 사정은 다르지 않다.

어떻게든 친분을 다지고 싶은지 시도 때도 없이 다가와 말을 걸려 한다. 적무양이 기세를 일으켜 쫓아내지 않았다면 아예 일행 곁에 머물러 시중이라도 들 기세였다.

적무양의 타박에 무안해하며 물러나는 소철환을 보고 마달이 혀를 내둘렀다.

"사람의 능력에 따라 태도가 저렇게 변하다니. 정말 믿을 사람이 못 되는군요."

마달의 말에 양 노인이 웃으며 말을 받았다.

"유 문주의 명성이 그만큼 큰 것이지. 무림인들이 유 문주와 같은 사람을 만난다는 것은 말단 관리가 황제를 알현하는 것만큼이나 대단한 일이라네."

"저도 근래 들어 팔선문이라는 문호를 많이 듣긴 했지만, 문주님의 명성이 그렇게 대단합니까?"

"허허. 이 사람. 정보에 민감해야 할 상인이 소문에 그렇게 둔감하면 어쩌나? 천하제일인! 그 한마디가 모든 걸 알려주지 않나?"

그 말에 마달은 머리를 긁적이며 겸연쩍게 웃었다.

"하하. 실감이 잘 나지 않아서요."

"사실 나도 아직 믿겨지지 않는다네. 허허. 내가 팔선문주와 동행하고 있다는 것이 말이야. 오래 살다 보니 이런 날도 있구먼. 어쨌든 소 표두의 행동을 탓할 것만은 아니네. 그래도 소 표두 정도면 꽤나 책임감 있는 사람이야. 저 정도 중상이면 통증이 매우 심할 텐데 끝까지 책임자로서의 의무를 다하고 있지 않은가?"

"아. 그건 그렇군요."

양 노인의 말대론 소철환은 중상을 입고도 표행에서 이탈하지 않고 행렬을 이끌었다. 약을 바르고 상처를 꿰매는 정도의 치료를 하긴 했지만, 그야말로 임시방편에 불과할 뿐. 제대로 치료를 하려면 의원을 찾아가 오랜 시간 정양해야만 한다.

창백해진 안색으로 이리저리 움직이는 것을 보면 소철환도 여간 강골이 아니다.

마달이 소철환에 대한 인식을 바꾸고 있을 때, 양 노인은 유검호의 옆으로 다가가 물었다.

"혹시 유 문주는 무림맹에 볼일이 있어 개봉에 가는 것이 아닌가?"

"겸사겸사해서 가는 거요."

유검호가 부정치 않자 양 노인은 짐작했다는 듯 고개를 끄덕인다.

"역시 무림맹의 움직임에 관련된 일인가 보군. 하지만 괜찮은가? 적 노사는……."

말을 흐리며 적무양을 힐긋 본다. 적무양의 정체를 눈치챈 모양이다.

마도의 종주인 적무양이 정파 무림의 중심지라 할 수 있는 무림맹에 가도 되냐고 묻는 것이다.

유검호는 시큰둥하니 대답했다.

"알아서 잘 숨어 다닐 거요."

그 말을 들었는지 적무양이 걸음을 멈추고 돌아본다.

"흥. 내가 왜 숨어 다닌단 말이냐? 난 당당히 얼굴 들고 대로를 활보할 거다."

"그럼 무림맹과 피터지게 싸우는 일만 남겠군."

"정파 놈들의 행태를 아직도 모르는군. 그놈들은 어차피 평화 협정이니 뭐니 해가면서 손도 못 댈 거다. 만약 정의감에 불타서 그런 명분에 신경 쓰지 않고 덤비는 놈이라도 있다면 나야 좋은 일이지. 마음 놓고 정파 놈들 머릿수를 줄일 수 있으니. 크큭."

적무양의 눈이 반달로 휘어진다. 생각만 해도 기분이 좋은 듯했다.

"쯧. 저렇다는구려. 그러니 걱정하지 마시오."

어차피 무림맹에 적무양을 어쩔 수 있는 인물은 없다.

아마 무림맹 한복판에 떨어져도 적무양은 조금도 위험하지 않다고 생각할 것이다.

적무양이 나들이 가듯이 무림맹으로 가는 이유다. 게다가 어차피 적무양은 전면에 나설 생각도 없다. 그의 목적은 유검호가 일을 벌이는 것을 구경하는 것뿐이다.

양 노인의 걱정은 기우에 불과한 것이다. 양 노인 역시 그런 사실을 깨달은 듯 더 이상 묻지 않는다.

이번에는 유검호가 물었다.

"그런데 노인장이야 말로 괜찮으시오?"

"뭐가 말인가?"

"적 영감이 누구인지 알았잖소. 보통 그 시점에 정신줄을 놓던데."

적무양에 대한 소문은 대부분 몇십 명을 죽였다더라, 몇백 명을 몰살시켰다더라 따위의 것들이다.

무림인들 사이에서는 말할 것도 없고 일반인들 사이에서도 종종 대마두로 표현되곤 하는 것이 적무양이다.

아마 자신들과 동행하고 있는 인물이 적무양이란 사실을 알게 되면 표행은 순식간에 대혼돈에 빠질 것이다.

그런 적무양을 앞에 두고도 양 노인은 그리 두려워하는 기색이 없었다.

유검호의 질문에 양 노인은 웃으며 대답했다.

"허허. 설마 적 노야 같은 분이 무림과 상관도 없는 장사꾼에게 해코지를 하기야 하겠나? 며칠간 겪어본 바로는 적 노야는 함부로 사람을 해칠 만한 분이 아닌 것 같네만."

"허. 노인장이 사람을 잘못 봤소. 저 영감 특기가 때려 죽이는 것이고, 취미가 찢어 죽이는 것이며, 인생의 낙이 눌러 죽이는 것이오. 함부로 사람을 해치지 않는다니. 어이가 없군."

"글쎄. 나도 수십 년 동안 장사꾼으로 떠돌면서 사람 보는 눈 하나만큼은 확실하다고 자부하네만. 적 노야가 이유 없이 그럴 분으로는 보이지 않는군. 내가 보기엔 적 노야는 그저 남들보다 조금 거칠고 솔직해서 그렇지, 자네 말처럼 그런 악인 같지는 않네."

양 노인의 진지한 말에 유검호는 입을 쩍 벌렸다.

"그런 처세술을 가지고 대체 왜 성공 못한 거요?"

"허허. 처세술이라니. 그냥 보고 느낀 대로 말한 것뿐일세."

그들의 대화에 적무양이 기분 좋은 웃음을 흘렸다.

"하하. 역시 연륜이란 좋은 것이군. 그 말대로네. 내 행동에는 모두 깊은 뜻이 담겨 있고 이유가 있지. 날 알아준 사람은 오랜만이로군. 맘에 들어. 자네도 팔선문에 들어오겠나?"

적무양의 말에 양 노인은 쓴웃음을 지으며 고개를 저었다.

"젊은 시절엔 그토록 바라던 기회가 은퇴 직전에 찾아오는군요. 이제와 대문파의 비호를 얻어 무엇하겠습니까? 그냥 젊은이를 이끌어주는 역할로 만족하렵니다."

양 노인은 마달을 보며 흐뭇한 미소를 지었다. 그를 보며 유검호가 은근한 어투로 물었다.

"마달에게 상술이라도 가르치려는 거요?"

유검호의 물음에 양 노인은 고개를 저었다.

"상술이라니. 그런 대단한 것을 가르칠 만한 주제는 못 된다네. 그냥 같이 다니면서 알고 있는 지식이나 전하려는 게지."

"그럼 사람 보는 눈부터 가르치는 게 좋겠소. 바로 옆에 대악마가 있는데도 몰라보고 희희낙락대는 꼴이라니. 상인들이 제일 중요시하는 것이 정보가 아니었소?"

"그건 마달을 탓할 수는 없지. 적 노야께서 능력을 보인 적이 없으셨으니 몰라보는 것이 당연한 일 아니겠나? 나도 무영은살이 하는 말을 가까이에서 듣지 않았다면 짐작조차 못했을 걸세. 사실 누가 짐작이나 하겠나? 정파의 태양으로 떠오르고 있는 팔선문주와 마도… 흠흠. 적 노야께서 동행 중이라는 것을 말이야. 어떻게 생각해 봐도 두 사람이 어울릴 만한 신분은 아니지 않나? 게다가 적 노야께서 팔선문의 장문인이라고 밝히기까지 했으니 적 노야의 진짜 신분은 짐작도 못할 걸세. 그러고 보니 그건 어떻게 된 일인가? 자네가 문주인데 적 노야께선 장문인이라니. 원래 팔선문이라는 문파가 두 개로 나뉘어져 있는 건가?"

유검호는 한숨을 쉬며 대답했다.

"휴우. 그건 아니오. 문파는 하난데 그냥 직책만 그렇게 나뉜 거요."

"뭔가 복잡한 사정이 있나 보군."

양 노인이 위로하듯 말하자 듣고 있던 적무양이 픽 웃으며 끼어든다.

"복잡하긴 개뿔. 돈 받고 직책 팔아넘긴 게 뭐 그리 복잡하단 말이냐?"

"빌어먹을 노친네. 돈으로 직위 얻은 게 뭐 그리 자랑이라고. 아주 온 동네 사람들한테 다 떠들고 다니시지."

유검호가 투덜거리자 양 노인은 어이없는 표정을 숨기지 못했다.

"허. 매관매직이란 말은 많이 들어봤어도 매문매직이란 말은 처음 듣네. 자네… 많이 힘들었나 보군. 그래서 마달을 그렇게 쉽게 받아들인 거였나?"

"젠장. 돈만 생겨 보쇼. 바로 환불해 주고 장문인 자리 도로 뺏어올 거요."

"마음대로 해라. 단, 이자는 꼭 계산해야 할 게다. 참고로 내 금리는 일 할이다."

"쳇. 한해 이자를 일 할이나 챙기겠다니. 아는 사이에 너무하는군."

"무슨 소리냐? 닷새에 일 할이다."

"이런 더러운 늙은이! 아주 고리대금을 하지 그러쇼?"

"그냥 장문인 직책을 포기하면 될 것 아니냐?"

"두고 보쇼. 채표(採票:복권)라도 터트려서 영감 마수에서 벗어나고 말테니."

그때 두 사람의 대화를 듣고 있던 양 노인이 웃음을 터트렸다.

"노인장은 또 왜 웃는 거요? 내가 채표 당첨된다는 게 우습소?"

"허허허. 그게 아니라 자네와 적 노야를 보니 웃음이 나오는 군. 신분, 나이, 성격, 행동까지 무엇 하나 어울리는 것이 없는데 도 사이가 좋아 보여서 말일세. 마치 스스럼없는 조손 사이 같 지 않나?"

"쯧쯧. 노인장은 빨리 은퇴해서 쉬어야겠소. 아까 적 영감을 좋은 사람이라고 말한 것도 그렇고."

"저런 손자가 있었으면 진작 화병으로 죽었을 테지."

"호오. 그런 식으로 영감을 죽일 수 있다면 그것도 끌리는군? 영감. 손자 필요 없소? 천하의 안녕을 위해서라면 내 한 몸 기꺼 이… 바치기는 아깝지. 도비 어떻소? 도비 한 몸 정도는 기꺼이 바쳐드릴 수 있을 텐데. 도비 녀석이 잘 보면 참 좋은 손자감이 란 말이야."

끝까지 자신이 손해를 보려고는 하지 않는 유검호였다.

*　　　*　　　*

한결 편해진 여정 속에 행렬은 마침내 개봉에 도착했다.

갈 길이 바쁜 상인들은 제각각 목적지를 찾아 뿔뿔이 흩어졌 다.

반면 소철환과 표사들은 유검호에게 일일이 자신들을 소개하 면서 한참 동안이나 달라붙어 있다가 적무양의 호령에 겨우 떨 어져 나갔다.

"양 노인은 마달과 함께 다닐 거요?"

"당분간은 그럴 생각이네. 은퇴는 조금 늦어지겠지만 어쩔

수 없지. 이 친구처럼 세상 물정 모르는 초짜를 험한 세상에 그냥 내보낼 수는 없지 않겠나?'

"마달. 양 노인한테 배울 만큼 배우면 남경에 팔선문으로 찾아와라. 그땐 본문의 전 재산을 과감히 네게 투자할 테니 그것으로 한몫 단단히 잡아보자고. 보물지도는 그때까지 내가 잘 보관하고 있도록 하지."

"반드시 훌륭한 상인이 되어 은혜를 갚도록 하겠습니다."

작별 인사를 하는 마달의 표정에는 굳은 결심이 가득했다.

마달, 양 노인과도 헤어지고 나자 유검호는 적무양과 단 둘이 남게 되었다.

"휴우. 마지막까지 같이 있는 게 영감이라니. 왠지 기운 빠지는군."

"이제 어쩔 셈이냐?"

"흠. 어쩔까?"

유검호는 나직이 중얼거리며 하늘을 보았다. 복잡한 마음이 투영되듯 맑은 하늘에 구름 한 점이 유유히 흘러간다.

"일단 부딪쳐 봐야지 않겠소?"

가장 좋은 방법은 무림맹을 설득하는 것이다.

무림맹을 실질적으로 이끌어가는 원로들과 문천기를 설득하면 모든 일은 해결된다. 황실에서 추궁이 있기야 하겠지만 무림맹의 힘이라면 충분히 무마할 수 있을 것이다.

그렇게만 된다면 유검호로서도 복잡하게 생각할 필요 없다.

하지만 유검호는 그것이 불가능한 일이라는 것을 잘 알고 있다.

무림맹의 원로들은 대부분 전통과 관습을 중요시한다. 꼬장꼬장한 노인들이 이미 한 번 결정 내린 일을 유검호의 말만 듣고 뒤집어엎을 리가 없다. 또한 위대치의 말대로라면 원로들의 과반수가 조범효를 지지하는 이들이다.

'조범효라……. 칠왕야 주천학의 조력자가 무림맹을 움직이려 한다고 했던가?'

조범효가 실제로 주천학의 조력자인지는 정확히 알 수 없다.

하지만 그의 목적만은 분명해 보인다. 그가 건재해 있는 이상 원로들은 절대 마음을 바꾸지 않을 것이다.

더욱 큰 문제는 원로들이 아니다. 원로들은 동조한 것뿐이다. 그들을 움직인 것은 바로 문천기다. 문천기는 원로들보다 더욱 마음을 바꿀 가능성이 낮다.

무림맹이 중도에 작전을 멈춘다 할지라도 누군가 책임을 져야 한다는 사실은 변함이 없다. 위대치가 손을 써서 신변상에 위험은 없다 해도 맹주자리에서 물러서야 하는 것은 불가피하다.

문천기는 이번 작전안을 내놓았을 때부터 인생을 건 도박을 시작한 것이다. 그에게 남은 길은 성공과 실패, 두 가지뿐이다. 성공하면 그토록 원하는 명예와 길이길이 남을 위상을 거머쥐겠지만, 실패한다면 남는 것은 몰락뿐이다.

그런 문천기가 생각을 바꿀 리가 없다.

거기서 유검호의 고민이 시작된다.

유검호가 할 수 있는 일은 결국 무력을 동원하여 문천기와 그의 세력을 꺾는 것뿐. 아무리 자신과 사문을 버리고 떠난 스승이라지만 쉽게 할 수 있는 일이 아니다.

유검호의 무공이면 남경에서 개봉까지 하루면 달려올 수 있는 거리다. 굳이 며칠씩이나 소모하여 걸어온 것은 그런 복잡한 생각을 정리하기 위함이다.

곡절은 있었지만 어느 정도 마음을 정리할 수 있었다.

'어차피 대화로는 불가능한 일. 사부가 그토록 원하던 무림인답게 무공으로 결판내야겠지.'

말보다 무위가 인정받는 곳이 무림이다. 그토록 무림과 얽히기를 거부했던 유검호지만, 결국 자신의 뜻을 관철시키기 위해서는 무림인이 될 수밖에 없었다.

북양문에 앉아 문을 봉쇄하다

흔히 무림맹이라 하면 위엄이 넘치는 거대한 성을 떠올린다.
무림에서 가장 거대한 세력이기에 당연한 생각이다.

실제 무림맹을 방문해 본 사람들은 무림맹이 그런 거성과는
거리가 멀다는 사실에 놀라곤 한다. 무림맹에 들어서면 평범한
장원과도 같은 인상을 받는다. 보통 장원보다 웅장해 보이긴 했
지만 단지 그뿐. 중원 무림의 총화라는 무림맹에 들어섰다는 생
각은 들지 않는다.

하지만 무림맹에 들어선 지 일각 정도 지났을 때. 방문자들은
그 규모에 다시금 놀란다. 거대한 전각이 수없이 늘어서 있고
도처에 넓은 연무장이 있었으며 길은 끝없이 펼쳐져 있다.

마치 궁전을 연상케 할 정도로 방대한 규모다. 처음 방문한
사람은 안내를 받지 않으면 반각 이내에 길을 잃을 수밖에 없

다. 그런 규모를 접하고 나면 더 이상 무림맹의 권위를 의심하는 사람은 없다.

물론 무림맹 총단이 처음부터 거대했던 것은 아니다.

처음 이곳에 무림맹이 들어섰을 때는 개봉의 많고 많은 장원 중 하나에 불과했다. 다른 장원 두어 채를 합친 것만큼 크긴 했지만, 무림맹이라는 거대 단체가 자리 잡기에는 많이 미흡했다.

당시의 무림맹은 명예만 있고 실속은 없었기에 어쩔 수 없었다. 평소엔 있으나 마나 하고 위급할 때만 명문세가들이 힘을 모을 수 있도록 연락을 담당하는 단체. 정파의 명문 세가들이 원하는 무림맹의 역할은 딱 그 정도였다.

아무리 전대 맹주의 강력한 추천이 있었다곤 하나, 무명이나 마찬가지였던 문천기가 출도하자마자 맹주가 될 수 있었던 이유였다. 어차피 명문세가들은 무림맹주 자리를 누가 차지하든 관심도 없었다.

그런 유명무실한 무림맹에 힘을 싣고 권위를 살린 것이 문천기다. 문천기는 뛰어난 처세술과 운영 능력으로 무림맹을 키워 나갔다.

명문세가 사람들이 전대 맹주였던 조범효를 좋아하고 그를 존중했던 것은 그가 야심이 없어서였다. 인품은 차고도 넘쳤으되 정치적인 능력은 전무한 인물이 바로 조범효였다. 그런데 새로운 맹주가 야심을 드러내고 뛰어난 능력을 발휘하고 있으니 그들로서는 문천기가 마음에 들 리가 없다.

명문세가의 주인들은 뒤늦게 문천기를 견제하고자 했다. 하지만 이미 궤도에 오른 무림맹의 성장을 막을 수는 없었다. 그들이 할 수 있는 일은 순풍을 타고 있는 무림맹에 발을 걸치고 떨어지는 이익이라도 탐하는 것뿐이었다.

결국 명문세가들은 자신들의 들러리나 마찬가지였던 무림맹의 눈치를 살피게 되었고, 어떻게든 자신들 가문 사람이 무림맹 요직을 차지하게끔 하기 위해 치열한 경쟁을 벌이게 되었다.

문천기는 그들의 욕망을 교묘히 이용하여 많은 지원을 받아 냈고, 무림맹의 지위를 확고히 다졌다. 지금의 거대한 총단의 위용은 그때의 지원에 힘입은 것이었다. 주변의 대지와 집들을 하나하나 사들여 지금의 거대한 터전을 일군 것이다.

문천기는 단순히 땅과 재산만을 늘리는 것에 안주하지 않고, 정파 무림의 힘을 무림맹에 집약시켰다.

무림맹의 대세를 인정할 수밖에 없었던 명문세가에서는 어쩔 수 없이 자신들의 무력을 빌려주었고, 무림맹은 무력으로도 무림 최강의 단체가 되었다.

정파 무림의 총연맹이라는 무림맹이라는 단체의 대의명분과 문천기의 탁월한 정치 능력이 결합되어 만들어진 결과였다.

작금에 이르러 몇몇 사건으로 인해 문천기의 무공 실력에 의심의 여지가 생겼음에도 아무도 드러내 놓고 그를 무시하지 못하는 것은 그 때문이다.

아무것도 없던 무림맹을 짧은 기간 만에 무림의 정점으로 끌어 올린 전략가. 그것이 명문세가주들이 보는 문천기였다.

문천기는 집무실 창가를 보았다. 멀리 연무장 너머로 힘찬 걸음을 옮기는 무사들이 눈에 들어온다.

차가운 새벽 공기에도 불구하고 전혀 움츠러든 기색 없이 당당한 걸음을 내딛는 무인들. 칼날 같은 기상을 물씬 풍기는 그들을 보자 마음이 든든해진다.

'실패할 리가 없다.'

무림맹 휘하의 사단 오 대 삼십육 조를 통틀어 최고라는 자들만 뽑았다. 그야말로 무림맹의 최정예라 할 수 있다. 무림 최고무력 단체인 무림맹에서도 고르고 고른 고수들이었으니 완수하지 못할 임무란 없다. 더욱이 이번 일은 지닌 무게에 비하여 임무 자체는 쉬운 편이다. 이보다 훨씬 어려운 임무도 완벽하게 성공한 이들이다.

그럼에도 문천기의 표정은 밝지 못했다.

마음 한구석에 꿈틀거리는 불안함을 느낀 탓이다.

'저들은 시작일 뿐이다.'

어차피 북원의 사절단을 궤멸시키지 못하면 다음은 없다. 모든 일의 성공 여부는 사절단을 몰살시킨 이후의 일에 달려 있다. 설령 사절단을 궤멸하는 데 성공했다 하더라도 황실에서의 일이 계획대로 풀리지 않는다면 절망적일 수밖에 없다.

문천기의 마음을 짓누르는 불안함의 근원이 바로 그것이다.

문천기가 무림에서 아무리 명망이 있다 한들 황실에서는 영향력을 발휘할 수 없다.

황실. 통제할 수 없는 영역. 그곳에서 어떤 일이 벌어지고 결정되든 문천기가 간섭할 수 있는 부분이 없는 것이다.

물론 문천기라고 손을 놓고 있는 것은 아니다.

여러 방향으로 손을 써놓긴 했다. 고관대작들을 포섭하기도 했고 칠왕야라는 든든한 배경도 만들어놓았다. 또한 무림맹 첩보단을 대거 파견하여 황실의 동향을 살피고 그 움직임을 파악하고 있기도 했다.

하지만 그 모든 준비를 감안하고라도 성공 여부는 오 할에 불과하다.

일의 결과는 하늘만이 알고 있는 것이다.

현실적으로 그런 불확실한 일에 모든 것을 거는 것은 어리석은 일이다. 신중한 문천기의 성격에 어울리지 않는 일이기도 했다.

하지만 문천기는 할 수 밖에 없었다. 여러 가지 이유가 있지만 가장 큰 이유는 야심 때문이다.

그의 머릿속을 지배하는 단 한 가지 야망.

그것은 세월이 지나도 길이길이 남을 명예였다.

명예. 모든 일의 시작은 그것이다.

평생을 묻혀 살던 문천기가 세상에 나서고, 이토록 진흙탕 속에 뛰어들어 발버둥 치는 것은 모두 그 때문이다.

'허송세월했던 시간을 되찾을 것이다.'

반평생 동안 문규를 천명으로 여기며 살아왔다. 매일 강호 출도를 하고 싶은 욕망을 마음속 깊이 억누른 채로 살아왔다. 그 욕망이 하나의 계기로 터져 나왔다. 바로 아내의 죽음이다. 아내의 병명조차 알아내지 못한 채 너무도 무기력하게 떠나보내야만 했다. 그로 인해 문천기는 힘을 원하게 되었다. 만약 그에게 힘이 있었다면 아내를 그렇게 떠나보내지 않았을 것이다.

그리고 무림에서 가장 중요한 힘은 무공도 재산도 아닌, 명성이다. 문천기가 보는 무림은 무공으로 이루어진 숲이 아니라 이름으로 이루어진 숲이다.

그 한 가지만을 보고 달려왔던 십여 년이다.

'이제 와서 생각해 보면 모두 핑계였지.'

이젠 인정할 수 있었다. 자신의 욕망을.

자신의 야심은 아내 때문이 아니었다. 아내가 죽지 않았더라도 자신은 결국 출도했을 것이다. 아내의 죽음은 그저 시기를 앞당겼을 뿐이다.

그런 자신의 욕망을 자각했기에 이번 일을 뿌리칠 수 없었다. 도박과도 같은 일에 운명을 걸게 된 것이다.

성공한다면 문천기는 자신만의 무림맹을 만들 수 있었다.

구대문파와 여타 명문세가들에 휘둘리지 않고 심지어 황실의 영향력에서도 벗어난 독보적인 단체. 그것을 만드는 것이 문천기의 목표다.

그렇게만 된다면 그의 이름 석 자는 무림사에 영원히 회자될 것이다. 꿈에서조차 바라 마지않던 일이다.

그 한 가지 욕구가 무모하리만치 어리석은 일을 실행하게끔 만들었다.

그래서 불안했다. 욕심 때문에 분에 넘치는 일을 벌인 것이 아닐까 하는 생각 때문이다. 이성적으로 생각하면 그만두는 것이 옳다. 스스로의 선택에 대한 회의감이 계속해서 치밀어 오른다. 순간순간마다 후회와 자책이 찾아들었다.

그때마다 문천기는 약해지는 마음을 다잡았다.

'한 번 살다 가는 인생. 다시 선택의 순간이 오더라도 같은 선

택을 했을 것이다.'

문천기는 머릿속에서 후회라는 단어를 지웠다. 돌이킬 수 없는 일이다.

'무엇보다 조범효, 그 친구가 보장한 일이다. 잘못될 리가 없다.'

문천기는 조범효를 절대적으로 믿었다.

지금껏 그의 말을 따라서 잘못된 일은 단 한 번도 없었다.

단순히 맹신 따위가 아니다. 충분한 근거가 있는 믿음이다. 조범효를 직접 만난 적은 몇 번 되지 않았지만, 그는 문천기의 인생에서 빼놓을 수 없는 인물이다. 어둠 속의 등불처럼 항상 문천기가 가야 할 길을 알려주었고, 수없이 도움을 주었다. 그러면서도 결코 생색 한 번 내지 않는 인물이었다.

문천기는 만약 인생에서 단 한 명만을 믿어야 한다면 단연코 조범효를 꼽을 것이다.

이번 일 역시 마찬가지다. 그는 무모하고 위험한 일을 가져왔지만, 바꿔 생각하면 문천기의 능력을 그만큼 믿고 있다는 뜻이다. 문천기는 수많은 반대를 무릅쓰고 원로들을 설득하여 이번 일을 진행시킴으로써 조범효의 믿음에 보답했다.

이제 조범효의 믿음을 볼 차례다. 조범효는 거사가 반드시 성공할 것이라 장담했다.

문천기는 그 말을 믿었다. 아니, 말이 아니라 조범효라는 인물을 믿었다. 일견 두루뭉술해 보이는 조범효였지만, 그가 보여준 혜안은 많은 학식을 쌓은 문천기로서도 매번 놀랐다. 그런 조범효가 확언을 했다면 그만큼 확실한 일은 없다.

조범효를 믿고 그의 혜안을 믿었으며, 무림맹의 정보력을 믿었다. 그리고 그 모든 것을 믿는 자신의 통찰력을 믿었다.

그것이 문천기가 지닌 믿음이다.

'나도 늙었나 보군.'

예전이라면 이미 결정한 일을 돌아보지 않았을 것이다.

워낙 중대한 일이기도 했지만, 새벽녘 길을 나서는 무인들을 보고 있노라니 감상에 젖은 탓이다.

무인들이 시야에서 사라졌을 때쯤. 문을 두들기는 소리가 들려왔다.

"들어오너라."

문을 열고 들어선 것은 백유량이었다.

백유량은 가볍게 예를 차린 후 보고했다.

"준비가 끝났습니다."

백유량은 이번 임무의 지휘를 맡았다.

사실 그가 이번 일을 맡게 되었을 때 많은 이들이 쑥덕거렸다. 주로 백유량의 실력을 의심하는 뒷담화였다.

예전의 백유량의 평판을 생각한다면 있을 수 없는 일이다.

모두 최근의 좋지 않은 모습을 보인 탓이다.

무림에서의 명성은 소문이 만들어준다. 그리고 그 소문을 만드는 가장 좋은 방법은 눈에 띄는 결과다.

백유량이 무림의 신성으로 불렸던 것도 뛰어난 무공보다 작전을 수행함에 있어 좋은 결과를 많이 만들어냈기 때문이다.

지금 백유량에게 필요한 것은 사람들을 납득시킬 만한 결과였다. 이번 임무만큼 큰 성과를 낼 수 있는 기회는 다시없다.

문천기가 사람들의 반발을 무시하고 백유량을 민 이유다.

문천기는 추락한 제자를 다시 끌어올리고 싶었다.

백유량이 임무를 훌륭히 완수하면 의심의 눈초리는 다시 선망으로 바뀔 것이다.

물론 일이 틀어진다면 백유량 역시 몰락할 것이다.

'어차피 이런 기회가 아니면 재기는 힘들겠지.'

백유량에게는 선택의 여지가 없다.

정세가 흘러가는 분위기로 봐서 백유량은 이미 중심에서 밀려나고 있다. 청룡단주 자리에서 물러나는 것은 시간문제다.

한 번의 패배로 인한 대가치고는 너무 가혹했지만, 그것이 무림이다. 차라리 적무양에게 패했다면 오히려 명예를 얻었을 것이다. 하지만 적무양도 아닌, 무명의 곤륜노에게 비참하게 패했다. 비록 평범한 곤륜노가 아니었지만, 그런 뒷이야기는 세인들의 관심을 끌지 못한다. 중요한 것은 무림맹 최고 무력 단체인 청룡단주의 명예를 지키지 못했다는 것.

맹내의 다른 사람들은 제쳐 두고라도 문천기를 경계하는 원로들은 절대로 그냥 넘어가지 않을 것이다.

그들이 나서면 문천기가 아무리 힘을 쓴다 해도 어쩔 수 없다. 결국 백유량은 한직으로 밀려날 것이다.

물론 그렇게까지 몰리게 된 것은 문천기의 입지가 좁아질 대로 좁아진 탓이다.

그 모든 상황을 역전시킬 수 있는 방법은 오직 이번 일을 성사시키는 것뿐이다.

이번 일은 문천기뿐만 아니라 백유량에게도 일생일대의 기회이자 도박인 것이다.

　백유량은 그런 사정을 아는지 모르는지 무표정하기만 했다.

　하지만 문천기는 백유량의 얼굴이 전에 비해 핼쑥해졌음을 알 수 있었다.

　'녀석. 마음고생이 심했겠구나.'

　왜 아니겠는가? 무림 최고의 후기지수에서 한순간에 비참한 패배자가 되었는데. 아마 자신이었다면 진작 화병으로 쓰러졌을 것이다.

　힘든 상황에서도 의연함을 잃지 않는 백유량이 대견할 정도다.

　문천기는 따스한 눈빛을 건네며 말했다.

　"반 시진 후에 현무단과 백호단, 그리고 각대에서 선출한 천 명이 출동할 거다. 그들은 등사평 남쪽에 집결하여 일차적으로 무강에서 이레, 이차적으로 호북평에서 이레, 최종적으로 안륙에서 이레 간 야전 훈련을 행할 것이다. 훈련이 끝나기까지는 스무 날 정도, 귀환까지는 보름이 더 걸릴 것이다. 시간상으로는 달포 정도가 주어진다는 말이지."

　천 명의 훈련대. 그들은 미끼였다. 주력은 백유량이 이끄는 무인들이다.

　맹내 회의에서 이번 행사의 중대함과 위험성을 고려하여 주력은 은밀히 움직이는 것이 좋다고 결정됐다.

　하지만 백 단위의 무인이 출동하는 것이 외부에 포착되지 않을 수는 없다. 문천기는 그들의 움직임을 가리기 위해 천 명의 위장을 준비했다.

명목은 전력 강화를 위한 훈련이었다. 정사회담에서의 위기를 교훈 삼아 무림맹 무인들의 전력을 높이고 사기를 진작시키겠다는 것이 명분이었다.

상계에 떠돌고 있는 소문은 바로 거기에서부터 비롯된 것이다. 상세한 정보까지 알려지진 않았기에 상인들 사이에서는 온갖 추측이 난무했다. 일각에선 벌써부터 무림맹이 전쟁을 벌이려 한다는 추측이 기정사실화되기까지 했다고 한다.

모두 무림맹의 의도였다.

이토록 번거로운 위장까지 동원하여 비공식적인 행사를 주도한 것은 만에 하나를 위함이었다.

혹여 일이 틀어졌을 경우, 북원의 사신단을 해한 것이 무림맹이 아님을 주장하기 위한 밑밥이다. 백유량이 이끄는 습격대는 일을 끝낸 후 귀환하는 훈련대와 합류하여 귀환할 것이다.

물론 황실이 본격적으로 조사를 나서면 탄로 날 확률이 높지만, 아예 대비를 하지 않는 것보다는 나았다.

물론 문천기는 부디 그런 일이 없기를 바랐다.

일이 그렇게까지 흘러간다면 무림맹은 무사할 수 있어도, 그는 결코 맹주직을 지킬 수 없기 때문이다.

문천기는 불안함을 지우기 위해 물었다.

"중요한 일이다. 할 수 있겠느냐?"

백유량이 묵직한 목소리로 대답했다.

"목숨을 걸고 완수하겠습니다."

굳은 각오가 담긴 대답이다. 문천기는 마음이 놓였다.

그는 제자의 능력을 믿었다. 예상치 못한 일로 낭패를 겪었지만, 백유량의 실력을 누구보다 잘 알고 있는 문천기였다. 결코 이 정도 고난으로 주저앉을 만큼 그릇이 작은 인재가 아니다.

백유량이라면 어떻게든 임무를 성공할 것이다.

"그래. 누가 뭐라고 해도 난 너를 믿는다. 이 일만 잘 풀리면 넌 다시 웅지를 펼치게 될 것이야."

웅지라는 말에 백유량의 눈이 빛을 발한다.

"반드시 그렇게 될 것입니다."

백유량의 강렬한 눈빛에 문천기는 다시금 고개를 끄덕였다.

제자의 눈빛에 담긴 확고한 자신감을 보았다. 그 자신감은 이전 백유량의 것과는 다른 것이었다. 단순히 자존감과 오만함의 표출이 아닌, 진정한 능력에 대한 자신감이었다.

지금 백유량은 진심으로 자신의 능력을 믿고 있는 것이다.

그것은 결코 패배자가 보일 수 없는 자신감이었다.

'성장했구나.'

문천기는 백유량이 강해졌음을 느꼈다.

단순히 무공뿐만 아니라 인간으로서의 나약함마저 극복했음을 느낄 수 있었다.

'좌절이 사람을 키운다더니.'

백유량은 뼈아픈 패배를 밑거름 삼아 한층 더 성장했다. 제자의 성장에 문천기는 기분이 좋아졌다. 일말의 불안함조차 사라졌다.

"너라면 해낼 것이다."

문천기가 백유량을 격려하고 있을 때였다.

"맹주님!"

문이 벌컥 열리며 총사 모용수가 다급히 들어왔다.

문천기는 표정을 굳혔다.

모용수는 신중한 인물이다. 이토록 허둥거릴 만한 인물이 아니다. 그럼에도 그런 행동을 했다는 것은 모용수의 평정을 깨뜨릴 만한 일이 발생했다는 말이다.

문천기는 또다시 엄습하는 불길함을 감추며 물었다.

"무슨 일인가?"

모용수가 당황함이 역력한 얼굴로 대답했다.

"북양문이 봉쇄되었답니다."

북양문은 무림맹의 북문 중 하나였다. 백유량이 이끄는 습격대가 사용할 문이기도 했다. 백유량이 보고를 하는 동안 습격대는 북양문 앞에 집결해 있었다.

모용수의 보고에 문천기는 의아하여 물었다.

"북양문이 봉쇄되다니? 어떻게 그런 일이 생긴단 말인가?"

이어지는 모용수의 대답은 문천기의 상상을 초월하는 것이었다.

"맹주님의 제자였던 유검호, 팔선문주가 문을 막아서고 있습니다."

유검호의 이름을 듣는 것만으로도 문천기는 머리가 지끈거려 왔다.

*　　*　　*

"대체 이게 뭐하는 짓이오?"

팔 척 장신에 일반인 두 명을 합쳐 놓은 정도로 두껍고 넓은 어깨를 지닌 사내였다. 생긴 것 역시 우락부락한 데다 턱을 완전히 가린 수염이 삐죽삐죽 솟아 있어 그야말로 산도둑과 같은 인상이다.

그런 이가 쩌렁쩌렁한 목소리에 분노를 담아 소리치자 여간 살벌한 것이 아니다.

담이 약한 이는 목소리만 듣고도 망설임 없이 무릎을 꿇었을 것이다.

그의 호통에 유검호는 인상을 쓰며 귀를 후볐다.

"거 목소리 한번 크네. 그런 목청으로 뭐 하러 칼이나 휘두르고 있소? 음공이나 익히지. 가만히 앉아 소리만 빽빽 질러서 적을 제압한다. 캬! 얼마나 멋지겠소? 내가 그런 목청 있었으면 당장 사자후 공부부터 했겠네."

느물거리며 훈계까지 하자 사내의 얼굴이 붉으락푸르락해진다.

"더 이상 참지 않겠소. 당장 비키시오."

"미안하게 됐소. 내가 원래 한 번 앉으면 엉덩이에 뿌리가 내리는 특이 성향이 있소. 일어나려 해도 일어나지지가 않는구려."

말을 하며 진짜 미안하다는 표정까지 짓는다.

그 모습에 사내는 이를 바드득 갈았다.

사내의 이름은 제갈탄이었다.

무림에 명성 높은 제갈세가 출신으로 본래 백호단주직을 맡고 있던 인물이었다. 그는 이번에 백유량이 이끄는 습격대의 부대주로 임무에 참여하게 되었다.

본래 제갈세가라 하면 뛰어난 두뇌와 냉철한 지성으로 유명한 가문이다. 제갈 성씨를 달면 세 살배기 어린아이도 사서삼경을 읊조린다는 말도 있다.

하지만 그런 제갈세가에서도 간혹 별종이 나오곤 한다.

일족의 현명함을 전혀 이어받지 못하는 인물이다. 제갈탄은 바로 그런 별종이었다.

제갈탄은 두 살이면 글귀를 튼다는 제갈세가에서도 가장 양질의 교육을 받으며 자랐으면서도 천자문조차 제대로 떼지 못했다. 뿐만 아니라 책보다는 무공을 좋아했고, 말로 하는 설전보다 몸으로 하는 실전을 더 좋아했다.

성격 또한 냉철한 가문의 친인척들과 달리, 불과 같이 성급하고 단순 무식했다. 오죽하면 제갈세가의 적통이면서도 가문에서는 내놓다시피 할 정도였다. 그런 제갈탄이 백호단주가 된 것은 순전히 무공 실력 때문이었다.

본래 제갈세가에서는 대부분 유(柔)한 도법의 대표절기라 할 수 있는 등천비류이십사도(登川飛流二十四刀)를 수련한다. 하지만 제갈현은 부드러운 무공 따윈 자신과 맞지 않다며 철저히 강맹 위주인 대황십팔도법(大黃十八刀法)을 수련했다.

등천비류이십사도는 천하의 절세도법을 논할 때면 반드시 들어가는 무공이었다. 반면 대황십팔도법은 절기라고 부르기도 민망할 정도로 저급한 무공 취급을 받고 있었다.

천하의 절기를 외면하고 삼류 무공을 선택한 격이다.

모두들 어리석다 비웃었지만, 제갈탄은 전혀 개의치 않았다.

결과적으로 그의 선택은 탁월했다. 대황십팔도법은 제갈탄의 성격과 더할 나위 없이 어울리는 무공이었다. 도법을 수련한 지 채 십 년도 되지 않아 대황십팔도법을 대성한 것이다.

막상 대성을 하고 나자 등천비류이십사도를 익힌 자들은 그의 일 도조차 받아내지 못했다. 심지어 제갈세가의 최고수였던 가주조차 제갈탄의 도력을 감당하지 못했다.

제갈세가에서는 실로 생각지도 못했던 고수가 탄생한 것이다.

덕분에 제갈탄은 제갈세가 최고의 도객이라는 명성을 얻었고, 무림맹의 중추 세력 중 하나인 백호단주가 될 수 있었다.

백호단주가 되면서 제갈탄의 성격은 더욱 불같아졌다.

성미에 맞지 않는 일을 당하면 맹주라 해도 버럭대며 달려들 정도였다.

그런 제갈탄의 눈앞에 황당한 광경이 펼쳐지고 있었다.

명색이 맹주의 제자였다는 작자가 무림맹의 북문인 북양문 한복판을 떡하니 차지하고 앉아서는 쇠몽둥이 같은 검을 빙글빙글 돌리며 사람이 오도 가도 못하게 틀어막고 있는 것이다.

처음엔 습격대에 속한 무인들이 좋은 말로 설득을 하려 했다. 유검호의 이름에 담긴 무게감이 예전과 달라 결코 함부로 할 수 없었기 때문이다.

하지만 유검호는 시종일관 농으로 응대했다.

그에 몇몇 무인이 빈 공간으로 문을 통과하려 했다. 더러워서 피한다는 심정으로 그냥 유검호를 돌아 나가면 어떻게 막는지 보려는 것이다.

하지만 그들은 흑암이 만들어낸 벽에 부딪쳐 문밖으로는 한 발자국도 나가지 못했다. 마치 실제로 보이지 않는 벽이라도 쳐진 것처럼 자신도 모르게 뒤로 밀려나는 것이다. 몇 명이 시도해도 마찬가지였다. 그 누구도 유검호를 통과할 수 없었다.

북양문이 비록 측문이었지만 그 넓이가 이 장에 달한다. 그런 넓은 공간을 혼자서, 그것도 앉은 채 검 한 자루로 모두 틀어막아 버린 것이다.

그제야 그들은 유검호가 그저 장난으로 이런 일을 벌이는 것이 아님을 느꼈다. 그런 신기에 가까운 무공을 그저 자랑 삼아 보일 리가 없는 것이다. 그것도 누구보다 게으르다고 소문난 유검호였다.

슬슬 일의 심각성을 자각한 습격대원들의 표정이 굳어졌다.

제갈탄이 나타난 것은 그 시점이었다.

맹내의 원로로 있는 가문의 어른에게 인사를 하고 집결 장소로 와보니 이런 일이 벌어지고 있었던 것이다.

평상시라도 이런 광경을 보았다면 결코 참지 못했을 것이다.

지금은 더욱 참을 수 없었다. 중요한 임무를 위해 출동 직전인 상황이 아닌가? 예민해질 대로 예민한 상황인지라 누가 건드리기만 해도 폭발할 지경인데 이런 어처구니없는 일이 벌어지고 있는 것이다.

제갈탄으로서는 당장 도를 뽑아 유검호의 머리통을 내리찍지 않은 것만 해도 극한의 인내력을 발휘하고 있는 중이었다.

하지만 유검호는 그런 제갈탄의 인내심 따윈 전혀 알아줄 생각이 없었다. 분노하여 씩씩거리는 제갈탄을 보며 능글맞게 웃으며 말한다.

"날이 더워서 그런가? 형씨 얼굴이 시뻘개졌소. 숨소리도 거칠군. 어디 몸이 안 좋으신가? 빨리 의원이라도 찾아가는 것이 좋을 것 같소."

드디어 제갈탄의 인내심이 바닥났다.

스르릉.

쇳소리를 내며 새하얀 도신이 몸체를 드러낸다. 도끼처럼 날이 넓은 대력도다. 그 한 자루 대력도에 몸이 양단 난 마두들이 셀 수도 없었다.

제갈탄은 으르렁거리듯 말했다.

"활선문의 무공이 얼마나 높은지 견식해 보겠다."

말이 끝나기 무섭게 대력도가 섬뜩하게 번뜩인다.

쉬익. 카앙.

바람이 갈라지는 소리와 금속성이 동시에 터진다.

뒤이어 제갈탄의 신음이 터져 나왔다.

"크윽."

제갈탄은 어느새 본래 자리에서 다섯 걸음 물러나 있었다.

그의 앞에는 족적이 끌린 자국이 선명히 남아 있었다.

무형의 힘에 밀려난 흔적이다.

반면 유검호는 여전히 여유롭다. 한가로이 흑암을 휘휘 젓고 있을 뿐이다. 마치 제갈탄이 스스로 물러난 모습이다.

하지만 지켜보고 있던 습격대원들의 표정은 심각하게 굳어졌다. 그들은 무림맹에서도 최정예로 선출된 고수다. 방금 전에 무슨 일이 벌어졌는지 정도는 충분히 알 수 있었다.

벼락같은 제갈탄의 일도를 유검호가 가볍게 튕겨낸 것이다.

문제는 두 사람의 모습을 보고 결과는 짐작할 수 있었지만, 그 과정을 하나도 보지 못했다는 점이다.

무공으로는 내로라하는 그들이다. 그럼에도 유검호는 물론이고 제갈탄이 발도하는 모습조차 제대로 포착한 사람이 없었다.

더욱이 제갈탄의 장기는 항거할 수 없는 거력이 담긴 중도(重刀)이지 쾌도가 아니다. 그럼에도 그의 도는 눈으로 쫓을 수조차 없을 정도로 빨랐다. 그런 쾌속함과 패도적인 힘까지 실려 있다. 제아무리 무림 제일의 고수라도 낭패를 볼 수밖에 없는 일격이다.

그럼에도 유검호는 대수롭지 않게 튕겨냈다. 그것도 앉은 자리에서 조금도 움직이지 않고. 오히려 기습적인 일격을 날린 제갈탄이 격퇴당했다.

제갈탄의 실력도 놀라운 것이었지만, 유검호의 경지는 상상조차 되지 않는다.

충격은 관전자보다 당사자의 것이 더욱 컸다.

제갈탄은 잔뜩 굳은 표정으로 유검호를 노려보고만 있었다.

도법을 익힌 이후 도력으로는 누구에게도 패한 적이 없던 그였다. 내심 패도 하나만은 천하제일에 근접했다고 자신했었다.

그런 자신감이 산산이 박살 났다.

그들 중 가장 고수인 제갈탄이 일격에 격퇴당하자 분위기는 착 가라앉았다.

성격 급한 몇몇은 병장기를 만지작거리며 금방이라도 합공을 할 기세다.

하지만 쉽사리 덤벼들지는 못한다. 유검호의 신분 때문이다.

맹주의 제자였다는 과거는 제쳐두고, 당대의 천하제일 고수이자 유일하게 마도맹의 적무양을 견제할 수 있는 정파의 기둥이 바로 유검호다. 그런 인물과 척을 지어 좋을 것은 없다.

게다가 조금 전 제갈탄이 격퇴당하는 모습도 충격적이다.

같은 무인으로서 유검호에게 경외심마저 들었다.

그들이 이러지도 저러지도 못하고 있을 때였다.

"무슨 소란이냐?"

호통 소리와 함께 문천기가 나타났다.

문천기의 뒤편에는 모용수와 백유량이 서 있었다.

장내를 훑어보던 문천기가 유검호에게 시선을 멈췄다. 근엄하던 그의 얼굴이 일그러졌다.

"대체 여기서 뭘 하고 있는 거냐?"

아이처럼 주저앉아 쇠몽둥이 같은 검을 휘두르며 무림맹 정예들의 앞길을 가로막고 있는 모습은 황당하기 그지없었다.

그에 더해 유검호의 대답은 문천기의 인상을 더욱 구겨지게 만들었다.

"그냥 사부님 생각도 나고 해서 인사나 드릴 겸해서 찾아왔죠. 제가 또 사부님 생각하는 마음은 각별하지 않습니까? 하하하."

문천기는 어이가 없었다.

천성이 게으른 유검호다. 발치에 운석이 떨어져도 꿈쩍도 하지 않을 것이 분명하다. 그런 인간이 고작 인사나 하려고 이 먼

곳까지 찾아올 리가 없다.

'괘씸한 녀석. 애타게 찾을 때는 거들떠도 보지 않더니. 하필 이런 때에 찾아온단 말인가?'

문천기의 얼굴에 그늘이 진다.

중요한 일을 앞둔 시기다. 유검호의 예상치 못한 행보가 여간 신경 쓰이는 것이 아니다.

'혹시 이번 일 때문에?'

유검호가 이런 일에 관심을 가지는 성격은 아니다. 제자의 성향은 익히 알고 있는 문천기다. 그럼에도 불안한 마음을 금할 수 없다. 유검호가 워낙 예측불허하고 엉뚱한 일을 벌이곤 했기 때문이다.

문천기는 불안한 속내를 감추며 말했다.

"사부를 보러 왔다면 안으로 들어올 것이지, 왜 거기서 문을 막고 있느냐? 일어나거라. 안으로 들어가서 대화하도록 하자."

그러나 유검호는 움직일 기색도 보이지 않는다.

"여기도 널찍하고 좋은데, 귀찮게 뭐 하러 들어가요?"

"오랜만에 사부를 찾아와서 그렇게 흙바닥에 주저앉아 있고 싶은 게냐? 더욱이 너와 팔선문도 이젠 무명이 아닌데 체면을 신경 써야 하지 않겠느냐?"

"체면이 밥 먹여주는 것도 아닌데 신경 써서 뭐합니까? 게다가 여긴 탁 트여서 오가는 사람도 많고 보는 눈도 많아서 더 좋을 것 같은데요."

문천기의 표정이 굳어진다.

"무슨 뜻이냐?"

목소리에 날이 서 있다. 허튼소리를 하면 용서치 않겠다는 기색이다.

하지만 유검호는 개의치 않고 말을 이었다.

"요상한 일을 계획 중이라면서요? 묻고 싶은 일이 많은데, 기왕이면 다른 사람들 생각도 들어보는 것이 좋을 것 같아서요."

그 말에 문천기의 얼굴이 복잡해진다.

'결국 그거였나?'

사실 유검호가 나타났다는 소리를 들었을 때부터 예상했던 일이다. 아닐 거라는 일말의 기대를 품고 나왔는데, 유검호의 말이 그런 기대를 무너뜨렸다.

'정말로 그 일 때문이라면.'

문천기의 표정이 차가워졌다.

지난 세월 무림맹을 이끌어오며 노회한 무림인을 수도 없이 다루어왔던 그였다. 무림에서 그의 평정심을 무너뜨릴 수 있는 사람은 거의 없다. 유검호를 대할 때면 유독 그런 평정심이 무너졌었다. 스승으로서 제자를 잘 이끌지 못하고 결국 내치고야 말았다는 회한 때문일 것이다. 하지만 이번에는 다르다. 이번 일은 그에게 일생일대의 위기이자 기회였다. 절박함이 문천기를 냉정하게 만들었다. 설령 옛 제자였던 유검호가 막아선다 할지라도 물러설 수 없다.

문천기는 싸늘한 눈빛으로 유검호를 보며 말했다.

"요상한 일이라. 네가 누구에게 무슨 말을 듣고 왔는지는 모르겠다만, 필시 와전된 이야기일 것이다."

"그렇지 않아도 그걸 확인해 보려고 왔습니다. 정말 와전된 이야기인지, 아니면 사실 그대로인지 확인해 보려고요."

유검호의 말에 문천기의 눈이 깊어진다.

"확인이라? 그래서 네가 들은 이야기가 사실이라면 어떻게 하겠다는 게냐?"

유검호는 당연하다는 듯 대답했다.

"막아야겠죠."

"네가 무슨 자격으로 무림맹의 행사를 막겠다는 말이냐? 넌 무림인이 아니라고 떠들고 다니지 않았느냐?"

"언젠가 그러셨죠? 강호에 발을 들인 이상 스스로 아니라 말해도 결국 무림인이라고요. 무림인이 무림맹의 행사에 의견을 내겠다는데 다른 자격이 필요합니까?"

"좋다. 네가 의견을 낼 수 있다고 치자. 하지만 그 의견을 무엇으로 관철시킬 것이냐? 팔선문의 문호가 알려지기 시작했다한들 신생문파에 지나지 않는다. 무림맹에서 너의 목소리를 내고 싶다면 정식으로 절차를 밟아 가맹을 한 후 문파의 입지를 넓혀야만……."

유검호가 길어지는 문천기의 말을 끊었다.

"무림에서 목소리를 내는 데 다른 게 뭐가 필요하겠어요? 이거면 충분할 텐데."

말을 하며 흑암을 툭툭 건드린다. 명확한 뜻이 담긴 행동이다.

문천기는 한숨을 내쉬었다. 어떻게든 유검호를 회유하고 싶은 심정이었다. 그래서 불필요한 말을 이어가며 대화를 시도했다. 하지만 유검호가 그런 시도를 외면했다. 문천기로서도 더 이상은 대화를 이어나갈 수가 없다. 문천기는 결단을 내려야만 했다.

"네 뜻이 정녕 그렇다면……."

문천기의 말이 흐려진다.

두 사람의 대화를 듣고 있던 무인들의 손이 천천히 검병으로 향한다. 문천기는 결의를 담은 시선으로 그들을 훑어보며 말을 맺었다.

"넌 많은 피를 봐야 할 것이다."

차차창.

사방에서 병장기가 번뜩인다. 유검호를 어찌 대해야 할지 몰랐던 무림맹의 무인들이 그를 적으로 간주한 것이다.

살벌한 눈빛과 기운이 유검호를 향해 집중된다.

범인이라면 몸조차 가누지 못할 정도의 압박감이다.

쏟아지는 살기를 한 몸에 받으며 유검호는 천천히 일어섰다.

무림맹에서도 최정예 고수들이 눈을 번뜩이며 노려보았지만 유검호는 전혀 개의치 않았다. 그에게 이런 물리적인 압박은 전혀 문젯거리가 아니다. 무림맹 전체가 덤빈다 할지라도 눈 하나 깜빡이지 않을 유검호다.

유검호의 태연함에 문천기의 안색이 어두워진다.

그 역시 알고 있다. 이곳에 있는 무인들이 유검호를 상대할 수 없다는 것을.

물론 이곳에 있는 수하들은 무림맹 최정예다. 무림의 문파들 중에서도 최고수급이 아니라면 비교조차 할 수 없을 정도로 극강의 고수다.

그런 수하들이었지만 초월적인 능력을 지닌 유검호와 견줄 수는 없다.

절대적인 고수의 위력은 머릿수로 막을 수 있는 것이 아니다. 정사회담 당시 적무양이 몸소 증명했던 일이다. 유검호는 그런 적무양을 꺾고 천하제일인이라는 칭호를 거머쥐었다.

무력으로 어쩔 수 있는 인물이 아닌 것이다.

문천기는 새삼 유검호의 능력에 경이로움과 두려움을 느꼈다. 제자로만 생각했을 때는 유검호가 아무리 뛰어난다 한들 실감하지 못했다. 그저 철없는 제자로만 여겼기에 잘 달래서 자신을 돕도록 시키겠다고 생각했다.

그런데 이렇게 맞서는 입장에 놓이자 유검호가 넘을 수 없는 철벽같이 느껴졌다. 인식이 달라지자 상황을 객관적으로 볼 수 있게 되었다.

'좋지 않다.'

문천기는 장내의 분위기가 변해 있음을 느꼈다.

무인들이 병장기를 뽑아 들 때까지만 해도 분위기는 무림맹의 것이었다. 투지가 충만하여 단숨에 유검호를 쓰러뜨릴 것 같았다.

하지만 유검호가 자리에서 일어난 순간부터 장내의 분위기가 일변했다.

충천하던 무인들의 투지가 눈 녹듯이 사그라졌다. 조금 전까지 명령이 떨어지기만을 기다리던 무인들이 지금은 자신이 어째서 무기를 뽑았는지조차 잊어버린 듯 어정쩡하게 서 있기만 했다.

유검호가 자리에서 일어나는 한순간에 일어난 변화였다.

문천기는 그 이유를 알 수 있었다. 모두 유검호의 기세에 잠식당한 것이다.

유검호는 태연한 얼굴로 장내의 모든 것을 장악했다. 너무도 은밀하고 자연스러워 아무도 깨닫지 못하고 있을 뿐이다.

마치 정사대전 당시 적무양이 그랬던 것처럼 수많은 사람들이 숨 쉬는 것마저 제어당하고 있다.

적무양이 압도적인 무력으로 공포와 두려움을 심어 저항 의지를 꺾었다면, 유검호는 물과 같이 부드러우면서도 은밀히 투지를 집어삼켰다. 힘으로 찍어 누르는 적무양의 방식은 굳건한 의지로 저항할 생각이라도 할 수 있었지만, 은밀히 잠식해 오는 유검호의 기운은 알아차리기도 쉽지 않았다.

문천기는 뒤늦게 그런 사실을 깨달았지만, 할 수 있는 일은 없었다. 그의 능력으로는 장내를 부드럽게 휘어감은 무형의 그물에서 벗어날 수가 없다.

'이대로는 안 된다.'

이번 일은 때를 놓치면 모든 것이 허사가 된다. 하지만 거사를 실행할 무인들이 모두 발을 묶여 버렸다.

문천기는 속이 바짝 타들어갔다.

'힘으로는 저 녀석을 어쩔 수 없다.'

문천기의 판단으로는 무림맹 전력을 모두 불러 모은다고 해도 유검호를 꺾을 수 있을 거라고 자신할 수 없었다.

'남은 것은 대화뿐.'

문천기는 유검호를 설득할 자신이 없었다. 하지만 지금 상황에서 그가 취할 수 있는 최선의 방법이었다.

　문천기는 마른 입술을 축이며 대화를 시도했다.

　"네가 정녕……."

　그때였다.

　"주제 파악을 못 하는군."

　차가운 목소리를 내뱉으며 나서는 인물이 있었다.

　조용히 지켜보고만 있던 백유량이었다.

쾌속의 묘리

유검호는 걸어오는 백유량을 보았다.

여전히 무표정한 얼굴에 삭막한 눈빛. 냉기가 풀풀 떨어질 것 같이 차가운 인상이다.

백유량의 적의 가득한 눈빛에 유검호는 흥미로운 표정을 지었다.

"제법인데?"

사실 유검호는 문천기 등이 나타났을 때부터 백유량을 의식하고 있었다. 백유량에게서 느껴지는 날카로운 기세 때문이었다. 그것은 기존의 백유량에게서는 찾을 수 없는 이질적인 것이었다.

문천기는 자신들을 압박하기 위함이라 생각했지만, 실상 유검호는 백유량을 시험해 보고자 기운을 뿌린 것이다.

그 결과 백유량은 유검호의 기운에 조금도 영향을 받지 않고 있음을 알게 되었다.

그것은 백유량이 이미 스승인 문천기를 완전히 뛰어넘었을 뿐 아니라, 유검호와 대등하게 싸울 수 있을 정도의 강함을 얻었음을 뜻한다.

'호오. 몇 달 되지 않는 단시간에 몇 배나 강해진다고? 꽤나 익숙한 변화로군.'

관찰하듯이 보는 유검호의 눈빛에 백유량의 검미가 꿈틀거린다.

"당신은 항상 그랬지. 별 볼 일 없으면서 애써 여유로운 척하며 사람을 비참하게 만들곤 했어. 오늘 그 여유를 완전히 박살내주지."

"그야 내 성격이……."

백유량의 말에 유검호가 반응하려 할 때였다.

팟.

백유량의 모습이 사라졌다. 마치 땅속으로 꺼진 듯했다.

동시에 목이 서늘해진다. 유검호는 반사적으로 몸을 비틀었다.

치익.

어깨가 쓰라려 왔다.

아래를 보자 어깨 자락이 너풀거리며 핏방울을 뿌린다.

"쓥. 옷도 몇 벌 없는데."

유검호는 쓴맛을 다시며 뒤를 돌아보았다.

그의 뒷편에 백유량이 검을 들고 있었다. 백유량의 검에 맺힌

핏방울이 또르르 흘러내린다.

사람들의 입에서 경악성이 터졌다.

분명 유검호의 앞에 있던 백유량이다. 그런데 어느 순간 유검호의 뒤에 나타났다.

경신술의 대가들이 종종 이형환위를 사용하곤 했지만, 이토록 많은 사람들의 눈을 완벽하게 속일 수는 없다.

백유량은 그걸 해냈다.

뿐만 아니라 얕은 상처긴 하지만 유검호를 베기까지 했다.

모두가 놀랄 수밖에 없었다.

하지만 백유량은 당연하다는 듯 표정의 변화가 없었다.

유검호는 다시 한 번 어깨를 흘깃 보곤 입을 열었다.

"놀랍군."

백유량은 비웃으며 답했다.

"놀라기는 아직 이르지. 이제부터 시작이다."

말이 끝남과 동시에 백유량이 또다시 사라졌다.

아니, 사라진 것처럼 보였다.

하지만 유검호는 분명히 느낄 수 있었다.

백유량이 눈으로는 쫓을 수 없는 속도로 접근해 오고 있음을.

단박에 코앞까지 다가온 백유량이 검을 찔러온다. 도저히 보고 피할 수는 없을 정도의 속도였다. 유검호는 가까스로 목을 비틀었다.

피잇.

목옆이 화끈거린다. 검이 목을 스치고 지나갔다. 조금만 깊었다면 치명상을 입었을 것이다.

백유량은 그에 그치지 않고 계속해서 검을 찔러왔다.

슈슈슉.

움직임이 너무나 빨라 검영조차 없다.

유검호조차 검의 형체를 제대로 파악할 수 없을 정도다.

빠르기로는 누구에게도 지지 않는 유검호였지만, 최소한의 움직임으로 치명상을 피하는 것이 고작이었다.

공격해 오는 검을 정신없이 피하는 동안 백유량의 본체는 어디 있는지 파악할 수조차 없었다.

'이건 정상이 아니군.'

백유량의 빠름은 도저히 인간의 것이 아니다.

아무리 수련을 한다 할지라도 인간이 이처럼 빨라질 수는 없다.

쾌검이니 쾌도니 하지만, 그것은 수많은 반복 수련으로 인해 병장기를 다루는 속도가 빨라질 뿐이다. 하지만 백유량은 움직임 전체가 빨랐다. 유검호의 눈으로도 쫓을 수 없을 정도로 빠른 움직임을 한순간도 쉬지 않고 유지하고 있는 것이다.

상식으로는 이해할 수 없는 현상이다.

다행히 유검호는 그런 현상을 만드는 힘을 알고 있다.

그 역시 그런 힘을 가지고 있기 때문이다.

촤악.

일순간. 주변의 움직임이 멈춘다.

공기의 흐름이 속속들이 들여다보인다.

한 줄기 빛살이 눈앞을 지나쳐 간다. 그 뒤편으로 움직이고 있는 백유량의 모습이 보였다.

시간의 흐름이 거의 멈추다시피 했건만, 백유량은 여전히 빨랐다. 하지만 이전처럼 움직임을 놓칠 정도는 아니다.

유성우와 같이 쏟아지는 검영이 유검호를 덮쳐온다.

그 자체로도 절초였지만, 극도의 쾌속함이 더해지자 가공할 힘을 동반한 검영이다.

검영이 유검호를 집어삼키려는 순간.

흑암이 움직였다. 검영의 중심부를 향해서다.

차앙!

쏟아지는 검영이 파도가 바위에 부딪치듯 조각조각 부서진다.

충격의 여파에 백유량의 몸이 주르륵 밀려난다.

동시에 시간이 다시 흐르기 시작했다.

"아!"

누군가의 입에서 나직한 탄성이 흘러 나왔다.

멀쩡했던 두 사람의 모습이 어느 순간 변해 있었기 때문이다.

유검호는 옷이 넝마와 같이 찢겨지고 군데군데 피가 배어나고 있었다.

백유량은 유검호에게서 삼 장여쯤 떨어진 채 검을 땅에 꽂고 있다. 밀려나는 몸을 검에 의지하여 멈춘 듯했다.

백유량의 입가에는 희미한 미소가 맺혀 있다. 입술을 타고 실날같은 핏물이 타고 흘렀지만 그는 신경도 쓰지 않았다. 지금 백유량은 모든 신경을 유검호에게 쏟아붓고 있었다.

씰룩거리던 백유량의 입이 떨어졌다.

"이 힘! 이 힘이었어. 당신이 날 이길 수 있었던 것은 바로 이 비열한 마공 때문이었어."

백유량이 지칭하는 비열한 마공이 무엇을 뜻하는지는 굳이 말하지 않아도 알 수 있다.

조금 전의 접전으로 유검호는 백유량이 팔선의 힘을 얻었음을 느꼈다.

'쾌속술이었던가?'

일전에 묘선옥이 말했던 팔선의 묘리 중 하나였다.

'쾌속이라기에 빠를 거라고는 생각했지만, 예상을 훨씬 뛰어넘는군.'

태무신공을 사용한 유검호와 대등한 움직임을 보일 수 있을 정도로 대단한 능력이었다.

"어디서 기연이라도 얻었나 보군."

유검호의 말에 백유량이 비웃음을 날린다.

"기연? 이깟 마공 따위를 얻는 데 기연까지 필요할 것 같은가? 당신의 명성은 가짜야. 이런 비열한 마공 따위에 의지하여 얻은 더러운 명예!"

"자꾸 마공이라고 하는데, 엄밀히 따지면 마공은 아니야. 그냥 무공과는 다른, 특이한 능력 같은 거라고 할 수 있지."

"흥. 그럼 이 말도 안 되는 힘이 마공이 아니라는 건가?"

백유량의 말에 유검호는 피식 웃었다.

"굳이 무공을 익혀야만 힘을 얻을 수 있는 건 아니거든. 무공은 단지 강해지는 수많은 방법 중 하나일 뿐이지. 가령 이런 것처럼."

말이 끝남과 동시에 유검호의 손이 움직인다.

타앙!

총성이 경쾌하게 울린다.

동시에 백유량이 사라진다. 총알이 사라진 백유량의 공간을 꿰뚫었다.

고함 소리는 유검호의 뒤에서 들려왔다.

"무슨 짓인가?"

백유량은 이글이글 타오르는 눈빛을 보내며 유검호를 노려보았다.

"넌 이것도 비열하다고 하겠군."

유검호는 총구에서 하얀 연기를 모락모락 내뿜고 있는 좌사를 가리키며 말했다.

"대결에 화총을 쓰는 것이 비겁한 것이 아니란 말인가?"

"어떤 관점에서 보느냐의 차이겠지. 최소한 내 관점에서는 칼로 쑤시나 총으로 쏘나 상대를 상하게 하는 것이 목적이라는 측면에서 별 차이 없는 것 같군."

"노력 없이 얻은 힘을 제 것처럼 사용하면서 잘도 그런 궤변을 늘어놓는군."

"힘을 사용하는 데 굳이 노력을 해서 얻어야 한다는 것도 우습지만, 정확히 말해서 노력 없이 얻은 것은 아니지. 태무신공을 얻기까지 내가 얼마나 개고생을 했는데."

"고생? 가만히 앉아서 건네받기만 하면 되는 것이 고생인가?"

"건네받아? 대체 넌 그 힘을 어떻게 얻은 거지?"

백유량의 말에 유검호는 이상함을 느꼈다. 그는 태무신공을 깨우치기까지 셀 수도 없는 죽음의 위협과 이루 말할 수 없는 고통을 겪어야만 했다. 물론 태무신공을 익히기 위해 자초한 고행은 아니었지만, 그런 과정이 없었다면 결코 태무신공을 익힐 수 없었을 것이다.

그런데 백유량은 마치 누군가 힘을 전해준 것처럼 이야기하고 있다.

유검호로서는 의구심이 들 수밖에 없다.

하지만 백유량은 유검호의 물음에 답해주고 싶은 생각이 없는 듯했다.

"더 이상의 대화는 시간낭비겠군."

백유량은 말이 끝나기도 전에 모습을 감췄다.

그 순간 유검호 역시 움직였다.

태무신공을 사용하자 지척에 다가온 백유량이 포착된다.

백유량의 검이 한 줄기 쾌선을 그리며 날아온다.

오히려 태무신공을 사용한 유검호보다도 빠른 움직임이다.

흑암이 한발 늦게 움직였다.

유검호의 얼굴을 불과 한 치 앞두고 두 자루 검이 부딪쳤다.

거센 격돌에도 금속성조차 울리지 않는다.

백유량의 검은 가공할 속도로 흑암을 밀어내려 했다.

검속부터가 이미 어지간한 날붙이 정도는 스치기만 해도 잘려 나갈 정도다. 하지만 흑암은 잘리기는커녕 오히려 백유량의 검을 밀어냈다.

동시에 유검호의 좌수가 움직인다. 번쩍이는 빛과 함께 은사검이 발출되었다.

차라랑.

영롱한 소리와 함께 수백 가닥 은빛 섬광이 쏟아진다. 묵직하던 흑암과는 상반되는 쾌검이다.

시종일관 선공을 취하던 백유량이 처음으로 방어를 위해 검을 거두었다.

백유량은 은사검의 공격을 하나하나 막아내며 발로는 절제된 보법을 밟으며 유검호의 사각을 노렸다. 절제된 보법이라곤 하지만 백유량의 움직임이 평범하지가 않았기에 형체조차 파악하기 어려웠다. 백유량은 마치 환영처럼 유검호의 주변을 휘감았다.

은사검의 공격이 끝났을 때는 수십 명의 백유량이 유검호를 에워싸게 되었다.

유검호는 태무신공을 발휘하는 중임에도 백유량의 본체를 제대로 파악할 수 없었다.

유검호의 검이 멈추자 백유량은 득의에 차 소리쳤다.

"이제 끝이다."

수십 명의 백유량이 일시에 검을 쏘아온다.

바람의 결을 헤집고 날아드는 검광들은 뇌전처럼 빠르고 강력했다.

천하의 누구도 피할 수 없을 것 같은 쾌속함이다.

유검호는 피하지 않았다. 그는 오히려 자신을 난도질하려는 검광 속으로 뛰어들었다. 사지로 뛰어드는 유검호의 눈빛이 반짝인다. 그리고 그의 세계가 더욱 깊어졌다.

세상의 배경이 하얗게 변했다.

보이는 것은 오직 빛과 공기뿐.

수십 개의 환영이 하나씩 사라진다. 이 세상에 움직이는 것은 오직 단 하나. 진짜 백유량만이 남아 느릿느릿한 검을 찔러오고 있다.

유검호는 은사검을 발출했다.

그의 움직임 역시 느릿느릿하기 짝이 없다.

눈과 생각은 이미 백유량에게 닿아 있었으나, 몸은 답답할 정도로 느리다.

은사검은 천천히 백유량의 검을 밀어내고 그의 어깨를 점한다. 검이 살을 파고드는 감촉이 선명히 전해져 왔다.

백유량의 시선이 뒤늦게 자신의 어깨 쪽을 보려는 순간.

팟!

끈이 끊어지듯 세상이 변한다.

시간은 다시 흐르고 유검호의 세상이 얕아진다.

촤악.

백유량의 어깨에서 피가 솟구쳤다. 백유량의 움직임이 뚝 멈췄다.

털썩.

그의 무릎이 땅에 닿았다.

치켜뜬 눈은 이미 흰자위뿐이었다. 혈을 제압당하여 의식을 잃은 것이다.

백유량은 쓰러지면서도 검을 뻗은 자세였다. 얼굴에는 뿌듯한 미소가 맺혀 있다. 의식을 잃는 직전까지도 자신의 승리를 확신했던 것이다.

"후우."

백유량이 쓰러지고 나자 유검호는 깊은 숨을 내쉬었다.

태무신공을 발동한 상태에서 한 번 더 사용한다는 것은 그에게도 상당히 무리한 일이었다.

하지만 백유량의 쾌속술은 그런 무리를 감내하지 않고서는 결코 꺾을 수 없을 정도로 대단한 것이었다.

불과 몇 달 전까지 백유량의 실력은 흑도비보다 몇 수 아래였던 것을 감안한다면 놀라운 변화였다.

짧은 시간 내에 이토록 강해질 수 있었던 것은 백유량의 독한 의지도 있었겠지만, 쾌속술의 전수 과정에 비밀이 있을 것이라 생각되었다.

"대단하긴 하군. 팔선의 묘라는 것은."

유검호는 묘선옥의 말이 실감되었다.

불과 한 가지 능력을 속성으로 익힌 백유량이 이러할진대, 다섯 가지의 능력을 자유자재로 쓴다는 주천학은 또 얼마나 강할지 상상이 가지 않았다.

유검호가 팔선이 남겼다는 능력을 다시 한 번 되새기고 있을 때.

주변이 소란스러워졌다.

경악과 감탄, 야유가 아우러진 소란이다.

주변의 무인들이 싸움이 끝나고 한참이 지나서야 사태를 파악하고 반응을 한 것이다.

그들은 두 사람이 격전을 벌이는 내내 아무것도 보지 못했다.

유검호와 백유량에게는 치열한 격전의 시간이었지만, 다른 사람들에게는 순식간이라 할 만큼 짧은 시간이었기 때문이다.

그들은 그저 백유량이 사라지고 난 후, 유검호 역시 사라졌다가 나타났다는 것이 인식할 수 있는 전부였다.

유검호가 나타난 이후 한참 떨어진 곳에 백유량이 무릎을 꿇은 채로 나타났으니 그들로서는 영문을 알 수 있는 방법이 없었다.

그저 두 사람이 마술 같은 격전을 벌였고 유검호가 이겼다는 결과만을 알 수 있을 뿐이었다.

장내의 모든 사람들이 정신을 차리지 못하고 있을 때, 긴박한 호령이 터져 나왔다.

"전원 청룡단주를 보호하라!"

문천기의 것이었다.

모두가 유검호의 무위에 압도당하고 있는 상황에서도 그는 현실을 잊지 않고 있었다.

'량이를 보호하는 것이 최우선이다.'

문천기가 조금 전의 일전을 보고 떠올린 것은 절망이 아니라 희망이었다.

유검호와 거의 박빙으로 싸울 수 있었던 무위. 백유량의 실력이 그토록 급증할 수 있었던 원인은 알 수 없었다.

'중요한 것은 과정이 아니다.'

문천기가 무림에 나온 이후 수도 없이 느꼈던 것은 과정보다 결과가 중요하다는 것이다. 지금 이 순간 그의 머릿속에는 백유량의 힘이 가져올 수 있는 수많은 결과들이 떠오르고 있었다.

대부분 그와 백유량에게는 긍정적인 결과였다.

야심에 찬 계획들이 한 차례 머릿속을 맴돌고 나자, 뒤늦게 백유량의 무위가 대견해졌다.

유검호가 인정할 정도로 강해지기까지 백유량이 피나는 노력을 하는 모습이 그려졌다.

같은 무인으로서 벽을 깨고 올라선 백유량이 부러웠다.

그럼에도 불구하고 유검호를 넘어서지 못했다는 사실에는 허탈함을 느꼈다.

또 한편으로는 제자였던 유검호가 어떤 상대에게도 흔들리지 않는 태산과도 같은 존재가 되었다는 사실에는 자부심이 느껴지기도 했다.

문천기는 복잡한 심경으로 유검호를 보았다.

'저 녀석까지 힘을 합쳐 나를 돕는다면 천하에 해내지 못할 일이 없을 텐데.'

그럴 가능성이 매우 낮음을 잘 알고 있기에 안타까움이 들었다. 짧은 시간 문천기가 복잡 미묘한 감정을 느끼고 있을 때, 습격대원들이 백유량을 보호하기 위해 몸을 움직였다.

그 순간.

휘이잉.

스산한 바람이 한 차례 장내를 훑고 지나갔다.

털썩. 털썩. 털썩.

짚단 쓰러지는 소리가 연달아 들렸다.

의아함에 고개를 돌린 문천기는 눈을 부릅떴다.

직전까지 생생하게 움직이던 무인들이 전원 땅바닥에 고개를 박고 있었기 때문이다.

그들의 중심에는 유검호가 서 있었다.

고개를 돌기기 전까지만 해도 백유량과의 격전지에 있었던 유검호가 어느새 반대쪽에 와 있는 것이다.

문천기는 그가 어떻게 백여 명의 정예무인을 기척조차 없이 쓰러뜨렸는지 짐작조차 할 수 없었다.

그저 알 수 있었던 것은 무림맹의 최정예라는 무인들이 제대로 반항조차 해보지 못하고 제압당했다는 사실뿐이다.

'저들도 무림에서는 최고라 불리는 무인이거늘……. 이렇게 차이가 크다니. 대체 저 녀석은 어떤 경지에 도달해 있단 말인가?'

문천기는 눈앞이 아득해졌다.

문천기가 충격에 말을 잃고 있을 때, 유검호가 흑암을 툭툭 털어내며 입을 열었다.

"이제 진지하게 대화가 필요한 시간인 것 같군요."

피곤함이 묻어난 음성이다.

그 목소리에 문천기는 정신이 번쩍 들었다.

넋을 놓고 있을 때가 아니다.

무림맹 전력을 총동원하여 전면전이라도 치를 생각이 아니라면 남은 것은 설득뿐이다.

유검호의 말마따나 대화가 필요한 시간인 것이다.

"이 일에 관해 누구에게 들은 것이냐?"

문천기는 궁금했던 것을 물었다.

워낙 비밀리에 진행했던 일이다. 자세한 사정을 알고 있는 것은 무림맹의 고위인사 몇몇과 대문파에서 파견한 원로들 정도다. 그 숫자를 모두 꼽아봤자 스무 명도 채 되지 않는다.

정작 작전에 선출된 무인들도 농민들을 괴롭히는 외세를 격퇴하러 간다는 정도의 정보밖에 알지 못한다. 물론 명문대파라는 배경이 있는 자들은 어느 정도 귀띔 받았겠지만, 모든 사실을 알고 있진 못한다.

그나마도 이번 일에 대한 논의가 끝나고 완전히 결정이 난 것은 불과 며칠 전의 일이었다.

설마 멀리 떨어진 유검호가 그런 정보를 전해 받고 이곳까지 달려올 것이라고는 문천기로서는 생각도 못했다.

거사에 대한 계획을 빈틈없이 세웠던 문천기로서는 유검호의 등장은 그야말로 생각지도 못했던 변수인 것이다.

그로서는 변수를 만든 주동자부터 파악하는 것이 우선이었다.

하지만 유검호는 문천기의 질문을 대수롭지 않게 받아 넘겼다.

"누가 알려준 게 뭐가 중요합니까? 이런 말도 안 되는 일을 실제로 벌이고 있다는 사실이 중요하지."

유검호의 말에 문천기는 발끈하여 소리쳤다.

"나라를 위해 하는 일이 어째서 말도 안 되는 일이란 말이냐?"

"그게 어째서 나라를 위해 하는 일이에요? 다 무림맹, 아니 사부님을 위해서 하는 일이지."

"백성을 괴롭히는 외세를 물리치는 일이다. 그 일이 어째서 무림맹과 나만을 위한 일이라 하는 게냐? 모두 충심에서 비롯한 일이다."

문천기의 말에 유검호는 어이없는 표정으로 답했다.

"이 와중에도 간을 보려는 거예요?"

유검호의 말에 문천기는 뜨끔한 표정이다.

사실 그가 진부한 이야기를 반복했던 것은 유검호가 정확히 어디까지 아는지를 확인하기 위함이었다.

은근슬쩍 떠봐서 정확한 진위를 모르면 적당한 변명으로 둘러대서 당장의 곤란함을 넘겨보려는 속셈이었다.

하지만 유검호가 알 거 다 알고 있다는 표정으로 말하자 괜스레 속내를 들킨 것 같아 얼굴이 달아올랐다.

"험험. 간을 보다니. 그 무슨 무례한 말이더냐? 그래. 그렇다면 네 생각을 한번 말해보거라. 대체 이 일의 어떤 점이 마음에 들지 않기에 이렇게까지 소동을 벌인단 말이더냐?"

"제가 지금 제 마음에 들지 않아서 이러는 것 같습니까?"

"그럼 대체 왜 이러는 거냐?"

"이건 누구 마음에 들고 안 들고의 문제가 아니라 결과가 좋을지 나쁠지에 대한 문제라고요."

"결과? 대체 네가 뭘 안다고 벌써부터 결과를 논한단 말이냐?"

문천기의 말에 유검호는 답답하여 소리쳤다.

"북원의 사절단을 공격하면 어떤 결과가 생길지 정말 몰라서 하는 소리예요?"

사절단이라는 단어에 문천기의 표정이 굳어진다.

"황실과 모두 이야기가 오간 상태다. 황상께서도 외세의 침략에 분노하고 계시고, 많은 고관백작이 지원하고 있는 작전이란 말이다."

"지원은 하지만 공식적으로 어명이 내려온 것은 아니죠. 모두 사부님과 무림맹 고위층에서 독단적으로 의논하고 결정 내린 일이 아닙니까?"

"공식적인 어명이 아니기 때문에! 성공했을 때 주어지는 보상이 더욱 큰 것이다."

"보상? 무림맹의 독립인가 하는 그거요?"

"그렇다. 무림인들의 오랜 숙원이지."

"사부님의 숙원이겠죠. 무림의 대다수 무림인은 지금도 법 같은 거 상관 안 하고 살잖아요."

"그래서 더욱 필요하다. 법으로 심판할 수 없는 그런 자들을 무림맹의 법으로 다스리기 위해서! 천자께서 백성들을 법으로 다스리듯! 무림인들은 무림의 법으로 다스려야 한단 말이다. 그것을 위해서 필수적으로 황실의 인가가 필요한 것이다. 이 사부의 원대한 뜻을 정녕 이해 못하겠단 말이더냐?"

열변을 토하는 문천기의 얼굴에는 광기마저 흘렀다.

유검호는 한숨을 쉬었다.

"상식적으로 좀 생각을 해보세요. 세상에 어떤 정신 나간 군주가 일개 무뢰배 집단을 공식적으로 인정해 주겠어요?"

"이놈! 일개 무뢰배 집단이라니! 무림맹이 어째서 무뢰배 집단이란 말이냐?"

"칼 쓰는 무림인들이 득시글하게 모여 있으니 무뢰배 집단이지 뭐예요? 소림이나 무당파처럼 종교를 내세우는 것도 아니고, 그냥 중원 각지에서 힘 센 인간들 모아서 만든 게 무림맹 아닙니까? 차라리 녹림이나 수로채 같은 애들은 정체성이라도 분명하지. 무림맹은 그런 것도 없잖아요. 그냥 정의라는 추상적인 명분에 힘세다는 실리 하나 내세워서 여기저기 개입하고 영향력을 발휘하려 하죠. 그런 부류를 사람들은 무뢰배라 부릅니다."

신랄한 유검호의 말에 문천기의 얼굴이 붉으락푸르락해진다. 유검호는 개의치 않고 계속해서 말을 이었다.

"그리고 독립? 치외법권? 그야말로 허황됨의 극치군요."

문천기는 가쁜 숨을 들이키며 간신이 되물었다.

"어째서 허황되다는 말이냐?"

"어째서라뇨? 그건 나라 안에 나라를 세워주는 것이나 마찬가지잖아요. 사부님 같으면 무림맹 내에 사부님의 명령을 받지 않는 독립기관을 만들겠다고 하면 그걸 허가하겠어요? 아마 다른 뜻이 있는 것이 아닐까 의심부터 들겠죠. 중원의 황제라면 온갖 권모술수와 반역에 민감할 대로 민감할 텐데, 그걸 인정하겠어요? 아마 그런 의견을 낸 신하의 목부터 자르고 볼걸요?"

"이미 이야기가 되어 있다고 하지 않았더냐? 네가 무얼 안다고 황상까지 함부로 지칭하며 이토록 방자하게 구는 것이냐?"

"이야기가 어떻게 되어 있는지는 모르지만, 분명 이용만 당하고 버림받을 겁니다. 황실 관리들의 말 바꾸기가 오늘 내일 일도 아닐 진데, 그들을 어떻게 믿고 모든 것을 맡깁니까?"

"네깟 녀석이 뭘 안다고!"

"좋아요 좋아. 만에 하나 그들이 신의를 지킨다고 치죠. 사부님 계획대로 일이 진행될 수도 있다고 치자고요. 그럼 그 일을 위해 희생될 북원의 사절단은 무슨 죕니까? 그들은 사부님의 일과는 전혀 상관없는 이들인데요. 그중에는 분명 무고한 자들도 있을 테고요."

유검호의 물음에 문천기는 망설임 없이 대답했다.

"대의를 위한 희생이다."

"사부님과 중원 무림인들의 대의겠죠. 그들은 우리와는 상관없는 민족인데 왜 남의 민족 대의를 위해 머나먼 타지까지 와서 희생당해야 합니까?"

"흥. 남의 땅에 함부로 발을 들였을 때는 그만한 각오쯤은 했어야지."

"그럼 사부님은 중원 밖에 나갔다가 이유 없이 죽어도 억울하지 않겠군요."

문천기의 표정이 일그러졌다.

말을 이어나갈수록 유검호에게 말리기 때문이다.

그는 이번 일에 모든 것을 걸었다. 그런데 시작도 하기 전에 방해를 받고 있으니 마음이 편할 리가 없다.

게다가 한때나마 제자였던 인간이 사부의 모든 것을 하나하나 지적하며 부정하고 있으니 마음이 이만저만 불편한 것이 아니었다.

문천기가 치밀어 오르는 분노를 어쩌지 못하고 있을 때였다.

"유 문주의 무공이 천하를 떨쳐 울린다더니, 삼촌지설(三寸之

舌)도 그에 못지않군."

낭랑한 목소리를 내며 새로운 인물이 나타났다.

호리호리한 체구에 유생 차림을 한 노인이었다.

그를 본 문천기가 반색하여 소리쳤다.

"천협! 어디 있었던 건가?"

문천기의 말에 노인은 빙긋 웃으며 섭선을 흔들었다.

"새벽 공기가 좋아 산보를 다녀왔다네. 이런 일이 벌어지고 있을 줄은 몰랐군. 저 사람이 그 유명한 팔선문의 유 문주인가?"

노인의 물음에 문천기가 고개를 끄덕이며 뭔가를 설명한다.

'조범효!'

노인은 일전에 화산에서 스쳐 지나가며 봤던 전대맹주 조범효였다. 천협이라는 것은 아마 조범효의 별호인 모양이었다.

조범효가 나타나자 유검호의 머릿속이 빠르게 회전하기 시작했다. 뇌리 한구석에 제쳐두었던 기억이 떠오른다. 그때 유검호의 귓전에 은밀한 전음 한 가닥이 날아든다.

[이거 일이 재미있게 돌아가겠구나. 방금 나타난 조범효란 놈. 내가 아는 인간이다.]

전음은 적무양의 것이었다.

적무양의 전음을 듣는 유검호의 눈빛이 반짝였다.

'적 영감 말대로 정말 일이 재미있게 돌아가겠어.'

*   *   *

유검호가 적무양에게 새로운 정보를 듣는 동안, 문천기는 조범효에게 전반 사정을 간략히 설명하고 있었다.

대략적인 설명이 끝나자 조범효가 말을 걸어왔다.

"반갑소. 소생은 한때나마 무림맹의 안위를 책임졌던 조 모라오. 문 맹주와의 인연으로 이번 일에도 어느 정도 책임이 있기에 못 본 척 지나갈 수가 없게 되었구려. 그래. 듣자 하니 유 문주의 불만이 많은 것 같군. 문 맹주 대신 본인이 유 문주의 의문을 풀어주어도 되겠소?"

유검호는 흥미로운 표정으로 답했다.

"좋으실 대로."

"가장 먼저 이것부터 확실히 짚어야겠군. 북원에서 사절단을 보냈다는 것은 잘못된 정보라오. 공식적으로 황실에서는 북원의 사절단이 온다는 소식을 접한 적이 없소. 설령 그들이 사절단을 보낸다 할지라도 황상께서 결코 허하지 않으셨을 것이오. 그러므로 북원에서 오는 자들은 공식적인 사절단이 아니라 사절단이라는 명목 하에 국경을 무단으로 침범한 외세라는 것이 정확한 사실이오. 만약 그들이 중원에서 해를 입는다 한들 북원에서는 전쟁을 일으킬 명분으로 내세울 수는 없다는 말이오. 그들로서는 명분도 실리도 없으니, 어떤 상황에서도 전쟁을 일으키지 않을 것이오. 즉, 이번 무림맹의 행사 때문에 전쟁이 일어날 수도 있다는 것은 완전히 틀린 추측이란 말이오. 이 사실을 염두에 두고 생각해 봅시다. 그들 중에 실제로 사신들이 끼어 있는지는 알 수 없소. 하지만 무장한 군사들이 동행하고 있다는 것은 분명하오. 다른 나라의 군부대가 허가 없이 우리 영토를

침범했다는 사실만으로도 의식 있는 무인이라면 나서서 토벌해야 할 일이오. 게다가 다른 자들도 아니고 난폭하고 거칠기로 유명한 북원의 무인들이오. 그들은 이전에도 셀 수도 없이 우리 백성들을 약탈하고 무고한 생명을 해쳐왔었소. 그런 자들이 얌전히 여행만 할 리가 없다는 것은 비단 나만의 생각은 아닐 터. 무고한 백성들이 화를 입었다는 소식이 들려오는 것은 시간문제요. 그렇다면 이 땅을 살아가는 협객으로서 백성을 위협하는 외세를 격퇴하는 것은 당연한 본분이 아니겠소? 유 문주는 이에 대해 이견이 있소?"

의견을 존중한다는 듯 묻지만, 실상은 한 가지 대답만을 강요하는 교묘한 질문이었다.

북원의 무인은 당연히 일을 벌일 것이라는 전제부터가 불확실한 일이다. 그것을 무고한 백성이 위협당할 수도 있다는 불안함으로 덮어씌워 기정사실로 만들어 버렸다. 감성에 호소하여 사실을 왜곡해 버린 것이다.

만약 반박을 해버리면 유검호는 외세의 침략에도 모르는 체하는 몰염치한으로 몰리게 될 것이다. 그렇다고 조범효의 말을 하나하나 따지면서 말의 오류를 지적한다면 말꼬투리를 잡고 늘어지는 치졸한 사람으로 몰고 갈 것이 분명하다.

애초에 무고한 백성이라는 단어가 나왔을 때부터 반박을 불허하는 질문이었다.

질문의 의도를 파악하고 있음에도 유검호는 처음과 다름없는 표정으로 말했다.

"이견이 없다 치고 계속해 보시오."

조범효는 흡족한 미소를 지으며 다시 입을 열었다.

"유 문주가 제기한 두 번째 의문은 보상에 대한 것이오. 맞소?"

유검호는 말없이 고개를 끄덕였다.

"정확히는 황실에서 보장한 무림맹의 권리에 대한 것이리라 생각하오. 거기에 관해 알기 위해서는 우선 관과 무림의 관계에 대해 알아야 할 것이오. 현재 매년 각성에서 올라오는 보고서 중에는 무림인과 관련된 사건이 끊이질 않고 있소. 관과 무림은 서로 관여치 않는 것이 오랜 관습인 것은 알고 있을 것이오. 허나, 실제로 눈앞에서 일어나는 사건을 못 본 척 넘기는 것도 한두 번이지, 매번 그런 식으로 눈 가리고 아웅 할 수는 없는 노릇이오. 관에서는 매년 끊임없이 상부에 탄원서를 올리며 어떻게든 해주기를 바라지만 실질적인 해결책은 나오지 않는 상황이오. 이 일이 일어나기 한참 전부터 이미 정책을 채택하는 고관들 사이에서는 무림인들을 대상으로 한 정책을 추진하려는 논의가 수차례 오갔던 상황이오. 그들은 무림인들을 제어하고 책임져 줄 단체가 필요하다 판단했소. 그런 상황에 북원의 부대가 무단으로 침입하는 일이 발생했소. 이미 말했듯이 황상께서는 그들을 적대하실 것이오. 문제는 황상께서 직접 그들을 적대하는 입장을 표명할 시에는 북원을 자극할 수도 있다는 것이오. 일개 사절단이 공격받는 것과 황제폐하의 천명은 그 무게감이 천양지차요. 고로 황실에서는 드러내 놓고 그들을 어찌하기가 힘든 상황이란 말이지. 본래 이렇게 애매한 상황은 충신들이 황제의 의중을 살펴 자신들끼리 나서 일을 해결하고, 나중에 황상께서 그에 대한 상을 내리는 것이 황실의 관례였소. 고관들은 그 일을 무림맹에 맡기기로 결심했소. 이 일을 계기로 그들이 생각했던 역할을 무림맹이 맡아주기를 바라기 때문이오. 그런 의미에서 이번 북원의 무장 도발을 응징하는 것은 그들이 중책을 맡기기 위한 하나의 실험대나 마찬가지요. 만약 이 일이 성공한다면 무림맹은 관과 무림의 완충 역할을 맡게 될 것이오. 그들로서는 오랫동안 고민해 오던 역할을 맡을 만한 적임자가 나타난 격이고, 무림맹으로서는 황실에서 보장하는 권한을 받은 격이니 그 어찌 나쁜 일이겠소?'

조범효는 말을 하며 유검호를 힐끗 보았다. 유검호는 여전히 표정의 변화가 없었다. 어떻게 보면 무관심한 것 같기도 했고, 어떻게 보면 세이경청하는 것 같기도 했다.

반응 없는 유검호의 모습에 조범효는 신경 쓰지 않는다는 듯 계속해서 말을 이어갔다.

"물론 독립권이라든가 치외법권이라는 말은 듣기에 따라 무엄하고 차마 입에 담기도 힘든 역모라 여길 수도 있소. 하지만 진실을 알고 보면 그런 생각은 하지 않을 것이오. 유 문주의 말대로 어찌 나라 안에 또 다른 나라가 있을 수 있겠소? 독립권이라곤 하지만, 무림맹 역시 관과 마찬가지로 황제폐하의 어명을 떠받들고 준수할 수밖에 없소. 치외법권 역시 마찬가지요. 이 땅에 발을 붙이고 살아가는 모든 생명체들이 황제폐하의 자식이나 마찬가지이거늘, 어찌 천자의 그늘에서 벗어날 수가 있겠소? 오히려 이 일은 무림인들 역시 이 땅의 백성임을 알리는 효시가 될 것이오. 결국 무림맹이 가지고자 하는 독립이란 것은 관과 군을 대상으로 한 말이지, 황실을 향한 것은 아니라는 뜻이오. 이것을 명확히 하지 않는다면, 유 문주의 말대로 무림맹은 역당의 패거리에 지나지 않게 되오. 반대로 의미를 정확히 안다면 무림맹의 의도를 불순하게 생각할 사람은 아무도 없을 것이오. 유 문주에게 정보를 전한 사람은 아마도 대의를 제대로 알지 못하여 와전된 정보를 전해주었을 것이오. 하지만 이 일에 관련되어 있는 고관대신들은 물론이거니와 황상께서도 무림맹의 진의를 알고 계시오. 그렇기 때문에 향후 무림맹은 비공식적, 암묵적이 아니라 정식으로 황실과 교류를 하고 협력하여 서로 간의 위화감을 없애고 불화를 해소하게 될 것이오. 황실의 입장에서 보면 우리 밖의 맹수를 우리 안에 거둘 수 있는 격이고, 무림맹 입장에서는 황실의 권위를 존중함으로써 더욱 많은 자유를 누리게 되었으니 이 어찌 모두에게 좋은 일이 아니겠소?"

조범효는 다시 한 번 유검호에게 동의를 구했다. 유검호가 이번에도 묵묵부답이자 다시 입을 열었다.

"여기까지가 유 문주의 의문에 대해 내가 해줄 수 있는 답이오. 유 문주가 아직도 이 일에 관해 미심쩍은 부분을 지녔다면 허심탄회하게 밝혀주시오."

조범효의 말이 끝나자 내내 닫혀 있던 유검호의 입이 마침내 열렸다.

"혹시 이전에 나와 만난 적 없소?"

생뚱맞은 질문에 조범효의 얼굴에 당황한 기색이 떠올랐다.

"일전에 화산에서 잠깐 봤던 기억은 있소만. 그때는 유 문주에 대해 잘 알지 못해 그냥 지나쳤었소. 나중에서야 유 문주가 그 유명한 팔선문주라는 사실을 알고……."

"그전에는 본 적이 없소?"

"없는 것 같소만. 그건 왜 묻는 거요?"

"다시 한 번 생각해 보시오. 정말 나와 만난 적이 없는지."

유검호가 재차 묻자 조범효는 눈살을 찌푸렸다.

잠시 기억을 더듬는 듯하던 조범효는 이내 고개를 저었다.

"내 비록 좋은 머리는 아니지만, 한 번 본 얼굴을 잊어버리진 않소. 유 문주는 분명히 내 기억에는 없는 사람이오."

조범효의 단호한 대답에 유검호는 고개를 갸웃거렸다.

"그거 참 이상하군. 정말 이상해."

이번에는 조범효가 물었다.

"뭐가 이상하다는 거요? 대체 왜 그런 걸 묻는 거요?"

불쾌함이 묻어난 목소리다. 이해할 수 없는 질문에 대한 불쾌함이다.

유검호는 불쾌함을 드러내는 조범효를 똑바로 응시했다.

"내 기억에는 당신을 만난 적이 있거든. 그것도 여러 번."

조범효의 눈동자가 일순 흔들린다.

불쾌함을 가장한 그의 눈동자 속에서 일말의 불안함이 표출된다. 하지만 흔들리던 눈동자는 순식간에 자리를 찾는다.

조범효는 언제 그랬냐는 듯 굳건한 눈으로 유검호를 마주보며 물었다.

"난 기억이 나지 않소만. 대체 우리가 언제 만났다는 말이오?"

"사실 나도 확실히 기억을 하고 있었던 것은 아니야. 단지 화산에서 당신을 봤을 때부터 찜찜한 기분이 들었던 것뿐이지. 왜 그런 거 있잖아. 분명 낯설지는 않은데 생각이 나지 않는, 그런 찜찜한 기분 말이야. 뭔가 생각이 날 것 같은데도 도저히 기억이 나질 않더란 말이지. 기억을 떠올리기 위해 한참 동안 머리를 부여잡았지. 그러다 문득 생각했어. 내가 기억을 하지 못하는 것이 아니라, 뭔가 기억을 하지 못하게끔 막고 있는 것이 아닐까 하고 말이야. 다행히 그런 최면술, 아, 여기서는 섭혼술이라고 부르지. 어쨌든 그 분야에 관해서는 나도 경험과 지식이 꽤 있었거든. 그래서 내 의식에 암시나 금제가 걸려 있는지 살펴봤지. 역시 뭔가 있긴 있더군. 너무 어렸을 때 걸린 암시라서 풀기가 쉽진 않았지만 결국 없애는 데 성공했지. 암시가 사라지고 나니까 장막이 걷히더군. 당신에 대한 기억을 막고 있던 장막이 말이야."

유검호의 말에 조범효는 황당하다는 듯 소리쳤다.

"대체 무슨 소리를 하고 있는 건지 모르겠군. 내가 유 문주에게 금제를 걸었다는 말이오? 그것도 유 문주가 어렸을 때?"

조범효의 표정과 어투에는 억울하다는 기색이 역력하다.

유검호는 그에 개의치 않고 말을 이었다.

"내가 팔선문에 입문하게 된 것은 아주 어렸을 때였지. 사부님께 듣기로는 갓난아기가 포대에 쌓인 채 대문 앞에 버려져 있었다 하더라고. 워낙 먹고살기 힘든 시기인지라 아기 엄마가 무작정 큰 집 앞에 아이를 버리고 간 것 같다는 것이 사부님의 생각이셨지. 사부님은 내 자질만 보고 앞뒤 가리지 않고 떠맡으셨다더군. 그런데 내 기억에는 말이지. 당시 나를 데려온 것이 바로 당신이었던 것 같거든."

옆에서 듣고 있던 문천기가 놀라며 소리쳤다.

"그게 정말인가?"

문천기로서는 상상도 하지 못했던 이야기였다.

문천기의 의혹 어린 얼굴에 조범효는 굳은 표정으로 말했다.

"아닐세. 만약 내가 아이를 맡길 거라면 자네를 직접 만났겠지. 갓난아기를 그런 식으로 대문 앞에 버리고 갈 이유가 없지 않은가? 그리고 무엇보다 그렇게 어렸을 때의 기억을 가지고 있다는 것이 가당키나 한 일인가?"

조범효의 변명에 문천기가 반응을 하기도 전에 유검호가 끼어들었다.

"사실 그때의 기억은 나도 생생하지가 않아. 너무 어렸을 때라 그런지 기억이 선명하지 않거든. 원래는 떠올리지 못했을 기억들인데 당신의 금제를 풀어낸 부작용 때문에 잠재된 기억까지 떠오른 모양이더라고. 덕분에 그다음부터 기억을 되짚기가 수월해졌지. 두 번째로 당신을 만난 것은 내가 일곱 살 때였어. 확실해. 그 해가 사모님이 돌아가신 해였거든."

유검호는 문천기를 힐끗 보며 말을 이었다.

"아마 사모님이 돌아가시기 한 달 전이었지? 사부님의 친우라면서 당신이 찾아왔었어. 그 후에 그토록 건강하던 사모님이 알 수 없는 병에 걸려 시름시름 앓다 돌아가시더군."

그 말에 조범효가 어이없다는 듯 말했다.

"내가 문 맹주의 부인을 죽였다는 말이오?"

"그냥 정황을 말한 것뿐이오. 진실은 당신만 알겠지. 다만 사모님이 돌아가시고 난 후, 항상 청렴하며 사문의 규율을 지키던 사부님이 명예에 집착하기 시작했지."

"황당하군. 어디 계속해 보게."

"세 번째로 당신을 만난 것은 사모님이 돌아가시고 일 년이 채 되기 전이었어. 비통한 표정으로 사부님을 찾아와서는 한참 동안 대화를 나누고는 갔지. 당신이 가고 난 후에 사부님은 무슨 생각이었는지 사문의 규율을 어기고 금기되었던 무공을 내게 가르치셨어. 물론 그때는 그게 당신 때문이라고는 전혀 생각지 못했지. 그저 사모를 잃은 충격 때문에 내게 모든 것을 걸려나 보다 싶었지. 이제 와 하는 말이지만, 당신 때문에 나 참 고달팠다고. 게다가 인생은 말도 못하게 꼬였고."

유검호는 그간의 역경을 떠올리며 몸서리를 쳤다.

"네 번째로 당신은 만난 것은 사부님이 나를 포기할 즈음이었어. 그때 난 무공 수련을 피해서 지붕 위에서 낮잠을 자고 있었거든. 그런데 당신이 나타나서 가만히 나를 내려 보더니 혀를 차고는 그냥 가버리더라고. 아마 내가 자고 있는 줄 알았을 거야. 아니, 사실 자고 있었던 게 맞아. 다만 익힌 무공이 이상해서 자면서도 당신을 볼 수 있었을 뿐이야. 그때는 사부님이 하도 제자 욕을 해서 어떤 놈인가 보러 왔던 거라고 생각했지. 그런데 얼마 후에 다시 본문을 찾아오더군."

유검호는 말을 하며 쓰러져 있는 백유량을 보았다 .

"바로 저 녀석을 데리고."

그 말에 문천기의 안색이 변했다. 백유량을 처음으로 만난 날을 떠올린 모양이었다.

유검호는 히죽 웃으며 말을 이어갔다.

"그때부터 사부님은 저 녀석에게 매달리더군. 나야 잘됐다 싶었지. 짐을 하나 내려놓은 기분이었거든. 그때는 당신한테 고맙기까지 했었어. 그 후에 일이 꼬여서 사문을 떠나게 되어서 더 이상 당신을 볼 수 없었지. 그런데 여기까지 떠올리고 나니까 보지 않아도 알 것 같아. 사부님이 평생을 살아오셨던 사문을 떠나기로 결심했을 때. 아마 그 결정에도 당신이 개입되어 있겠지? 그리고 이번 일 역시 당신이 찾아와서 제안을 했다지? 지나고 보면 사부님이나 내게 큰일이 닥치기 전에는 항상 당신이 끼어 있더란 말이야. 이렇게 자주 부딪쳤는데 당신이 나를 만난 적이 없다면 정말 이상한 일 아니겠소?"

"이야기는 그게 끝이오?"

"뭐, 일단은."

조범효는 실소를 터트렸다.

"유 문주의 말만 들으면 마치 내가 문 맹주를 무림에 나오게 하기 위해 평생을 바친 사람 같군."

"비슷할걸? 단지 당신이 나오게 하려는 것이 사부님이 아니라 하나의 무공, 아니 그걸 익힌 사람이었다는 점이 다를 뿐이지."

"정말 허황되기 짝이 없군. 그 이야기들을 입증할 만한 증거나 증인이 있소?"

"내가 기억하고 있으니 내가 증인이지."

그 말에 조범효는 느긋한 어조로 말했다.

"기억과 진실은 상당히 큰 차이가 있지. 유 문주의 기억만으로는 나를 음해하진 못할 것 같소만?"

"증거는 없지만 그보다 좋은 이름 하나는 들었소. 당신도 잘 알고 있는 이름일 것 같은데?"

이름이라는 말에 조범효의 표정이 다시 굳어진다.

"무슨 이름이오?"

유검호의 입이 떨어진다.

"조양표!"

일순 조범효의 얼굴에 핏기가 사라진다.

드디어 나타나셨군!

　"조양표라면 십수 년 전 마도맹에서 활동했던 마서생의 본명 아닙니까?"

　적막을 깬 것은 무림맹 총사인 모용수였다.

　그는 문천기의 곁에 있었던 덕에 유검호에게 쓰러지지 않았었다. 천성적인 성정이 무인보다는 문인에 가까웠기 때문에 앞에 나서지 않고 뒤에서 조용히 사태를 파악하고 해결 방안을 고심하고 있던 인물이다.

　그러다 자신만이 설명할 수 있는 이름이 나오자 어쩔 수 없이 나선 것이다. 자신에게 시선이 몰리자 모용수는 긴장한 표정으로 부연 설명을 했다.

　"적무양이 마도맹을 이끌던 시절, 혈사교주의 추천으로 마교에 입교한 인물입니다. 감숙성 난주 태생으로, 학식이 뛰어나고 특히 책략에 능하여 짧은 시간에 능력을 인정받고 마도맹의 책사가 되었습니다. 이후 적무양의 신임을 얻어 그의 책사로 약 일 년가량 활동을 하다 적무양이 사라진 후 종적을 감추었습니다. 여러 가지 정보와 정황들로는 혁련월이 권력을 장악하는 과정에서 숙청당한 것으로 추정되고 있습니다."

총사라는 직책상 무림맹의 모든 실무와 정보를 관할하다 보니 단지 이름만으로도 상당히 자세한 정보가 흘러나왔다.

모용수의 설명을 듣던 문천기가 의문을 담아 유검호에게 물었다.

"조양표란 자가 천협과 무슨 상관이란 말이냐?"

유검호는 태연하게 조범효를 턱짓하며 답했다.

"어떤 심술궂은 인간 말로는 저 양반이 그 조양표란 자와 동일인이라더군요."

물론 그 심술궂은 인간이란 적무양이었다.

그 말에 문천기는 어처구니없어 하며 되물었다.

"네 말에는 치명적인 모순이 있다. 총사의 말대로라면, 그자가 활동했던 시기는 천협이 무림맹주를 맡고 있었을 적이다. 사람이 어찌 몇천 리 떨어진 두 곳에서 동시에 활동할 수 있다는 말이냐? 그것만으로도 네 주장이 엉터리라는 것이 증명된다."

유검호는 고개를 끄덕였다.

"아마 예전 같았으면 저도 그렇게 생각했겠죠. 하지만 지금은 생각이 바뀌었어요."

"어째서?"

"몇천 리 아니라 수만 리 떨어진 곳에서도 동시에 활동할 수 있는 능력을 지닌 자가 있거든요."

"허튼소리!"

문천기는 노하여 소리쳤다.

유검호가 자신을 놀리는 것이라 생각한 것이다.

문천기로서는 느닷없이 찾아와 자신의 일을 방해하는 것만으로도 유검호가 미웠다. 그런데 천지간에 유일하게 믿는 친우까지 모함하고 있으니 정나미가 떨어졌다.

'사람을 모함하려면 어느 정도 타당한 논리라도 있어야지. 그런 얼토당토않은 이야기로 이리 억지를 부리다니. 저 녀석이 이렇게 대책 없는 놈이었단 말인가?'

문천기가 유검호에 대해 실망감을 새기고 있을 때, 조범효가 탄식하며 입을 열었다.

"이 모든 이해할 수 없는 행각이 모두 나에 대한 불신에서부터 비롯된 것이었다니. 안타깝군. 안타까워."

유검호가 고개를 갸웃거리며 물었다.

"뭐가 안타깝다는 거요?"

"자네가 천하에서 으뜸가는 무공을 지니고도 실과 허를 분간치 못하여 남에게 이용당하는 것이 안타깝다는 걸세."

"내가 이용당한다?"

"지금까지 자네가 나에 대해 했던 이야기들은 모두 자네의 주관적인 기억과 몇 가지 추상적인 단서를 조합하여 만든 추측에 불과하네. 어떤 증거도 논리도 없이 그저 감정과 기분만으로 누군가를 음해하기 위해 만들어낸 이야기들이지. 아마 그 대상은 누구였어도 상관없었을 걸세. 실제로 자네가 한 이야기에 내가 아닌 다른 사람을 아무나 대신 넣더라도 결론은 똑같지 않은가? 이쯤 되면 의심을 하지 않을 수 없지 않은가?"

"의심?"

"그래. 어쩌면 자네가 지금 암시에 걸려 이용당하고 있을지도 모른다는 의심. 대체 자네에게 그 이야기를 한 사람이 누군가? 이번 일에 대한 정보를 준 것은 금룡문주겠지. 하지만 그가 나를 모함할 이유도 없고, 그럴 능력도 되지 않을 테니 그는 아닐 거라 생각되는군. 그렇다면 나에 대한 이야기를 한 사람은 따로 있을 터. 그 사람이 누구인가? 그자의 정체부터 밝히게. 그 후에 자네 말의 진위를 가리는 것이 순서가 아니겠는가?"

조범효의 표정과 말투는 시종일관 부드러웠으나 내용은 보검처럼 날카롭게 유검호를 몰아세웠다.

그의 화술이 워낙 교묘하여 마치 유검호가 범인처럼 심문을 당하는 분위기가 되었다.

대답을 촉구하는 시선들이 유검호에게 꽂힌다.

하지만 유검호는 오히려 미소를 지으며 조범효에게 되물었다.

"많이 당황했나 보구려?"

"당황? 지금 당황해야 할 사람은 자네가 아닌가?"

"알고 있소? 조양표라는 이름이 나온 이후부터 당신 말투가 바뀌었다는 것을?"

조범효의 표정이 살짝 굳어진다.

그는 본래 유검호를 일문의 주인으로 대해 왔었다. 나이로 보나 배분으로 보나 유검호보다 한참 선배였지만, 공대를 하고 의견을 존중하는 태도를 보였다.

하지만 조금 전부터 그는 아랫사람을 대하듯 하대를 하고 훈계를 했다. 자신도 모르게 배분으로 유검호를 압박하려 했던 것이다.

스스로에 대한 확신이 있는 사람은 결코 하지 않았을 행동.

유검호는 그 작은 변화만으로도 조범효가 흔들리고 있음을 지적한 것이다.

그것을 조범효 역시 깨달은 듯 즉시 마음을 다잡고 대답했다.

"비록 파문을 당했다곤 하지만 친우의 제자가 아닌가? 내게는 사질이라 할 수 있으니 말을 놓는다 한들 이상한 일은 아니지. 대하는 말투를 바꾼 것은 자네가 나에 대한 의문을 제기했기 때문일세. 내게 사적인 의문을 제기했으니, 나도 일문의 장문인으로 대하기보다는 조카로 대하고 답을 하는 것이 좋겠다는 생각에서 평대를 했네. 단순히 말투를 가지고 내가 당황했다고 생각하다니. 심한 억측이라 생각되지 않나?"

"억측이라? 뭐 그렇다 치고 넘어갑시다. 말꼬투리 잡고 왈가왈부하고 싶은 생각은 없으니까. 시답잖은 이야기가 너무 길어진 것 같군. 다시 본론으로 들어갑시다. 당신에 대한 이야기를 한 사람이 누구냐고 했지? 그걸 묻는 것은 그가 신뢰할 만한 사람인지 아닌지를 알기 위함이겠지?"

"물론."

"그렇다면 당신 의도는 성공했소. 그는 내가 생각하기에도 그다지 신뢰할 만한 사람이 아니거든."

유검호의 말에 문천기가 소리친다.

"그렇다면 더 이상 논할 필요도 없는 일 아니냐? 저 친구는 의협심이 높고 인품이 고매하여 무림인들에게 천협이라는 별호까지 선사받은 사람이다. 누구의 말이 진실일지는 따져볼 것도 없는 일 아니냐?"

"두 사람의 평판으로만 본다면 그럴지도 모르죠. 하지만 그 인간의 말은 신뢰하기 힘들지만, 그 치졸함은 믿을 만하거든 요."

"대체 그게 무슨 말이냐?"

문천기가 답답하여 소리쳤다. 유검호는 대답 대신 엉뚱한 이야기를 꺼냈다.

"배화교에는 묘한 관습이 하나 있다더군. 교에서 어느 정도 위치가 오르면 성화 모양의 자문(刺文)을 몸에 새긴다나? 그중에서도 특별히 공을 세운 자들은 교주가 직접 자문을 그려준다고 들었소. 조양표라는 인물도 당시 교주였던 적 영감의 신임을 얻은 탓에 가슴 중앙에 성화 문양을 새겼다더군."

조범효는 어이없어 하며 반문했다.

"그럼 내 가슴에 성화 문신이 있을 거라는 말인가?"

"문신을 억지로 지우지 않았다면 당연히 남아 있지 않겠소?"

조범효는 혀를 차며 고개를 저었다.

"정말 제정신이 아니군. 내 비록 무림인이긴 하나, 엄연히 유가에 적을 둔 유생이기도 하네. 그런데 자네의 얼토당토않은 말한마디 때문에 옷을 벗으라는 말인가?"

"여염집 규수도 아닌데 뭘 그리 감추려 드시오? 사내가 웃통 좀 벗는 것이 뭐 그리 대수라고."

"자네 말대로 옷을 벗었다고 치세. 만약 자네가 말한 문양이 정말 있다면 당연히 난 의심스러운 사람이겠지. 하지만 그런 문양이 없다면 어떻게 할 텐가? 나는 자네 말 한마디에 옷을 벗은 우스운 당한 사람이 되어 체면이 땅에 떨어질 테지. 게다가 자네는 자네대로 또 내가 그것을 지웠다고 주장하지 않겠는가? 그럼 난 지우지 않았음을 증명해야 할 걸세. 그걸로 끝일까? 자넨 또 다른 의문을 제기할 걸세. 한마디로 자네의 불신은 끝이 없을 거란 말이지. 그런데도 내가 자네 억지 때문에 옷을 벗어야 하나?"

조범효의 말에 유검호는 피식 웃으며 물었다.

"어차피 의문을 제기한 이상 결백하다는 걸 증명해야 한다는 것쯤은 피차 알지 않소? 그러니 말 돌리지 말고 쉽게 갑시다. 하고 싶은 말이 뭐요?"

그 말에 조범효는 기다렸다는 듯 말했다.

"만약 자네 말이 틀렸을 경우, 잘못을 인정하고 깨끗이 물러나겠다고 약속한다면 옷을 벗도록 하지."

유검호는 망설임 없이 고개를 끄덕였다.

"좋소. 성화 같은 것이 없다면 당신에 대해 더 이상의 의문을 제기하지 않는 것은 물론이고, 진심으로 사죄하겠소."

"무림맹의 행사를 방해하는 것도 그만둘 텐가?"

"그건 별개지. 당신의 정체를 밝히는 것과 무림맹이 역적이 되지 않게 막는 일은 다르니까. 대신 당신 안위는 보장되겠지."

"결국 무력을 쓸 생각이라는 말이군. 좋네. 우선은 자네 사과부터 받고 봐야겠어."

조범효는 말을 마치고 윗옷을 벗기 시작했다.

망설임 없이 겉옷을 벗어젖히고는 내의만을 남겨둔 상태로 유검호를 힐긋 쳐다본다. 유검호와 눈이 마주치자 조범효의 입꼬리가 말려 올라간다.

마치 덫에 걸린 맹수를 보는 사냥꾼과 같이 득의양양한 미소와 눈빛.

'벌써 이겼다고 생각하는 건가?'

조범효의 표정에서는 이미 승자의 여유가 보이고 있었다.

조범효는 비웃음을 지우고는 남은 상의를 마저 벗었다.

내의를 벗자 상체가 드러났다. 나이를 보여주듯 배가 조금 나오긴 했으나, 전체적으로 균형이 잡힌 탄탄한 몸이었다.

근육만 보면 한창 때의 무인이라고 해도 무리가 없었다.

"요즘 수련을 게을리 했더니 배가 조금 나왔군."

조범효는 민망한 듯 자신의 배를 쓰다듬는다.

하지만 그의 눈빛은 예리한 빛을 내며 유검호를 향해 있었다.

"어떤가? 이제 만족하는가?"

잠시 조범효의 상체를 살피던 문천기가 노한 목소리로 소리쳤다.

"네 녀석이 말하던 문양 같은 것은 없지 않느냐?"

그의 말대로 조범효의 상체에는 성화 문양 같은 것은 찾아볼 수 없었다. 심지어 뭔가 새긴 흔적 같은 것조차 없이 깨끗한 맨살이었다.

"새벽이라 공기가 제법 쌀쌀하군. 이제 그만 옷을 입어도 되겠나?"

말은 유검호의 동의를 구하고 있었지만 손은 이미 옷을 집어
들고 있었다. 하지만 유검호의 목소리가 그의 동작을 멈추게 만
들었다.

"내가 깜빡하고 말하지 않은 것이 있소."

조범효는 의아해하며 물었다.

"뭔가?"

"그 배화교의 자문 말이오. 교주가 직접 새기는 자문은 일반
신도들의 것과는 조금 다른 것이오."

"다르다고?"

"그렇소. 일반 신도들의 것은 평범한 먹과 염료로 그리지만,
교주가 직접 새기는 자문에는 특별한 염료와 기술이 들어간다
고 하오."

조범효의 표정이 다시금 굳어지기 시작했다.

"무슨 말을 하는 건가?"

"교주에게 직접 문신을 받을 정도의 인물이라면 배화교에서
도 중요한 위치에 있는 사람 아니겠소? 그런 위치에 있다 보면
일반 신도와는 다르게 위험에 처할 일도 많지. 그래서 그들에게
새기는 자문은 평상시엔 드러나지 않는다더군. 적에게 잡혔을
때 신분을 숨기기 위함이라나?"

"보이지 않는 문신이라니. 그런 것이 어디 있단 말인가?"

"물론 처음에는 염료가 보이지. 하지만 시간이 지날수록 점
점 몸속으로 스며들어서 결국 겉에는 아무런 자국조차 남지 않
는다더군. 겉으로는 전혀 감지할 수 없도록 피부 안에 숨어 있
다가 특정한 조건이 갖춰지면 모습을 보인다고 하오."

"내 몸에 그런 것이 있다고? 믿을 수 없는 주장이군. 더 이상 들을 가치도 없겠어."

조범효는 인상을 찌푸리며 옷을 집어 들었다.

"기왕 수고한 김에 조금만 더 수고해서 혐의를 깨끗이 벗는 것이 낫지 않겠소?"

"뭘 또 어쩌란 말인가?"

"별거 없소. 그저 당신 몸에 진기를 조금 주입할 수 있게 해주면 되오. 내가 직접 하면 당신이 믿지 못할 테고 당신이 하면 내가 믿지 못할 테니 공정하게 무림맹주님이 손을 써주시면 되겠군."

유검호는 말을 하며 문천기를 보았다.

문천기는 자신이 지목되자 눈살을 찌푸리며 말했다.

"대체 언제까지 억지를 부리려는 것이냐? 천협은 이미 옷까지 벗었거늘, 이젠 나보고 그의 몸을 검사하라고?"

"이게 마지막일 겁니다. 이번에도 아무 일도 일어나지 않는다면 제 잘못을 인정하도록 하죠."

유검호의 말에 문천기는 조범효를 보았다.

어차피 결정해야 할 당사자는 조범효였다. 그와의 친분은 둘째 치고 무림에서의 명성을 생각하더라도 다른 사람이 강요할 수는 없는 일이다.

조범효는 잠시 생각하는 듯하더니 유검호에게 말했다.

"좋네. 이번에도 자네 억지를 들어주지. 하지만 이게 마지막이라는 말을 지켜야 할 것이네. 문 맹주. 자네 제자가 원하는 대로 해주게."

조범효의 승낙에 문천기는 한숨을 쉬며 말했다.

"미안하네. 못난 제자 놈 때문에 못 보일 꼴을 보이게 하는군."

이어서 문천기는 화난 목소리로 유검호에게 소리쳤다.

"어떻게 해달라는 것이냐?"

유검호는 기다렸다는 듯 대답했다.

"간단합니다. 내관혈에 약간의 음한지기와 양강지기를 차례로 주입해 주시면 됩니다."

내관혈은 손목에서 두 치 윗부분에 있는 혈 자리다. 그곳에 음양지기를 차례로 주입하는 정도의 일은 유검호의 말대로 매우 간단한 일이었다. 문천기는 의외라는 듯 되물었다.

"정녕 그것뿐이냐?"

"그것뿐입니다."

문천기는 더 이상 묻지 않고 조범효에게 다가갔다.

그는 조금이라도 빨리 지금의 상황을 정리하고 싶었다.

그러기 위해선 일단 조범효에 대한 의심이 헛된 것임을 먼저 입증해야 했다. 그 스스로의 마음속에서도 조범효에 대한 불신이 조금이나마 생긴 탓이다.

'저 녀석의 요상한 화법에 홀린 게지. 천협이 어떤 친구인데.'

애써 의심을 지우려 했지만 한 번 생긴 의심은 쉽사리 없어지지가 않는다. 유검호의 말을 듣고 과거를 되짚어 보자 분명 석연치 않은 구석이 있었다. 하지만 조범효의 인품과 성격을 생각하면 그런 의심을 한다는 것조차 말도 되지 않는 일이다.

유검호의 요구에 응한 것은 그 때문이다.

머리는 조범효를 믿어야 한다고 주장했지만, 마음이 불안함을 호소하고 있으니 그 찜찜함을 없애기 위해서라도 조범효의 결백을 확실히 해야만 했다.

"손목을 내밀게."

문천기의 말에 조범효가 고개를 돌린다. 그의 표정은 의외로 무덤덤했다.

"빨리 끝내지. 날도 쌀쌀한데 옷을 계속 벗고 있자니 곤혹이군."

조범효는 흔들림 없는 목소리로 손목을 내밀었다.

'만약 저 녀석 말이 사실이라면 이처럼 태연할 수는 없겠지.'

문천기는 조범효에 대한 신뢰를 되새기며 그의 손목에 진기를 불어 넣었다.

차가운 기운을 불어 넣고, 곧이어 뜨거운 기운을 일으켰다.

무공을 모르는 일반인이라면 약간의 오한과 따뜻함을 느낄 정도의 기운. 조범효와 같이 뛰어난 무인에게는 아무런 영향도 끼치지 못할 힘이다.

하지만 그 순간.

태연자약하던 조범효의 표정이 크게 일그러졌다.

"큭."

잔뜩 억눌린 신음이 터져 나왔다. 동시에 조범효의 몸이 비틀거린다.

깜짝 놀란 문천기가 조범효를 부축했다.

"범효. 왜 그러는가? 혹시 내 기운이……."

급히 묻던 문천기는 말을 잊지 못했다.

조범효는 고통을 참기 위함인지 이를 악물고 있었고, 굵은 땀이 흐르고 있었다.

한순간의 변화. 무엇보다 문천기를 놀라게 한 것은 조범효의 가슴팍 부근에 선명히 드러나 있는 불꽃 문양의 문신이었다.

마치 실제로 불타오르듯 붉은빛을 발산하며 드러난 문양은 틀림없는 배화교의 성화였다.

문천기는 혼란에 빠졌다.

"이, 이게 어떻게 된 일인가? 대체 이 문양이 왜 여기 있단 말인가?"

하지만 조범효는 오히려 되묻는다.

"으윽. 어, 어째서……."

조범효 역시 영문을 알지 못하는 것이다. 그들의 의문을 풀어 준 것은 유검호였다.

"본래 배화교 전통의 자문은 어깨나 팔뚝에 새기는 것을 일반적이라더군. 그런데 당신은 특이하게 가슴, 그것도 심장 바로 위에 문양을 새겼지. 이상하다고 생각하지 않았소?"

"그, 그게 무슨……."

조범효는 여전히 알 수 없다는 표정이다.

"화심타혈술(火心打穴術)이라던가? 혈을 두들겨서 나쁜 마음을 태운다나? 뜻은 좋지만, 사실은 배신자를 처단하기 위한 교주 비전의 술법이지. 적 영감은 당신이 불순한 목적을 가지고 신도가 되었다고 생각했다더군. 그래서 화심타혈술이란 것을 썼다지. 교주씩이나 되어가지고 참 쪼잔한 인간이지?"

유검호의 말에 조범효는 이해할 수 없다는 듯 고개를 내저었다.

"하지만 나는 분명……."

"물론 미리 혈맥을 봉쇄했겠지. 그래서 순순히 팔을 내민 거 잖소. 아마 일반적인 성화 문신이었다면 당신 의도가 성공했겠지. 하지만 말했잖소. 당신한테 새겨진 것은 배신자를 위한 특별한 성화라고. 그건 심장을 향하는 혈맥이 단 하나라도 봉쇄되었을 때 발동되는 무공이었소."

"크윽. 나를 속였군."

"정확히 말하면 당신이 속이려고 한 거지. 미리 혈맥을 봉쇄하지 않았으면 아무 일도 없었을 테니까. 난 단지 미끼를 던진 것뿐이야."

음기와 양기를 차례로 주입하면 성화가 드러난다는 것이 완전히 거짓은 아니었다. 그것은 무공을 익힌 신도들이 성화를 드러내는 방법 중 하나였다.

조범효 역시 그것을 알고 있었기에 미리 내관혈을 봉하여 혹시라도 성화가 드러나는 일을 막으려 했던 것이다. 그것이 오히려 자신의 약점을 드러내는 일임은 생각도 못했을 것이다.

"당신의 실수는 적 영감의 치졸함을 과소평가했다는 거야."

유검호의 말대로다. 조범효는 설마 적무양이 자신에게 그런 제약을 걸어놓을 것이라고는 예측하지 못했다. 그도 그럴 것이 성화 문신을 새기는 것은 많은 신도들이 공통으로 하는 관습이었다. 그런 관습을 이용하여 교활한 수법을 쓸 것이라고는 도저히 생각할 수 없었다. 그것도 천하를 떨쳐 울리는 천하제일의 고수라는 작자가 말이다. 유검호의 말대로 천하제일 고수라는 명성에 속아 적무양이라는 인간의 실제 성격을 제대로 파악하지 못한 것이 패인이었다.

조범효는 고통 속에서도 자신이 이런 꼴을 당한 이유를 파악하려 애썼다. 그것을 보며 유검호가 다시 말했다.

"의지가 대단하군. 고통이 엄청날 텐데 말이야. 일단 발동이 되면 화기가 심장을 야금야금 집어삼킨다던데. 심장이 완전히 재가 될 때까지 절대 멈추지 않는다더군."

유검호의 말이 끝남과 동시에 조범효의 인내가 바닥을 드러냈다.

"크아아악."

조범효는 심장을 부여잡고 바닥을 뒹굴며 처절한 비명을 질러댔다. 그의 심장 위를 물들인 성화 문양이 진홍빛으로 달아오르고 있었다.

"이게 대체 무슨 일이냐?

문천기는 경악하여 외쳤다.

그는 이 갑작스러운 변화에 어찌할 바를 모르고 있었다.

"무슨 일이긴요. 보이는 대로죠. 저 인간이 마도맹의 마서생이고 동시에 전대 무림맹주이면서 현재는 무림맹을 이용해서 음모를 꾸미려는 자와 한통속이란 거죠. 사부님이 속은 겁니다."

유검호의 말에 문천기의 몸이 휘청거린다.

"어떻게 그런 일이……."

문천기는 충격에 말을 잇지 못했다.

조범효와는 막역지우라 여겼던 문천기였다.

기나긴 세월 속아왔다는 말이 쉽사리 믿기지가 않았다.

'그 긴 세월 동안 나를 속여 왔단 말인가? 게다가 이번 일까지? 천협이 그럴 리가 없다. 저 친구를 오랜 세월 알아오지 않았던가? 분명 뭔가 잘못된 것이리라.'

문천기는 급히 조범효의 어깨를 흔들며 소리쳤다.

"천협. 검호의 말이 정말인가? 이 모든 것이 거짓인가? 아니지? 아닐 거야. 아니라고 말을 좀 해보게."

그의 외침에 정신이 들었는지 조범효가 고개를 흔들며 말했다.

"끄윽. 이건 사, 사술이네. 나는 결백해. 날 믿어야 하네."

조범효의 말에 문천기가 휙 고개를 들며 소리쳤다.

"들었느냐? 천협이 아니라고 하지 않느냐? 어서 이 사술을 풀어라."

문천기의 말에 유검호는 한숨을 쉬었다.

"사부님이 인정하고 싶지 않은 마음은 알겠지만, 증거가 이토록 명백하지 않습니까?"

"이깟 문양 따위, 네 능력이면 얼마든지 만들어낼 수 있는 것 아니더냐?"

"제가 신도 아닌데 그런 걸 어떻게 합니까? 단순히 문신을 그리는 것도 아니고, 그런 요상한 술법을 당사자가 모르게 걸다니요? 그것도 손도 안 대고. 상식적으로 그게 가능하겠어요?"

유검호의 말에 문천기는 말문이 막혔다.

그런 것은 그가 생각하기에도 말이 되지 않는다.

이런 대단한 술법을 본인도 모르게 펼친다는 것은 불가능한 일이다.

문천기 역시 그런 사실쯤은 알고 있다.

그럼에도 이런 말을 하는 것은 유검호의 말대로 현실을 인정하고 싶지 않았기 때문이다. 조범효에 대한 배신감도 배신감이었지만 무엇보다 뒷일을 생각하면 눈앞이 깜깜해졌다.

자칫하면 무림에 나와 힘들게 이룬 모든 것을 잃을 수도 있다는 공포감이 엄습해 왔다.

그런 두려움이 조범효를 끝까지 믿고 싶게 만든 것이다.

유검호는 그런 문천기의 심정을 훤히 읽고 있었다. 그는 문천기와의 대화는 무의미함을 알고 있었기에 조범효에게 말했다.

"이보쇼. 조 씨 양반."

소리를 들은 조범효가 고개를 들어 올린다.

조범효의 얼굴은 잠깐 사이에 수십 년은 늙어 있었다. 시체처럼 죽어가는 회색 눈동자 속에 증오가 내비춰진다.

"당신, 어차피 이대로는 죽어. 아까도 말했지만 한 번 발동된 화기는 심장을 모두 태워 버릴 때까지 절대 꺼지지 않거든. 이제 당신이 결백하든 아니든 상관없어졌다는 말이지. 그러니 차라리 당신 동료를 불러보는 건 어때? 듣기로는 그의 능력이 대단하다고 하던데 말이야. 어쩌면 그가 당신을 낫게 할 수도 있지 않겠소?"

그 말에 조범효의 눈빛이 흔들린다. 하지만 이내 고개를 흔들며 악을 쓰듯 소리쳤다.

"무슨 소린지 모르겠다. 너는 대체 무슨 악감정이 있어 나를

이토록 괴롭히는 것이냐?'

상반신을 드러낸 채 바닥을 뒹굴며 절규하는 모습이 처절하기 그지없었다. 그 모습에 유검호는 감탄하며 말했다.

"말만 들으면 천하에서 가장 억울한 사람이 당신 같군. 그런데 이쯤 되면 알잖소. 내가 다 알고 있다는 걸. 그렇게 억울한 척 연기해 봤자 당신 명줄만 짧아질 뿐이오. 뭐 꼭 그렇게 충성을 바치다 장렬히 죽어야겠다면 말리진 않겠지만, 한번 생각은 해보시오. 이렇게 죽기 위해서 긴 세월 음모를 꾸몄는지."

조범효의 눈빛이 다시 흔들린다. 극심한 고통 속에 유검호의 말은 달콤한 유혹이었다. 하지만 이내 눈을 감아버린다. 목숨을 포기한 것이다.

그 독기에 유검호는 혀를 내둘렀다.

"허참. 정말 목숨까지 바치다니. 독하군."

유검호가 감탄할 때였다. 허공에서 누군가의 목소리가 들려왔다.

"그 독기가 바로 저 친구의 매력이지."

*　　　*　　　*

유검호는 의문의 목소리가 들려온 곳을 쳐다보았다.

그의 머리 위. 아무것도 없던 허공에 회색의 기운이 피어나고 있었다. 회색 기운 사이로 누군가의 몸이 불쑥 튀어나온다.

허공을 평지처럼 딛고 서서 점잖게 뒷짐까지 쥐고 있는 사내. 깔끔한 백의를 걸친 수려한 장년인이었다.

"드디어 나타나셨군."

장년인은 바로 칠왕야 주천학이었다. 유검호는 일전 정사대전이 벌어졌을 당시에 스치듯이 본 기억은 있었지만, 이렇게 정식으로 대면하는 것은 처음이었다.

주천학은 부드러운 미소를 짓고 말했다.

"나를 기다렸나 보군."

"내가 당신을 만나야 된다고 주장하는 사람들 등살에 살수가 있어야지."

"그거 미안하군. 내 사과하는 셈 치고 선물을 주지."

주천학의 손이 허공을 찌른다.

회색 연기가 어른거리며 그의 손을 팔뚝까지 삼켰다. 곧이어 연기 속에서 빠져 나온 주천학의 손에는 둥그런 것이 들려 있다. 주천학은 그것을 가볍게 던졌다.

툭.

물체는 유검호의 발치에 떨어졌다.

그것을 본 유검호의 인상이 굳어졌다.

"악취미군."

주천학이 던진 것은 바로 사람의 머리였다.

"도찰원의 어사라던가? 저 친구의 계획에 방해가 된다 해서 제거했는데, 이제 보니 괜한 짓을 한 것 같아."

머리의 주인은 바로 도찰원 어사 서문현이었다.

꼬장꼬장하고 거만한 언행 때문에 그다지 호감이 가는 인물은 아니었지만 이렇게 머리만 떼어진 채로 보게 되니 썩 좋은 기분은 아니었다.

"금의위의 부도독과 금룡문 문주도 처리하려 했는데 게으름을 피우다 보니 하나만 죽였군. 이자가 재수 없었던 게지. 아니, 다른 두 놈들이 운이 좋았다고 해야 하나?"

주천학은 당사자들이 들으면 끔찍해할 이야기를 무덤덤하게 늘어놓았다. 그의 표정은 시종일관 무료했고 말투는 느긋했다.

조금 전에 사람을 죽였다고는 생각할 수 없는 언행이었다.

'죄책감이 없는 자다.'

유검호는 그가 나타났을 때부터 부자연스러움을 느끼고 있었다. 마치 돌이나 나무처럼 생명이 없는 물체를 대하는 듯한 삭막함. 주천학이 입을 열자 그런 느낌을 받은 이유를 깨달았다.

사람이라 여길 수 없을 정도로 무심한 눈빛과 태도 때문이었다. 그는 눈앞에서 벌어지고 있는 일임에도 자신과는 동떨어진 일처럼 받아들이고 있었다. 현실을 마치 책이나 경극처럼 관찰하듯 보고 있는 것이다.

주천학의 본질을 파악하자 본능이 경종을 울려온다.

'위험한 자군.'

감정이 없는 자는 모든 것을 논리와 이성으로만 판단한다.

주천학에게 인간은 필요 여부에 의해 구분되어질 것이다.

서문현은 주천학에게 필요치 않은 인간이었다. 주천학에게 그는 길바닥에 굴러다니는 돌멩이와 하등 다를 바 없다.

길바닥의 돌멩이를 걷어찬다고 죄책감을 느낄 사람은 없듯이 주천학 역시 서문현을 죽인 것을 그렇게 받아들이고 있다.

유검호가 위험함을 감지한 것은 그 때문이다.

이곳에 자리한 사람 중 주천학에게 돌멩이가 아닌 것은 조범효 한 명뿐이다.

즉, 주천학은 조범효를 제외한 모든 사람을 아무 이유도 없이 죽일 수도 있다는 것이다. 그것은 이곳에 있는 사람들뿐만이 아니다. 그의 눈에 띄는 사람은 누구라도 안전할 수 없다.

실로 위험천만한 인물이었다.

유검호가 짧은 시간 주천학을 파악하고 있을 때.

주천학은 조범효를 보고 있었다. 조범효는 고통에 몸부림치며 땅을 뒹굴고 다니느라 머리는 산발이고 몸은 온통 흙투성이였다. 주천학의 등장에도 제대로 반응조차 하지 못하고 비명을 지를 힘도 다한 듯 그저 꺽꺽거리고만 있었다.

주천학은 무심한 눈으로 그를 보더니 입을 열었다.

"자네 계획은 완전히 실패했군. 이젠 더 이상의 계획도 무의미하겠지?"

주천학은 동의를 구하듯 조범효에게 물었다. 하지만 조범효는 대답을 하지 못했다. 이미 반쯤 정신이 나간 듯 눈에는 흰자위가 드러나 있었다.

주천학은 조범효의 가슴을 태우고 있는 성화 문양을 힐끗 내려 보았다.

진홍빛으로 타오르는 성화 문양은 주변 피부까지 새까맣게 태우고 있었다. 외부가 그 정도로 타고 있었으니 심장은 이미 반쯤 재가 되었을 것이다.

드러난 상태만 보아도 아직 죽지 않고 살아 있다는 것이 신기한 노릇이었다.

그를 본 주천학이 혀를 차며 말했다.

"쯧쯧. 많이 고통스러운가 보군."

주천학은 말과 함께 다시 회색 연기에 손을 쑥 집어넣었다.

다시 빼낸 그의 손에는 붉은 불꽃이 작은 공처럼 뭉친 채 들려 있었다. 이글거리며 타오르면서도 원형을 유지하고 있는 불꽃. 주천학은 불꽃을 쥐고 있는 손을 그러쥐었다.

팟.

불꽃이 사방으로 터져 나가며 열기를 발산한다.

유검호에게까지 전해져 올 정도로 뜨거운 열기였지만, 주천학의 손은 그을림조차 남아 있지 않았다.

불꽃이 사라짐과 동시에 조범효의 발작도 멈추었다. 더불어 조범효의 가슴을 뚫고 나올 것 같던 성화 문양 역시 사라져 있었다.

고통이 멈추자 조범효가 힘겹게 주천학을 올려다본다.

"주, 주군. 죄송합……."

조범효는 말을 마치지 못하고 고개를 떨구었다.

의식을 잃은 것이다. 당장 죽진 않았지만 상태를 봐서는 오래 버티기 힘들 것 같았다.

주천학은 조범효를 향해 손을 휘둘렀다.

회색 연기가 나타나며 조범효를 삼킨다. 연기가 사라진 곳에는 조범효의 모습도 사라져 있었다.

일련의 행동을 본 유검호가 감탄하며 말했다.

"들어서 알고는 있었지만, 참 편리한 기술이군."

그의 말에 주천학이 피식 웃는다.

"기술이라. 자네는 그렇게 생각하고 있는 거군."

"그렇게 써왔으니까. 그런데 어디로 보낸 거요?"

유검호는 조범효가 있던 곳을 턱짓하며 물었다.

"일단 안전한 곳으로 보내놨네. 상태가 별로 안 좋은 것 같더군. 나중에 활생술을 얻게 되면 살려줘야겠어."

활생술은 묘선옥이 전수받은 팔선의 묘리였다.

"활생술을 얻는다? 그 여자가 당신한테 전수해 줄 리는 없을 테고, 결국 죽이고 뺏는다는 말이겠지? 너무 직설적인 거 아니오?"

유검호의 물음에 주천학은 고개를 갸웃하며 되물었다.

"내가 솔직히 이야기하지 않을 이유라도 있나?

"삼십 년이 넘게 음모를 세웠다던데, 이제 와서 갑자기 밝히니 이상하지 않겠소?"

그 말에 주천학은 고개를 저었다.

"계획을 세운 것은 아까 그 친구였지. 난 그런 번잡스러운 계획을 좋아하는 성격은 아니라네. 내게는 불필요한 과정이기도 하고."

"그렇겠군."

유검호는 주천학의 말에 수긍했다.

묘선옥에게 들은 이야기를 배제하고, 당장 눈앞에서 본 능력만으로도 주천학이 하지 못할 일은 거의 없었다. 마음만 먹는다면 황제가 되는 것도 그에겐 너무도 쉬운 일일 것이다.

유검호는 이전부터 가져왔던 의문을 꺼내놓았다.

"전부터 궁금했었소. 그런 대단한 능력을 지닌 사람이 대체 뭐가 부족해서 이런 일에 동참했는지 말이오. 그것도 긴 시간을 들여서."

"그건 조양표의 숙원이었네. 지금의 황실과 북원의 세력을 자신의 손으로 모두 갈아엎고 싶다더군. 난 그의 뜻을 존중해 준 것뿐이네. 내게 몇십 년은 그리 긴 시간이 아니었으니까. 그가 내게 해줄 일에 비하면 그 정도는 아주 작은 것이었지."

"그가 당신한테 해줄 일? 거래를 했다는 말이오?"

"그런 셈이지. 나는 그의 원한을 갚는 것을 도와주고, 그는 내가 원하는 것을 세상에 나오게 만들기로 했다네."

"당신이 원하는 것이 뭐였소?"

"남은 팔선의 무공이었네. 그중에서도 특히 자네가 얻은 것이 세상에 나오기를 간절히 원했었지."

유검호는 그의 말을 듣자 의문이 풀렸다. 조양표가 자질 좋은 아이를 찾아 팔선문에 입문시킨 것과 팔선문에서 금지된 무공을 전수받게끔 만든 일은 모두 주천학을 위해서였던 것이다. 하나의 의문이 해소되자 또 다른 의문이 생겼다.

"듣기로는 팔선의 무공을 지닌 자가 악한 짓을 하면 시선의 전인이 나타나 그를 징벌한다던데. 당신 입장에서는 오히려 나오지 못하게끔 막았어야 하는 것 아니오?"

"물론 처음엔 그런 생각도 했었지. 하지만 시간이 지나고 능력이 더해질수록 생각이 바뀌더군. 내가 군이 두려워할 필요가 있을까 하는 생각이 들었네. 그리고 궁금해지더군. 지금의 능력만으로도 나는 인간을 초월했는데, 시선의 능력까지 얻게 되면 어떤 존재가 될까 하고 말이야. 그때부터는 오히려 자네가 빨리 나타나기를 바랐다네."

주천학은 자신을 응징한다는 전설 때문에 시선의 전인을 기다렸던 것이 아니다. 그는 더욱 완전해지기 위해 시선의 전인을 기다렸던 것이다. 그 기다림이 길어지자 조양표를 통하여 시선의 전인을 만들어낸 것이다.

"사실 자네가 실패작이라는 소리를 듣고 상당히 실망했었네. 조양표는 대책이라면서 다른 아이를 이용하겠다고 하더군. 하지만 나는 자네에게 더욱 애착이 갔다네. 게으르고 무기력하다는 특징이 시선이 말했다던 금제를 떠올리게 했거든. 개인적으로는 나와도 비슷했고 말이야. 결국 내 생각이 옳았지. 조양표가 내세운 아이는 자질은 좋았지만 시선의 무공과는 전혀 인연이 없었거든. 아마 자네 사부가 시선의 비급을 태우지 않았어도 익히지 못했을 걸세. 인연이 없는 자는 절대 얻지 못하는 것이 팔선의 묘리이기 때문이지. 나 역시 다른 묘리를 얻기 위해 상당히 어려운 편법을 써야만 했다네."

"당신 뜻대로 나를 불러냈으니 숙원을 이룬 셈이군. 그럼 이제 결론을 지으면 되는 거요?"

유검호는 흑암을 슬쩍 들어 올렸다. 주천학의 살수가 다른 사람에게 향하기 전에 속전속결로 승부를 낼 생각이었다.

하지만 주천학은 고개를 흔든다.

"아직 때가 아니네. 승부는 나중으로 미루어야겠어."

주천학의 말은 의외였다.

"그렇게 오랜 세월 동안 기다렸다면서 승부를 왜 미루자는 거지?"

"할 일이 남아 있거든."

"할 일?"

"남경에서 만나야 할 사람이 있네."

남경이라는 말에 유검호는 긴장하여 물었다.

"활생술을 먼저 노리겠다는 거요?"

"맞네. 지금 상태로도 자네 정도는 쉽게 이길 것 같긴 하지만, 그래도 오랜 세월 기다려 온 일인데 기왕이면 더욱 완전해진 상태에서 싸우는 게 모양새가 좋지 않겠나? 또 가능하면 조양표도 살리고."

주천학은 묘선옥을 먼저 노리려는 것이다.

"이해할 수 없군. 지금 나를 쓰러뜨리고 남경으로 가는 것이 순서 아니오? 만약 당신이 남경으로 간 사이에 내가 다시 도망이라도 가면 어쩌려고?"

유검호의 말에 주천학은 픽 웃으며 되묻는다.

"도망칠 수 있겠나?"

능력을 묻는 말이 아니다. 지인들을 모두 버리고 갈 수 있냐는 뜻이다.

유검호는 그의 물음에 답하지 못했다. 주천학은 그럴 줄 알았다는 듯 웃으며 말한다.

"자네는 결국 나를 찾아오게 되어 있지. 인간들은 원한을 잊지 못하거든. 조양표만 봐도 알 수 있지. 그는 원한 때문에 나와 거래를 했었네. 덕분에 내가 원하는 것을 목전에 두게 되었지. 난 조양표가 해준 일이 참으로 고맙네. 그래서 그가 원하는 것도 이루어줄 생각이지. 물론 그의 계획이 실패했으니, 내 방식으로 하겠지만. 내가 남경을 다녀가면 자네도 조양표와 비슷해질 거란 생각이 드는군. 원한에 사로잡혀 어떻게든 나를 찾으려 들겠지. 그러니 굳이 여기에서 내키지 않는 승부를 낼 필요는 없을 것 같군."

결국 청수장에 있는 사람을 모두 죽이겠다는 말이다.

담담하게 내뱉은 말이지만 매우 위협적이다. 유검호는 은연중 진기를 끌어 올리며 말했다.

"나를 너무 과대평가하는군. 난 일평생 원한을 품을 수 있을 만큼 의지 있는 사람이 아니오. 차라리 여기에서 끝을 냅시다."

유검호는 말을 맺음과 동시에 기습적으로 흑암을 휘둘렀다.

쐐액.

흑암은 번개와 같이 주천학을 베었다.

유검호가 작정하고 기습을 했기에 그 쾌속함은 가공할 수준이었다.

하지만 허공을 지면처럼 밟고 떠 있던 주천학의 신형이 사라지고 그 자리에 잿빛 연무만이 남았다.

주천학의 목소리가 들려온 것은 전혀 엉뚱한 곳에서였다.

"조급해하지 말게. 말했듯이 결국은 싸우게 될 테니."

유검호는 흑암을 회수하고 천천히 시선을 돌렸다.

주천학은 어느새 쓰러진 백유량의 곁에 나타나 있었다.

그를 향해 달려들려던 유검호는 일순 멈칫했다.

주천학이 한 손에 백유량의 머리를 쥐고 있었기 때문이다.

"인질이오?"

유검호의 질문에 주천학은 픽 웃으며 고개를 젓는다.

"설마. 내게 인질이 필요해 보이나?"

"그래 보이진 않는군. 그럼 걔 머리는 왜 잡고 있는 거요?"

"이 아이에게 받을 게 있다네."

주천학이 말을 하는 동안 그의 단전에서 회색 구체 하나가 솟아오른다. 하나의 덩어리였던 구체가 실타래처럼 풀어지며 주천학의 팔을 통해 백유량의 머리로 스며든다. 그러자 백유량의 단전에서 그에 대응하듯 푸른 기운이 피어올랐다. 푸른 기운은 백유량의 몸을 한 차례 휘감더니 회색 기운과 얽히기 시작했다. 두 기운은 마치 줄다리기를 하듯 서로를 잡아당기며 대치했다.

얼핏 보기에도 심상치 않은 광경이다.

'힘을 빼앗고 있다!'

유검호는 더 이상 기다리지 않고 태무신공을 사용했다. 속전속결로 승부를 볼 생각이었다.

파앗.

태무신공이 발동됨과 동시에 땅을 박찼다. 그의 신형이 번개처럼 돌진해 간다.

그 순간.

그와 주천학 사이의 공간이 끝없이 벌어진다.

본래 두 사람 사이의 거리는 삼 장도 채 되지 않았다.

유검호에겐 지척이나 마찬가지. 상대가 알아차리기도 전에 접근하여 제압할 수 있었다.

하지만 지금 유검호는 태무신공을 사용하여 빛살처럼 돌진하고 있음에도 주천학과의 거리는 조금도 좁혀지지 않는다.

그 짧은 거리가 천 리는 되는 것 같았다.

바로 앞에 보이는 주천학이 도저히 닿을 수 없을 것처럼 느껴졌다.

'이게 건곤술(乾坤術)?'

주천학이 웃으며 말했다.

"내가 허락하지 않는 이상 자네는 절대로 내게 다가올 수 없네."

주천학은 한 손으로는 백유량의 기운과 대치하고 다른 한 손으로는 유검호를 상대하면서도 여유로웠다.

이대로라면 제자리걸음만 하다 끝날 것 같았다.

유검호는 방법을 바꾸기로 했다.

달리던 기세를 그대로 실어 흑암을 내리 그었다.

쉬익.

흑암은 가공할 속도와 힘을 싣고 허공을 베었다.

스걱.

검이 지나간 자리로 회색 기운이 터져 나간다. 회색 기운이 사라진 공간 뒤로 흐릿하게 주천학의 모습이 보였다.

유검호는 망설임 없이 그 공간으로 몸을 밀어 넣었다.

좁혀지지 않던 주천학이 바로 앞에 나타난다.

유검호는 다시 한 번 흑암을 내리 그었다.

동시에 백유량의 몸에서 청색 기운이 완전히 빨려 나갔다.

쉭.

바람이 갈라지는 소리가 터져 나왔다. 흑암이 주천학의 그림자를 양단했다.

사라진 주천학이 허공에서 모습을 드러낸다. 흑암에 베인 가슴 자락이 너풀거리며 떨어져 내린다.

"공간마저 베어버린 것인가? 정말 놀랍군."

주천학은 찢겨진 옷을 보며 진심으로 감탄한 표정을 지었다.

설마 검이 자신의 몸에 닿을 줄은 생각지도 못했던 모양이다.

하지만 유검호는 쓴웃음을 지었다.

'혈사교주의 힘을 흡수했다더니.'

조금 전 흑암은 단순히 옷만 벤 것이 아니었다. 주천학의 가슴을 깊게 베었다.

하지만 주천학의 가슴에는 생채기조차 없었다.

그것은 혈사교주가 사용하던 금강의 기운 때문이었다.

혈사교주가 그랬듯 주천학의 몸은 금강불괴나 마찬가지인 것이다. 그뿐만이 아니었다. 그가 몸을 움직인 방식은 조금 전 백유량의 것과 같이 비정상적으로 빨랐다.

그사이에 백유량에게서 능력을 빼앗아간 것이다.

'그 힘을 전수한 것이 저자가 아닌가?'

유검호는 백유량에게 쾌속술을 전수한 것은 분명 주천학일 거라 생각했다. 그런데 능력을 빼앗아가는 것을 보고 의문이 생긴 것이다.

의문은 주천학이 풀어주었다.

"참으로 불편한 제약이지. 힘을 지닌 자를 흡수해도 곧바로 내 것으로 만들 수가 없거든. 반드시 한 명의 인연자를 거쳐야만 온전히 내 것이 되더군. 그 과정이 쉽지만은 않았어. 명색이 팔선의 비기라서 맞는 인연자를 찾는 것이 여간 어렵지 않았거든. 이 쾌속술이라는 것도 손에 넣은 지는 오래되었지만, 그동안 인연자가 없어 사용할 수 없었지. 다행히 이 아이가 쾌속술에 적합한 인연이더군. 덕분에 쾌속술을 내 것으로 만들 수 있었네."

주천학의 말을 듣고 나자 유검호는 그가 백유량에게 쾌속술을 전수해 준 이유를 알 수 있었다.

팔선의 비기라는 것은 모두 인연이라는 제약이 걸려 있다고 했다. 주천학은 그 제약을 깨기 위해 백유량을 매개체로 사용한 것이다. 혈사교주 역시 그런 식으로 이용당했을 것이다.

'능력을 얻어도 곧바로 사용하진 못한다는 말이군. 그렇다면 더더욱 남경으로 가는 것이 이해가 되지 않는군.'

묘선옥의 능력을 흡수한다 해도 결국 인연자를 찾아 활생술을 전수하는 번거로움을 겪어야만 했다. 주천학의 입장에서는 지금 유검호를 해치우고 남경으로 가는 것이 이치에 맞았다.

'아니면 묘 낭자의 활생술을 곧바로 사용할 수 있는 방법이라도 있다는 걸까?'

주천학이 활생술을 빼앗아 조양표를 살리겠다고 한 말이 생각났다. 문득 유검호의 머릿속에 한 가지 가능성이 떠오른다.

"설마 묘 낭자가 익힌 활생술이?"

유검호의 말에 주천학이 응답한다.

"호오. 거기까지 알아냈나? 맞네. 그녀가 익힌 활생술은 내가 전수한 것이지."

"당신이 그녀의 사부요?"

"내가 누군가의 스승이 될 만한 인재는 아니지. 난 단지 그 아이의 사부를 죽였을 뿐이네. 그리고 그 아이의 사부가 지녔던 활생술의 기운을 전수해 주었지. 어차피 그 아이는 인연이 닿아 있었기 때문에 언젠가는 얻었을 기운이었네. 난 그 시기를 조금 빨리 당겨줬을 뿐이지."

"당신의 매개체로 사용하기 위해서 말이지?"

"그런 셈이지."

결국 강제로 묘선옥에게 활생술의 기운을 주입했다는 말이다. 그리고 묘선옥이 활생술의 묘리를 온전히 터득할 날만을 기다려 온 것이다.

유검호는 묘선옥이 했던 말들을 떠올려 보았다.

그녀는 분명 스승의 죽음에 대해 달리 기억하고 있었다. 그에 관해 짐작되는 바가 있어 물었다.

"그녀에게 암시를 걸었소?"

"자네는 일일이 설명하지 않아서 편하군."

긍정의 뜻이다.

결국 묘선옥이 기억하고 있는 스승의 죽음은 조작된 기억이었다. 활생술을 익히기 전이었기에 섭혼술에 저항하지 못한 듯했다.

유검호가 전후 사정을 깨달았을 때, 주천학이 물었다.

"이제 궁금한 것은 다 풀렸는가?"

그의 물음에 유검호는 고개를 끄덕였다.

"대충은. 당신은 이제 남경으로 가겠군?"

유검호는 그가 모든 것을 순순히 이야기해 준 이유를 알고 있었다.

주천학에게 미래는 이미 정해진 일이나 마찬가지였다.

묘선옥의 활생술을 빼앗고 청수장에 머물고 있는 사람들을 죽이는 것은 그에게 기정사실이나 다름없었다. 미리 안다고 피할 수 있는 일도 아니다. 주천학이 지닌 능력을 안다면 그렇게 생각하는 것이 당연한 일이다.

유검호는 물었다.

"내가 막지 못할 것이라 생각하시오?"

주천학은 웃으며 대답했다.

"사실 이성적으로 판단하면 자네가 어떤 수단 방법을 쓰더라도 나를 막을 수는 없네. 하지만 왠지 기대는 되는군. 한번 이변을 일으켜 보게. 어쩌면 전설이 사실일지도 모르니 말이야."

주천학은 말을 하며 몸을 돌렸다. 회색 연기가 그의 몸을 휘감았다.

"그럼 남경에서 볼 수 있기를 바라네."

회색 연기는 순식간에 사라지고 그 자리에는 주천학의 목소리만이 남았다.

주천학의 신위

주천학이 사라지고 나자 유검호는 절로 한숨이 나왔다.

"후우. 정말 까다로운 능력이야."

묘선옥에게 듣기는 했지만, 주천학의 능력은 도저히 어떻게 상대해야 할지 대책이 서지 않을 정도로 막강했다.

이렇게 막막한 상대는 처음이었다.

하지만 고민만 하고 있을 수는 없었다.

유검호는 주변을 둘러보고는 문천기에게 다가갔다.

"상황은 대충 이해하셨죠?"

유검호의 물음에 문천기는 힘없이 고개만 끄덕였다.

그의 표정에는 좌절과 절망만이 가득했다.

그가 이렇게 무모한 일을 벌인 것은 모두 친우인 조범효에 대한 믿음 때문이었다.

그런데 조범효가 사실은 마교의 인물이었던 것도 모자라 칠왕야의 주구로 암중 음모를 꾸몄다는 사실은 충격일 수밖에 없었다. 그뿐 아니라 자신의 인생이 모두 조범효에 의해 조종되었고, 무엇보다 그토록 사랑했던 아내 역시 조범효에 의해 희생되었다는 것이 사실로 드러났다. 문천기로서는 지금 당장 미치지 않은 것이 이상할 노릇이었다.

유검호는 그의 삶이 측은했다.

하지만 지금은 감상에 빠질 시간이 없다.

"곧 금의위의 위사들이 몰려올 겁니다. 이야기는 다 되어 있으니 순순히 협조만 하시면 큰일은 없을 겁니다."

유검호의 말에 문천기가 고개를 들어 올린다. 문천기는 바짝 마른 입술을 떼며 힘없이 물었다.

"더 이상… 기회는 없는 것이냐?"

문천기의 물음에 유검호는 단호히 대답했다.

"없습니다. 어차피 제가 아니었어도 금의위가 막았을 겁니다. 애초부터 성공할 수 없는 계획이었습니다. 조양표도 그것을 알고 금의위의 부도독과 금룡문주를 제거하려 했던 거고요."

유검호의 말에 문천기는 힘없이 고개를 떨구었다.

그도 알고 있었다. 금의위의 부도독과 도찰원의 어사가 암살당한다면 일을 성공하더라도 무림맹은 원하는 바를 제대로 얻기 어려웠을 것이다.

결국 조양표는 북원의 사절단을 처치하여 분란을 일으키는 것만이 목적이었을 뿐. 그 후의 일은 신경도 쓰지 않고 있었던 것이다. 결국 문천기는 모든 것을 체념했다.

유검호는 주변을 돌아보았다.

쓰러져 있던 무인들이 하나둘씩 일어나고 있었다. 애초에 유검호가 심하게 손을 쓰지 않았었기에 그들 모두 지금까지 일어난 상황을 듣고 보았다. 자신들이 이용당할 뻔했다는 사실에 모두 창피해하고 있었다.

유검호는 무인들을 지나쳐 백유량에게 잠시 시선을 두었다.

백유량은 능력을 모두 뺏겼지만 죽진 않았는지 간간이 꿈틀거리고 있었다.

'깨어나면 정신을 좀 차렸으면 좋겠군.'

유검호는 마지막으로 담벼락 너머 나무 위를 쳐다보았다.

"영감. 부탁 좀 합시다. 팔선문의 어른으로 여기 남아서 상황 좀 정리해 주시오."

그의 말에 나무 위에서 화답이 들려온다.

"나보고 뒤처리나 하라고? 재미는 네 녀석이 다 보고 말이냐?"

목소리는 적무양의 것이었다.

"어쩔 수 없잖소. 한시가 급한데. 영감도 보통 방법으로는 제시간 내에 갈 수 없다는 것을 알지 않소?"

유검호의 말에 적무양은 침묵했다. 천하에 모르는 무공이 없다는 적무양이었지만 남경까지 한달음에 갈 수 있는 무공은 없었다.

적무양은 함께 가는 것을 포기한 듯 물었다.

"자신은 있는 거냐?

"해봐야 알 것 같소."

"만약 네 녀석이 당한다면 복수는 걱정 마라. 내가 그놈 잡아다 무덤에 같이 넣어줄 테니."

유검호는 피식 웃었다.

"죽지 말라는 소리를 참 어렵게도 하는구려. 그럼 부탁 좀 합시다."

유검호는 대화를 끝내고 땅을 박찼다.

그의 신형이 눈으로 쫓을 수 없는 속도로 쏘아져 간다.

유검호가 사라지고 난 후. 장내에 금의위의 병사들이 들이닥쳤다. 선두에서 들어오던 위소만이 우렁찬 목소리로 호령했다.

"이곳을 봉쇄하고 한 놈도 빠져나가지 못하게 하라."

금의위의 병사들은 북양문을 틀어막고 무림맹 무인들을 포위했다.

그들을 보는 무림맹 소속 무인들은 긴장감을 감추지 못했다.

금의위 병사들의 무위도 무시 못했지만, 그들의 신분이 주는 압박감이 더욱 그들을 긴장시켰다.

금의위 병사들이 순식간에 장내를 장악하자 위소만이 문천기에게 다가왔다.

"그대가 무림맹의 맹주인가?"

대뜸 하대가 나온다. 어차피 상황은 금의위에게 유리할 수밖에 없었다. 위소만은 미리 기선을 제압하여 남은 일을 편하게 처리하려는 속셈이었다.

대답은 위소만의 뒤에서 나왔다.

"그가 맹주였던 문 대협이 맞습니다."

말을 한 것은 위대치였다.

위대치는 얼굴 가득 득의한 웃음을 띠고 있었다.

'일이 이렇게 잘 풀릴 줄이야.'

무림맹의 무인들은 이미 반항할 힘을 잃었고, 가장 경계했던 문천기는 세상 풍파를 혼자 다 맞은 사람마냥 축 처져 있었다. 정신 나간 사람처럼 넋이 나간 채 대꾸조차 못하는 모습을 보자 벌써부터 승리한 기분이 들었다.

'목숨 외엔 모조리 다 빼앗아 드리지.'

위대치는 유검호와의 거래를 성실히 지킬 생각이 없었다.

그는 문천기 일가의 목숨을 지켜주겠다는 약속만 지킬 생각이었다. 역적의 신분만 면하게 해주고, 그 외의 모든 것. 문천기의 명성과 재산, 그의 신분까지 모두 빼앗을 속셈이다.

'내가 그의 노후까지 보장해 줘야 할 이유는 없잖아?'

일단 이곳에서의 일이 끝나고 나면 유검호로서도 굳이 지난 일을 들먹여 자신을 위협할 수 없을 거라는 것이 그의 판단이었다.

'흐흐흐. 문 맹주. 이런 날이 올 줄은 몰랐겠지?'

위대치는 그토록 시기했던 문천기를 자신의 손바닥 위에 올려놓고 심판을 할 수 있다는 사실이 더할 수 없이 좋았다.

위대치의 음흉한 웃음을 본 모용수가 안타까운 한숨을 쉬었다. 모용수는 문천기를 보았다. 뭔가 대책이라도 세울 수 있을까 싶어서였다. 하지만 문천기는 여전히 넋이 나간 채 고개만 숙이고 있을 뿐이다. 대항할 생각조차 못하는 그의 모습에 모용수는 맹주가 바뀔 것을 직감했다.

모든 것이 위대치의 마음대로 흘러가려는 상황.

뜻하지 않은 목소리가 들려왔다.

"빌어먹을 녀석. 감히 내게 뒤처리나 맡기다니."

나무에서 뛰어내리며 나타난 것은 바로 적무양이었다.

그가 나타난 순간. 장내의 혼란이 일시지간 멈춰 버렸다. 엄청난 존재감이 장내를 장악한 것이다.

모든 이들이 알 수 없는 긴장감에 자신도 모르게 입을 닫았다. 그들의 시선은 자연스레 한곳으로 모였다.

적무양을 발견한 누군가의 입에서 비명과 같은 고함이 터져 나왔다.

"적, 적무양이다!"

그것을 필두로 무인들은 혼란에 잠겼다.

위대치가 당황하여 물었다.

"적, 적 선배가 이곳에는 무슨 일이십니까?"

그의 질문에 적무양은 의미심장한 미소를 띠며 답했다.

"우연히 근처를 지나가고 있었지. 그런데 정말 재미있는 장면을 목격하게 되었군. 이런 상황을 보고 그냥 갈 수가 있나? 내가 해주겠네."

뜬금없는 적무양의 말에 위대치가 불안한 표정으로 물었다.

"무엇을 하겠다는 말입니까?"

"중재 말일세. 팔선문의 장문인 자격으로 내가 자네와 무림맹주의 협상을 중재해 주겠다는 말이지."

적무양의 말에 위대치의 표정이 울상이 되었다.

목적 달성을 눈앞에 두고 뜻밖의 방해꾼이 나타난 것이다.

그것도 천하에서 가장 강력한 방해꾼이.

*　　*　　*

유검호는 전력을 다해 달렸다.

지금껏 살아오면서 이토록 빠르게 달린 적은 없었다.

하지만 그것으로 부족했다.

주천학의 능력을 생각했을 때, 그는 이미 남경에 도착했을 것이다.

자칫하면 묘선옥은 물론이고 청수장에 남아 있는 모든 이들이 화를 당할지도 몰랐다.

'얼마나 버틸 수 있을까?'

유검호는 전력을 따져 보았다.

큰 도움이 되지 않는 강은설과 아이들은 제외해야 한다.

남은 것은 북마도의 섭 씨 자매와 금차연, 방동한 부부, 그리고 흑도비다.

사실 그들 한 명 한 명이 무림에서는 극강의 고수로 꼽힐 만한 실력을 가지고 있다.

단순히 무력만으로 따지면 청수장은 무림에서 가장 강한 세력이라고 자신할 수 있다.

하지만 상대가 주천학이다.

유검호는 주천학을 자신과 동급으로 치고 생각해 보았다.

'나라면?'

사정을 봐주지 않는다면 그들 모두를 쓰러뜨리는 데 반시진

이 채 걸리지 않을 것이다. 그마저도 그들이 정면으로 대항하지 않고 뿔뿔이 흩어졌을 경우를 가정한 것이다. 실제로 교전 시간은 십분지 일도 되지 않을 것이다.

아마 주천학이라면 그 시간은 더욱 단축될지도 모른다.

결국 그들이 온전하게 버틸 수 있는 시간은 길게 잡아도 반 시진 이내라는 뜻이다.

말 그대로 시간과의 싸움.

'남경까지 천삼백 리.'

빠른 걸음으로 열흘이 넘게 걸려서 왔던 길이다.

지금 유검호는 천삼백 리 길을 반 시진 만에 돌파해야 하는 것이다. 품질 좋은 말이 하루 종일 달리면 육백 리를 간다. 사람이 그 두 배가 넘는 거리를 반 시진 만에 달린다는 것은 불가능한 일이었다.

'젠장. 밑천 다 쏟아부어야겠구만.'

유검호는 달리는 와중에 태무신공을 한계까지 끌어 올렸다.

태무신공을 이 정도로 극한까지 사용한 것은 처음이었다.

곧이어 배경이 흐릿해지며 빛의 물결이 나타난다.

유검호는 그 흐름에 뛰어들었다. 몸이 마치 분해되듯 조각나는 기분이 들었다. 온몸이 찢겨 나갈 듯한 압력 속에 유검호는 태무신공을 한 단계 더 끌어 올렸다.

그의 몸이 길게 늘어지듯 빛으로 녹아든다.

그 순간. 이 세상에 유검호라는 존재가 사라졌다.

*　　　*　　　*

가장 먼저 이변을 알아차린 것은 흑도비였다.

아이들과 뛰어놀던 흑도비가 우뚝 멈추었다.

"음?"

그의 시선이 향한 곳은 장원 중앙이었다.

그곳에 회색 기운을 털어내며 나타나는 사내가 있었다.

"꽤 큰 장원이군."

공간을 비집고 나타난 사내는 바로 주천학이었다.

그를 보자 흑도비의 표정이 딱딱하게 굳어졌다.

"꼬마 사저들. 뒤로 물러나 있어."

긴장한 그의 목소리에 소린과 화미영이 의아해하며 주천학을
보았다.

그 순간.

주천학의 모습이 사라진다.

동시에 흑도비가 몸을 띄운다. 흑도비의 주먹이 한곳을 노리
고 쏟아진다.

흑도비의 주먹이 노리는 곳. 아무것도 없던 허공에 주천학이
나타난다. 주천학이 벌레를 쫓듯 가볍게 손을 휘두른다.

파팍.

묵직한 격타음. 주천학의 단순한 손짓에 흑도비가 튕겨 나갔
다.

콰앙.

흑도비의 거구가 담벼락에 파묻혔다.

"앗. 흑 아저씨!"

소린이 놀라며 흑도비에게 달려가려 했다.

주천학이 어느새 그 앞을 막아선다.

"걱정 말거라. 곧 보게 될 테니."

주천학의 말에 소린이 이를 악물며 몸을 띄운다.

작은 발과 주먹이 허공을 화려하게 수놓는다.

동시에 화미영이 혈사편으로 주천학의 중하단을 노렸다.

미리 짜놓은 것처럼 절묘한 합공이다. 그들은 말로 하지 않아도 서로의 마음을 알 수 있을 만큼 호흡이 잘 맞았다.

주천학은 미처 대응하지 못한 듯 공격을 그대로 맞았다.

퍼퍼퍼펑.

두 아이의 작은 주먹과 발이 수없이 쏟아져 내렸다.

주천학의 얼굴과 몸에서 가죽부대 터지는 소리가 연달아 터져 나왔다.

아이들의 것이라고 생각할 수 없는 강맹한 공격이다.

외공에 조예가 깊은 무림인이라도 충격을 받을 만한 공세.

하지만 유검호의 검을 받고도 멀쩡했던 주천학이다.

아이들의 공격이 끝나자 아무렇지도 않은 표정으로 손가락을 튕긴다.

투웅.

그의 손가락이 아이들의 손과 발을 건드리는 순간.

"꺄악!"

소린과 화미영은 엄청난 충격에 비명을 지르며 튕겨져 나갔다.

"앗. 얘들아!"

때맞춰 나타났던 강은설이 두 아이를 받기 위해 달려들었다.

주르륵.

두 팔을 활짝 펴고 아이들을 받아내려던 강은설의 몸이 뒤로 끝없이 밀려난다.

"으윽."

강은설은 온갖 발버둥을 쳤지만 힘이 해소되지 않았다.

세 사람이 뒤엉켜 벽에 부딪치기 직전.

큼직한 손이 강은설의 어깨를 받쳐주었다.

"헉헉. 사저. 괜찮아?"

거친 숨을 몰아쉬며 묻는 것은 흑도비였다.

"괘, 괜찮아. 도비 사제는?"

"나도 괜찮아."

하지만 흑도비의 모습은 결코 괜찮아 보이지가 않았다.

얼굴은 피투성이였고 옷은 갈기갈기 찢겨져 나갔다. 팔 한쪽은 부러지기라도 했는지 덜렁거렸고 가슴은 움푹 꺼져 있다.

척 보기에도 서 있는 것조차 힘들어 보이는 몰골이다.

흑도비를 보자 강은설은 일의 심각성을 깨달았다.

'하필 아저씨가 없을 때.'

천하의 강골이라는 흑도비를 단 한 번의 격돌만으로 만신창이로 만들 정도의 적이 나타난 것이다.

그녀의 생각에 동의하듯 흑도비가 굳은 표정으로 말했다.

"사저들. 무조건 멀리 도망쳐. 가급적 대장이 있을 만한 방향으로."

그 말에 강은설은 흠칫했다.

혹도비의 표정이 너무도 비장해서다.

그를 만난 이후 처음으로 보는 진지함이었다.

'흑 사제는 죽음을 각오했구나.'

강은설은 흑도비의 각오를 느낄 수 있었다.

생각 같아서는 그와 함께하고 싶었다. 하지만 그녀도 알고 있었다. 자신이 남아봤자 도움이 되지 않는다는 것을. 더욱이 그녀는 아이들을 돌봐야 했다. 비록 소린과 화미영이 그녀보다 무공은 높았지만, 어쨌든 그들은 어린아이다. 어른인 자신이 돌봐야 할 의무가 있었다.

"도비 사제. 죽지 마."

강은설은 그 말을 남기고 뛰었다. 기절했는지 축 늘어진 아이들의 무게가 두 팔 가득 실려 왔다.

강은설이 달려가는 것을 본 주천학이 웃었다.

"마음대로 갈 수 있을 것 같은가?"

말과 달리 주천학은 강은설을 쫓아가지 않았다.

단지 손을 들어 올려 강은설의 등을 겨누었을 뿐이다.

주천학의 손에서 회색 기운이 아른거린다 싶었을 때.

검은 얼굴이 그 앞을 불쑥 가로막는다.

"나하고 먼저 놀아봅시다."

흑도비는 머리로 주천학의 손을 들이박아 버렸다.

주천학이 한 걸음 물러선다. 그도 설마 박치기를 할 줄은 예상치 못한 듯했다.

물러서는 그를 흑도비가 따라붙는다.

파파파팍.

흑도비의 두 발이 맹렬한 회전을 담아 주천학에게 쏟아졌다.

정신 차릴 수 없을 만큼 빠른 발차기가 주천학의 전신을 두들긴다.

소린과 화미영의 것과는 차원이 다른 공격이었다.

무쇠라도 박살 낼 만한 발차기가 끝나자 곧바로 주먹질이 이어진다. 피하고 자시고 할 사이도 없을 정도로 빠르고 매끄러운 연환 공격이었다.

제아무리 무공이 강한 고수라도 피떡이 되었을 것이다.

하지만 흑도비는 점점 더 압박감을 느껴야만 했다.

공격을 멈추면 안 될 것 같은 위기의식 때문이었다. 잠시라도 공세를 늦추었다간 모든 것이 끝날 것 같았다.

흑도비는 공격에 더욱 박차를 가하려 했다.

하지만 그의 공격은 마침내 끝이 나고 말았다.

상단을 노리던 발이 강한 힘에 잡혀 버렸기 때문이다.

주천학은 한 손으로 흑도비의 발을 들어 올린 채 웃고 있었다.

"굉장히 인상적인 공격이었네."

주천학의 모습은 처음과 조금도 달라지지 않았다.

충격을 받는 것은 고사하고 제자리에서 한 걸음도 움직이지 않았다.

흑도비가 위기감을 느낀 것은 그 때문이었다.

어떤 공격을 가해도 전혀 반응이 없는 상대. 실로 괴물이라 칭하기에 부족함이 없었다.

주천학이 말했다.

"자네처럼 재능 있는 인간들을 보면 감탄이 나오곤 하지. 감정이란 것이 모두 사라진 것은 아닌 모양이야. 내 감정을 움직인 대가로 상을 주지. 어떤가? 내 밑으로 들어오는 것이?"

주천학의 말에 흑도비는 하얀 이를 드러내며 씩 웃었다.

"내 대장은 한 명뿐인데, 당신은 아니야."

흑도비의 대답에 주천학은 싸늘한 목소리로 말했다.

"그럼 죽어."

주천학의 손이 흑도비의 가슴으로 향한다.

그 순간. 흑도비가 몸을 띄워 올렸다.

흑도비의 남은 한 발이 주천학의 얼굴을 차올린다. 그는 회전력으로 주천학에게 붙잡혀 있던 발을 풀어내려 했다.

그러나 주천학의 신체는 그 어떤 충격에도 흔들리지 않았다.

그는 흑도비의 발에 얼굴을 고스란히 얻어맞고도 여전히 흑도비의 발을 풀어주지 않았다.

흑도비는 두 발이 모두 땅에서 떨어진 상태.

흑도비가 당황하여 급히 몸을 바로 하려 하였다.

그러나 이번에는 주천학의 움직임이 먼저였다.

푸욱.

주천학의 수도가 흑도비의 복부를 꿰뚫고 지나간다. 눈으로 보고도 피할 수 없는 공격이었다.

"크헉."

사방에 피가 튀겼다.

흑도비는 신음을 삼키며 주천학의 손목을 움켜쥐었다.

피에 젖어 미끈거리는 손목을 꽉 쥐고 두 발로 주천학의 팔과 어깨를 휘감았다. 뱀이 나무를 타고 오르듯 휘감고는 있는 힘껏 팔을 비틀어 버렸다.

원래는 어깨가 빠지거나 팔이 부러졌어야 할 상황이었다.

그러나 주천학의 팔은 무쇠로 만들어진 것처럼 멀쩡했다.

오히려 몸을 비트느라 흑도비의 복부에 난 상처만 더욱 벌어졌다.

자신보다 거구인 흑도비를 한 팔에 매달고도 주천학은 힘든 기색 하나 없이 입을 열었다.

"다했나?"

주천학의 한마디에 흑도비는 온몸에 힘이 쭉 빠졌다.

어떤 방법을 써도 주천학에게는 타격을 줄 수 없음을 느낀 것이다.

주천학은 흑도비의 복부에 꽂아놓은 손을 높이 들어 올렸다.

'제기랄. 아직 연애도 실컷 못해봤는데.'

흑도비가 속으로 안타까움을 토로할 때.

주천학의 팔이 떨어져 내렸다.

콰앙.

흑도비의 머리가 사정없이 땅에 부딪쳤다.

극심한 충격에 신음조차 나오지 않았다. 가물가물해지는 의식 너머로 주천학의 말이 들려왔다.

"마지막으로 기회를 주지. 이 손을 잡아라. 그럼 살려주겠다."

흑도비는 부들부들 떨며 고개를 들었다.

주천학이 손을 내밀고 있는 것이 보인다. 그것을 잡으면 그의 부하가 된다는 뜻이다.

흑도비는 힘겹게 팔을 들어 올렸다.

주천학은 그럴 줄 알았다는 듯 웃는다.

그는 흑도비의 손을 잡아주겠다는 듯 상체를 살짝 내렸다.

그러자 기다렸다는 듯 흑도비의 손가락이 굽혀졌다. 주먹을 쥔 채 가운데 손가락만을 쭉 펴서는 주천학의 얼굴에 대고 까딱거린다.

주천학의 얼굴에서 웃음기가 지워졌다.

알 수 없는 행위였지만, 그것이 모욕임은 굳이 묻지 않아도 알 수 있었다.

"아쉽게 되었군. 자네가 마음에 들었는데."

주천학은 차가운 목소리로 말하며 손을 거두었다.

뒤이어 그의 발이 흑도비의 머리를 짓밟아 버린다.

콰앙.

흑도비의 머리가 완전히 땅을 파고들었다.

털썩.

간신히 들어 올리고 있던 팔이 힘없이 떨어져 내렸다.

부들부들 떨리던 몸이 경련을 멈추고 축 늘어진다.

주천학은 확실히 마무리하려는 듯 다시금 발을 들어 올렸다.

그때 뾰족한 고함을 지르며 달려드는 인영이 있었다.

"이 새끼야! 그만해!"

마치 성난 멧돼지처럼 거센 흙먼지를 일으키며 돌진하는 것은 북마도의 거구녀, 섭화란이었다.

섭화란은 온몸으로 주천학에게 부딪쳐 갔다.

그 저돌적인 돌진에 주천학은 가소롭다는 듯 손을 내민다.

섭화란의 몸통 공격이 주천학의 손을 강타했다.

쾅.

"으윽."

주천학의 손바닥은 그리 크지도 않았건만, 섭화란은 마치 철벽과 부딪친 것 같은 충격을 받아야만 했다. 주천학이 비틀거리는 섭화란을 밀친다.

"컥."

그저 손바닥으로 가볍게 밀친 것뿐인데 섭화란은 피를 토하며 나뒹굴었다.

쓰러진 섭화란의 뒤로 다시 몇 명이 나타났다. 섭부용을 비롯한 북마도의 사람들이었다.

섭부용은 피투성이가 되어 쓰러진 혹도비를 보고는 인상이 굳어졌다.

"당신이 그랬나요?"

냉기가 풀풀 묻어나는 목소리다.

하지만 주천학은 섭부용의 살기는 조금도 신경 쓰지 않았다.

"아름다운 계집이군. 몇십 년만 일찍 만났다면 품고 싶은 마음이 들었을 거야."

주천학은 마치 그림을 감상하듯 섭부용의 위아래를 훑어보았다.

"이런 무례한 놈!"

철심파파가 대노하여 나서려 했다. 그때 방동한이 그녀를 붙잡았다.

"여긴 내가 맡을 테니, 임자는 도주님과 함께 자리를 피하게."

"그게 무슨 개소리……."

화를 내며 면박을 주려던 철심파파가 입을 닫았다.

방동한의 모습 때문이다. 방동한은 잔뜩 굳은 표정으로 주천학을 노려보고 있었다.

'떨고 있어.'

철심파파는 방동한을 평생 동안 알아왔지만, 그가 누군가를 두려워하는 것을 본 적이 없었다.

그런데 지금 방동한은 떨고 있었다.

그 말은 한 가지를 뜻한다.

'감당할 수 없는 적!'

철심파파는 이성을 되찾았다.

땅에 처박혀 있는 흑도비와 섭화란은 모두 그녀보다 강자였다. 특히 흑도비는 어쩌면 섭부용보다 강할지도 몰랐다. 그런 고수조차 일방적으로 당했다.

'도주님이 위험하다.'

철심파파는 그제야 방동한의 말뜻을 이해했다.

방동한은 자신의 목숨을 바쳐 시간을 끌겠다는 말을 하고 있는 것이다. 그동안 섭부용을 살리라는 뜻이다.

"도주님. 일단 자리를 피하시지요."

철심파파의 말에 섭부용이 고개를 돌린다.

그녀의 얼굴에는 결연함이 떠올라 있다.

"지금 이 자리를 피하면 다음은 없어."

그녀의 말에 철심파파는 애가 탔다.

누구보다 총명한 섭부용이 상황을 이해하지 못했을 리가 없다. 그럼에도 그녀는 물러설 수 없다고 판단했다.

무인으로서는 그 판단이 옳다고 생각했다.

그녀의 말대로 지금 등을 보인다면 섭부용은 무인으로서의 신념이 꺾이게 된다. 신념이 꺾인다는 것은 섭부용과 같은 무인에게는 더할 수 없는 고통이다.

하지만 철심파파는 무인으로서 판단할 수가 없었다.

그녀에게 섭부용은 인생의 모든 것이다. 그 어떤 희생을 치르더라도 섭부용이 죽게 놓아둘 수는 없었다.

철심파파는 방동한을 보았다.

그녀의 뜻을 파악한 방동한이 은밀히 움직였다.

타탁.

은밀한 기운이 섭부용의 등 뒤로 쏘아진다.

섭부용은 모든 신경을 주천학에게 쏟고 있었기에, 방동한의 기습을 파악하지 못했다. 그녀가 뒤늦게 감지하고 몸을 피하려 했으나 방동한은 귀신처럼 따라 붙으며 마혈을 짚어 버렸다.

철심파파가 쓰러지는 섭부용을 부축했다.

섭부용이 힐책하듯 철심파파를 노려보았다.

"압니다. 알아요. 하지만 노신한테는 도주님의 안위가 더 중요합니다. 나중에 죽음으로라도 이 불경을 씻겠습니다."

철심파파의 말에 섭부용은 한숨을 쉬며 눈을 감아버렸다.

방동한이 앞으로 나서며 재촉했다.

"더 늦기 전에 가시게. 가면서 미영이도 챙기고."

철심파파는 그의 등을 보며 주저주저 말했다.

"영감. 다 늙어서 과부 만들지 말아요."

"노력해 보지."

방동한은 긴장한 얼굴로 주천학에게 다가섰다.

주천학은 재미있다는 표정으로 그들을 구경하고 있었다.

"작별 인사는 다 끝났나?"

"기다려 줄 수 있으면 더 하고."

"별로 그러고 싶진 않군. 슬슬 지루해졌거든."

"성질이 급하군. 그보다 묻고 싶은 게 있네."

"뭐지?"

"자네 마인인가?"

주천학은 고개를 갸웃거리며 되물었다.

"마인? 무슨 의도로 묻는 거지?"

방동한은 쓰러져 있는 흑도비와 섭화란을 힐끗 보며 말했다.

"자네 힘을 보니 정상은 아닌 것 같아서 묻는 거네. 혹시 북혈마군의 혼에 침식당한 것이 아닌가 하고 말이야."

방동한의 말에 주천학은 뜻밖의 이야기를 했다.

"북혈마군의 혼이라. 그 비슷한 이야기를 들은 적이 있지. 자신이 북혈마군의 화신이라던가? 내 영혼을 흡수하겠다더군. 하도 자신만만하기에 긴장했었지. 그때는 나도 두려움이라는 감정을 지니고 있었을 때였으니까."

방동한이 급히 물었다.

"그래서? 어떻게 되었지?"

북혈마군에 관련된 일은 북마도의 오래된 숙원이었다.

주천학의 입을 통해 그 비화가 흘러나오고 있는 것이다.

"자신하던 것과는 다르더군. 오히려 내가 그를 잡아먹었지. 그러고 보니 내 성격이 바뀐 것도 그때부터였군. 아마 그의 마성이 내게도 영향을 끼친 모양이야."

방동한은 크게 놀라 소리쳤다.

"마인을 잡아먹었다고? 네놈의 정체가 무엇이란 말이냐?"

새로운 목소리가 그 물음에 대답했다.

"그는 건곤술의 전인이에요."

방동한의 말에 대답한 것은 묘선옥이었다.

묘선옥의 등장에 주천학의 눈빛이 번뜩였다.

"호오. 숨을 거라 생각했는데. 스스로 나서다니. 의외로군."

주천학의 말에 묘선옥은 쓴웃음을 지었다.

"숨는다고 피할 수 있는 상대가 아니니까요."

"나를 잘 아는 것처럼 말하는군."

"잘 알지는 못해요. 단지 당신이 건곤술의 전인이라는 것을 알고 있을 뿐이죠."

"저 친구도 그랬지만, 너도 내 정체에 대해 관심이 많은 모양이구나."

"팔선의 전인들을 해쳤으니까요."

"그게 네겐 큰일이었나 보구나."

주천학은 자신의 행동에 거리낌이 없는 듯 대수롭지 않게 말했다. 그의 태도에 묘선옥은 탄식하며 말했다.

"사실 당신을 직접 보기 전까지 북혈마군의 영혼에 침식당한 자가 건곤술의 전인으로 위장한 거라고 생각했어요. 사부님도 돌아가실 때까지 그렇게 생각을 하셨고요. 설마 같은 팔선의 전인이 그런 짓을 할 거라곤 생각할 수 없었거든요."

"사람은 보고 싶은 것만 보게 마련이지."

"맞아요. 선대의 전인들이 그래왔던 것처럼, 또 제가 그랬던 것처럼 모두 올곧게 살기를 바라는 마음이 팔선의 전인들은 모두 선하다는 편견을 만들었나 봐요. 제 생각이 틀렸네요. 팔선의 전인이라도 악인은 있나 봐요. 하지만 궁금하긴 해요. 당신이 원래 악했는지, 아니면 북혈마군의 영혼 때문에 타락한 것인지."

주천학은 잠시 생각하더니 대답했다.

"아마 둘 다겠지. 본래의 나는 욕심이 많았지만 속내를 드러낼 용기가 없어 감추면서 살았었지. 그런데 건곤술로 북혈마군의 영혼을 포획하고 났더니 없었던 용기가 생기더군. 네가 말하는 악심이라는 거겠지. 그때부터 속으로만 지녔던 욕망을 표출하기 시작했다. 악행이라는 것은 대부분 이 시기에 이루어졌다. 하지만 능력이 더해질수록 점점 감흥이 없어지더구나. 모든 것이 무의미해져 갔지. 지금 내게 의미가 남아 있는 것은 오직 팔선의 비기를 모두 얻어 완전해지는 것뿐이다."

"팔선의 비기를 모두 얻으면 무엇을 하려고요?"

"글쎄. 난 지금도 인간의 오욕칠정을 거의 느끼지 못한다. 남은 선인의 비기를 모두 얻어 완전해지면 내가 어떻게 변할까? 신선이 되어 그냥 사라질 수도 있겠고, 너희가 말하는 악인이 되어 세상을 망하게 만들 수도 있겠지. 어쩌면 신이 되어 다른 세상을 창조할지도. 내가 무엇을 할지 나도 전혀 알 수가 없군.

지금 분명한 것은 팔선의 비기를 모두 얻어 완전해지는 것만이 내가 인간으로서 가진 마지막 욕망이라는 것이다."

주천학의 말에 묘선옥은 슬픈 표정으로 말했다.

"안타깝군요."

"뭐가 안타깝다는 거지?"

"팔선이 비기를 남긴 것은 좋은 의도였을 텐데, 당신은 오히려 그들이 남긴 것 때문에 자신을 잃어버린 것 같아서요."

그녀의 말에 주천학은 피식 웃어 버렸다.

"그렇게 생각할 수도 있군. 어쨌든 이제 할 말은 다 했나? 시간은 충분히 준 것 같은데."

주천학은 말을 하며 묘선옥의 뒤쪽으로 시선을 던졌다.

철심파파가 섭부용을 데리고 사라진 방향이었다.

묘선옥은 그의 말뜻을 알고 입을 열었다.

"제가 그들이 도망칠 시간을 벌기 위해 시간을 끌었다고 생각하는군요."

주천학은 의아한 표정으로 물었다.

"그게 아니었나?"

"시간을 끈 것은 맞아요. 하지만 그들이 도망치기 위해서는 아니에요. 어차피 당신이 있는 한, 도망치지 못할 테니까요."

"그럼 왜 시간을 끌었지?"

"치료하기 위해서요."

묘선옥의 대답에 주천학은 더욱 알 수 없어 물었다.

"치료? 누구를?"

대답은 발밑에서 들려왔다.

"흑도비 부활!"

넘치는 기운을 표출하며 시커먼 기둥 두개가 튀어 오른다.

파파파팍.

흑도비의 양발이 마치 수레바퀴가 돌듯 주천학의 얼굴을 연달아 강타했다.

뜻밖의 공격에 주천학이 두 걸음 물러섰다. 흑도비가 튀어 오르며 주천학을 덮쳐 갔다. 큼지막한 두 주먹에 무형의 강기가 피어올랐다.

무시무시한 권강이 주천학을 집어 삼킬 듯이 퍼부어졌다.

콰콰콰쾅.

스치기만 해도 몸이 으스러질 듯한 공세였다.

끝을 모르고 쏟아지는 공격 속에서 주천학의 몸이 사라졌다.

흐릿한 회색 연기만이 그가 있던 자리를 채운다.

"엇?"

흑도비가 놀라며 공격을 멈춘다. 주천학의 움직임을 완전히 놓친 것이다.

멈칫하는 흑도비의 앞에 손 하나가 불쑥 튀어나왔다.

"컥."

정체불명의 손은 흑도비의 굵직한 목을 단번에 낚아챘다.

흑도비의 목을 거머쥔 손 뒤로 주천학의 모습이 나타난다.

주천학은 흑도비를 위아래로 살펴보더니 감탄했다.

"활생술! 일전에 네 사부가 사용하는 것을 본 적이 있었지만, 대단하군. 이토록 완벽하게 치료해 냈는데도 내가 눈치채지 못했다니."

흑도비는 조금 전까지 빈사 직전의 상태였다.

복부의 자상과 내상, 머리에 가해진 충격으로 숨이 붙어 있는 것이 신기할 정도였다.

그런 흑도비가 지금은 멀쩡했다.

그 어떤 상처나 부상도 없는 것이다.

바로 묘선옥의 활생술 덕분이었다.

그녀는 주천학과 대화를 이끌면서 활생술로 흑도비를 치유한 것이다. 활생술의 기운이 워낙 은밀하여 주천학조차 전혀 눈치채지 못하고 있었다.

"시도는 좋았다만, 결과는 또다시 이렇게 되었군."

주천학은 흑도비의 목을 흔들며 말했다.

그때 주천학의 등 뒤에서 목소리가 들려왔다.

"날 잊었나 보군."

콰앙!

주천학의 등 뒤에서 굉음이 터졌다.

물러서는 주천학을 향해 푸른 강기가 쏘아졌다.

강기의 주인은 방동한이었다. 주천학의 주의가 묘선옥에게 쏠려 있는 것을 보고 은밀하게 뒤를 점해 기습 공격을 가한 것이다.

방동한의 기습과 동시에 흑도비가 두 팔을 차올려 주천학의 팔과 목을 동시에 휘감았다.

아까는 복부를 관통당하여 제대로 힘을 쓸 수 없었지만, 이번에는 달랐다.

우두둑.

흑도비의 팔과 다리가 부풀어 올랐다.

바위도 으스러뜨릴 만한 거력이 주천학의 목을 압박한다.

혈맥이 차단당하면 제아무리 강골이라도 쓰러질 수밖에 없다.

흑도비가 주천학의 움직임을 제어하는 동안 방동한은 자유자재로 공격을 가했다.

그의 장기는 현음투살공(玄陰透殺功)이라는 독특한 장공이었다.

천성적으로 살기가 강하고 음침한 성격이었던 방동한은 정심하고 중후한 북마도의 무공과 맞지 않았다. 그는 결국 북마도의 무공을 버리고 현음신마라는 마도인의 무공을 택했다.

현음신마는 한때 무림에서 살성으로까지 불렸던 마인이었지만 전대 북마도주에게 제압당하여 남은 평생을 북마도에 갇혀 지낸 인물이었다. 현음신마는 방동한이 자신과 비슷한 부류임을 알고는 그에게 무공을 전수해 주었다.

그중 현음투살공은 가장 음험하고 위험한 무공이었다.

일단 한 번 스치기라도 한 상대는 혈맥이 찢겨져 온몸의 피를 모두 쏟아내고 죽음에 이른다. 현음투살공의 무서운 점은 상대가 죽기 직전까지 자신의 상태를 알지 못한다는 것이다.

멀쩡히 웃고 떠들던 인물이 느닷없이 피를 쏟아내고는 죽어버리는 것이다.

그야말로 방동한의 성정에 딱 맞는 무공이었다.

그런 현음투살공이 십여 차례나 적중되었다. 금강동인이라도 피를 쏟고 쓰러졌어야 했다.

하지만 주천학은 쓰러지지 않았다.

쓰러지기는커녕 오히려 목을 휘감은 흑도비를 가볍게 떼어내 버린다.

철퍼덕.

주천학은 흑도비를 땅에 내동댕이쳐 버리고는 그를 짓밟았다.

"컥."

흑도비에 비하면 가벼운 주천학이었지만, 그의 발이 올라서 자 흑도비는 견딜 수 없는 압박에 피를 토했다.

방동한이 그를 막기 위해 또다시 현음투살공을 펼쳤다.

장공을 펼치는 그의 손이 희미하게 떨려왔다.

내공 소모가 심한 장공을 전력으로 스무 차례 가까이 펼쳤기에 한계에 달한 것이다.

그때 방동한의 단전으로 은은한 빛이 스며든다. 그가 빛의 존재를 확인하는 순간. 새로운 기운이 샘솟듯 치솟았다. 고갈되었던 단전이 순식간에 차오르고 지쳐 가던 육체가 금방 자고 일어난 것처럼 회복이 되었다.

새로 태어난 것 같은 기분에 방동한은 눈이 번쩍 뜨였다.

기세를 잃어가던 현음투살공이 언제 그랬냐는 듯 충만한 기운을 발산한다.

방동한은 더 이상 내공과 체력을 걱정하지 않고 오로지 공격에만 전력을 다했다.

사정은 흑도비 역시 마찬가지였다.

피를 토하자마자 은은한 빛이 스며들었고, 이내 부상과 체력이 모두 회복되어 버렸다.

혹도비는 대번에 주천학의 발을 밀쳐 내며 그에게 달려들었다.

두 사람의 생생해진 모습에 주천학의 시선이 묘선옥에게 향했다.

묘선옥은 땀을 뻘뻘 흘리며 두 손을 내밀고 있었다.

그녀의 손이 향하는 곳에는 황금빛 기운이 은은하게 나타나고 있었다.

그녀가 뒤에서 활생공으로 두 사람을 돕고 있는 것이다.

"재미있군. 언제까지 할 수 있는지 보자."

주천학의 말이 끝남과 동시에 그의 모습이 사라졌다.

"헛."

목표를 잃은 방동한과 혹도비가 당황하는 사이.

주천학이 방동한의 뒤에 나타났다.

콰직.

일수에 방동한의 가슴이 박살 난다.

"크헉."

비명을 지르자마자 부서졌던 곳이 재생되었다.

정신을 차린 방동한은 급히 현음투살공을 발출했다.

하지만 주천학은 이미 그 자리에 없었다.

사라진 주천학은 혹도비의 앞에서 모습을 드러내고 있었다.

"타압!"

혹도비가 미리 예상하고 있었다는 듯 주먹을 내질렀다.

쾌속하게 쏘아진 권강이 주천학의 손에 가로막힌다. 뒤이어 주천학의 손이 흑도비의 머리를 내리친다.

묘선옥이 다급하게 소리쳤다.

"앗! 죽으면 못 살려요!"

그녀의 비명에 맞춰 흑도비는 간신히 몸을 비틀었다.

덕분에 흑도비는 머리가 박살 나는 것은 면했지만 한쪽 팔이 떨어져 나갔다.

우우웅.

황금빛 기운이 상처를 감싸자 떨어지던 팔이 흩뿌리는 피를 매개체로 도로 어깨에 달라붙는다.

그사이 주천학의 주먹이 흑도비의 가슴을 꿰뚫었다.

흑도비는 이번에도 겨우 몸을 젖혀 심장이 박살 나는 것을 피했다. 구멍 난 상처는 묘선옥에 의해 금세 메워졌다.

그대로는 버티지 못한다는 판단에 흑도비는 땅을 박차고 주천학에게서 떨어지려 했다.

하지만 주천학은 그림자처럼 따라붙었다.

그의 움직임은 흑도비로서도 도저히 피할 수 없을 정도로 빨랐다. 쾌속술 때문이었다.

앞서 쾌속술을 사용했던 백유량도 유검호가 놀랄 정도로 빨랐지만 주천학은 그보다 갑절은 빨랐다.

그의 공세에 흑도비는 물러서면서 연신 비명을 질러야만 했다. 흑도비로서는 즉사할 정도의 치명상을 면하는 것이 최선이었다.

방동한은 방동한대로 죽을 맛이었다.

주천학은 분명 흑도비를 따라다니고 있었지만, 그의 앞에 손

하나가 불쑥불쑥 튀어나와 공격을 가하고 있었기 때문이다.

갑작스럽게 회색 연기와 함께 튀어나오는 손은 무섭도록 빠르고 강했다.

방동한은 주천학의 근처에도 가보지 못하고 연신 몸에 상처만 입어야 했다.

두 사람의 부상 때문에 곤혹을 겪는 건 묘선옥이었다.

그녀는 두 사람이 죽지 않도록 쉬지 않고 활생술을 펼쳐야만 했다.

잠깐이라도 기운을 놓렸다가는 누가 죽어도 이상할 것 없는 긴박한 상황이 계속해서 이어졌기 때문이다.

그녀의 활생술은 이미 전대 전수자인 스승을 넘어선 상태였다. 그럼에도 기운이 바닥을 드러내고 있었다.

묘선옥은 답답함에 버럭 소리쳤다.

"두들겨 맞지만 말고 공격 좀 해봐요!"

그녀의 외침에 흑도비가 주천학의 공격을 무시하고 주먹을 마주 뻗었다.

푸욱.

주천학의 손이 흑도비의 가슴을 깊게 찌른다. 흑도비 역시 주천학의 얼굴을 후려갈겼다.

구멍 뚫린 가슴이 치유되는 사이에 흑도비는 또다시 주천학의 얼굴을 강타했다.

"이야아압!"

때맞춰 방동한이 박력 넘치는 기합을 지르며 주천학의 등에 장심을 붙인다.

전력으로 현음투살공을 시전하는 방동한의 복부에는 회색 연기에 휩싸인 손 하나가 제집처럼 들락날락하고 있었다.

그때부터 몸에 구멍이 하나 생길 때마다 공격을 한 번 하는 기괴한 싸움이 이어졌다.

흑도비와 방동한은 매 공격마다 목숨을 걸어야만 했다.

그도 그럴 것이 단 한 번 긴장을 놓치면 머리나 심장이 날아간다. 일단 숨이 끊어져 버리면 제아무리 묘선옥이라도 되살릴 수는 없었다. 그들로서는 완전히 피하지는 못하더라도 최대한 치명상을 피해야만 했다.

반면 주천학은 그들의 공격을 조금도 신경 쓰지 않는다.

사실, 주천학의 움직임과 능력을 본다면 두 사람의 공격을 얼마든지 피할 수도 있었다.

아마 진심으로 상대한다면 두 사람은 주천학의 그림자조차 보지 못할 것이다.

주천학이 두 사람의 공격을 허용하는 이유는 단 하나였다.

'전혀 통하지 않는군.'

흑도비와 방동한의 공격은 주천학에게 벌레에 물린 것만큼의 피해도 주지 못했다.

전혀 위협이 되지 못한다는 이유가 그나마 공격을 시도할 수라도 있게끔 해주고 있는 것이다.

흑도비는 배에 주먹만 한 구멍이 뚫리는 대가로 주천학의 사혈을 한 번 더 후려갈기며 생각했다.

'이대로는 안 돼.'

흑도비는 묘선옥을 슬쩍 보았다.

그녀는 전신이 땀에 젖어 있었다. 들어 올린 손이 덜덜 떨리는 것으로 보아 이미 한계에 도달한 듯했다.

수십 번은 죽었을 만한 상처들을 혼자서 치유해 왔으니 아직까지 힘을 유지하고 있는 것이 대단한 일이었다.

그나마도 이제는 끝이 보인다.

'방법을 바꿔야 해.'

흑도비는 힘겹게 숨을 몰아쉬며 잠시 물러섰다.

그사이 방동한이 사정없이 두들겨 맞는다.

"크헉. 이, 이놈아. 쿨럭. 같이, 크헉. 싸워야지. 혼자 내빼면, 컥."

혼자 두들겨 맞는 방동한이 비명 반 원망 반 소리를 내지른다.

"조금만 버텨 보라고요. 기가 막힌 방법을 생각하고 있으니까."

흑도비는 소리치며 주천학을 샅샅이 살폈다.

"무슨 방법일지 궁금하군. 천천히 생각해 보게."

주천학은 궁금하다는 표정으로 흑도비를 기다려 주기까지 한다. 그러는 동안 방동한의 비명만 더욱 커져 간다.

"어디 한번 해보자!"

흑도비는 이를 악물며 두 손을 모았다.

그의 양손에 강력한 내공이 응축되기 시작한다.

파지직.

그의 두 손에 뇌전이 튀어 오르며 검은 구체가 뭉게뭉게 피어오른다. 구체는 콩알만 한 크기였다. 그것만으로도 흑도비의 얼굴이 땀으로 범벅이 되었다.

"허억허억. 됐다."

흑도비는 구체를 만들어낸 것에 큰 성취감을 느낀 표정이다.

"호오. 그것으로 뭘 하겠다는 거지?"

주천학은 더욱 흥미로워하며 방동한을 두들겨 팼다.

"끄아아악! 이놈아! 사람 죽겠다! 빨리 좀 해라!"

방동한의 입에서는 돼지 멱따는 소리가 터져 나오고 있었다.

흑도비는 호흡 가다듬으며 두 손을 내밀었다.

그의 손에 맺혀 있던 검은 구체가 천천히 밀려 나간다.

처음에는 느릿느릿하게 움직이던 구체가 흑도비의 손에서 완
전히 떨어지자 빛살 같은 속도로 주천학에게 쏘아졌다.

피피피핏.

흑구는 주천학에 이르러 산산이 부서져 나가더니 그의 전신
을 에워싼다. 이어서 구체는 거대한 원형의 형살이 되어 주천학
을 가두어 버렸다.

"해냈어!"

흑도비는 기쁨의 환호를 터트렸다.

그가 사용한 것은 암혼포구(暗魂捕球)라는 것이다.

그것은 적무양이 혈사교주를 상대로 썼던 무공이었다.

주천학을 상대하다 보니 그의 몸이 당시의 혈사교주와 같이
금강불괴에 가깝다고 느껴졌다. 그래서 적무양이 혈사교주를
상대했던 방법을 생각해 낸 것이다.

막상 생각은 했지만 제대로 배운 적도 없었다.

이론적인 부분을 대충 듣기는 했지만 사용할 생각은 해본 적

도 없었다.

대략적인 이론을 듣고, 먼발치에서 한 번 본 것이 전부인 무공. 그것만으로 첫 시도 만에 성공을 해야 했다.

더욱이 흑도비의 장기는 격투였지 내공이 아니었다. 평소 내공 수련을 등한시했기에 기를 다루는 무공은 상대적으로 취약하다. 성공할 가능성보다 실패할 가능성이 더욱 높은 무공인 것이다. 지금으로써는 생각할 수 있는 방법이 그뿐이었기에 죽기 살기로 시도했을 뿐이다.

그런데 한 번에 성공을 해버린 것이다.

"역시 난 무공 천재!"

흑도비는 스스로에 감탄하며 암혼포구를 움직였다.

그의 뜻에 따라 암혼포구가 주천학을 가둔 채 허공으로 떠오른다.

"허헉. 잘한다! 잘해!"

드디어 고통에서 해방된 방동한이 털썩 주저앉으며 칭찬했다. 방동한은 실로 지옥을 경험한 기분이었다. 특히 흑도비가 빠지고 주천학의 공격을 혼자 감당했던 시간은 기억에서 지워버리고 싶을 정도로 고통스러웠다. 나중에는 자신이 살았는지 죽었는지조차 구분할 수 없을 지경이었다.

그런 와중에 흑도비가 괴상한 무공으로 주천학을 포박하자 달려가 뽀뽀라도 해주고 싶은 심정이었다.

방동한이 기쁜 마음으로 숨을 몰아쉬며 휴식을 취하려 할 때, 흑도비가 소리쳤다.

"땅 파요. 땅. 이놈 묻어버리게!"

그의 외침에 방동한은 잠시 어리둥절하더니 이내 흑도비의 의도를 파악한 듯 벌떡 일어났다.

"그래. 묻어버리자. 두 번 다시 나오지 못하도록."

방동한은 있는 힘, 없는 힘 다 끌어 모아 땅을 후려쳤다.

그의 장력에 땅이 한 자씩이나 움푹움푹 파여진다.

그들의 모습을 지켜보던 묘선옥이 한숨을 쉬며 불렀다.

"이봐요."

묘선옥의 부름에 흑도비가 버럭 소리 지른다.

"말 걸지 마요! 지금 집중하느라 바쁘니까!"

세상을 구하는 영웅이라도 된 것처럼 진지한 목소리다.

묘선옥이 고개를 절레 저으며 다시 말했다.

"그는 공간을 자유자재로 다룬다고요."

"공간을 다뤄봤자 한 번 갇히면 절대로 못 빠져나가… 잉? 공간?"

흑도비는 말을 하다 말고 입을 쩍 벌렸다.

뒤늦게 주천학이 이곳저곳 나타나던 광경이 떠오른 것이다.

주천학이 워낙 몸으로 맞아주며 싸운 탓에 금강불괴라는 특징만이 도드라지게 각인되어 미처 생각지 못하고 있었다.

흑도비는 천천히 고개를 돌렸다.

분명 조금 전까지 암혼포구에 갇혀 있었던 주천학이 그의 옆에 서 있었다. 심지어 주천학은 뒷짐을 쥐고 방동한이 땅을 파는 것을 구경까지 하고 있었다.

"대, 대체 어떻게……."

당황한 흑도비의 얼굴에 주천학의 손이 날아와 꽂혔다.

퍼억.

흑도비의 얼굴이 피범벅이 되며 방동한에게 날려졌다.

미처 피하지 못한 방동한이 흑도비에 깔려 자신이 판 구덩이에 굴러 떨어졌다.

우드득.

떨어지며 부러지기라도 한 듯 방동한의 다리가 기형적으로 휘어진다.

"끄윽."

구덩이에 갇혀 신음하는 두 사람의 머리 위로 주천학이 다가왔다.

"제법 재미있는 장난이더군. 하지만 내게는 안 통해. 그럼 다시 시작해 볼까?"

주천학의 말에 방동한이 신음하며 소리쳤다.

"으으윽. 차라리 그냥 죽여라. 때려 죽여도 더 이상은 못 싸우겠다."

방동한의 말이 끝남과 동시에 황금빛 기운이 그를 치유한다.

"으아아악!"

방동한은 비명을 지르며 주천학에게 덤벼들었다.

퍼퍼퍼퍽.

한결 매서워진 주천학의 공격에 방동한의 사지가 하나씩 떨어져 나간다. 그리고 떨어진 팔다리는 이내 다시 몸에 달라붙기를 반복했다.

구덩이에 쓰러져 있던 흑도비가 그 장면을 보고 질린 표정으로 슬금슬금 뒷걸음질 쳤다.

그의 뒤로 주천학의 손이 공간을 격하고 불쑥 나타난다.

흑도비는 아까의 방동한처럼 몸체 없는 팔에 괴롭힘을 당해야만 했다.

괴이한 격전은 그리 오래지 않아 끝을 맞았다.

묘선옥이 지쳐 쓰러졌기 때문이다.

압도적인 무력 차이에도 그들이 지금껏 버틸 수 있었던 이유는 두 가지였다.

하나는 주천학이 진력으로 그들을 상대하지 않았다는 것이고, 다른 하나는 바로 묘선옥의 활생술 때문이었다.

그녀의 치유가 아니었다면 두 사람은 진작 죽었을 것이다.

그런 묘선옥의 힘이 다했으니 더 이상 버틸 재간이 없었다.

방동한이 팔이 떨어져 나간 채로 먼저 쓰러졌다. 뒤이어 흑도비 역시 피를 토하고 쓰러졌다.

묘선옥은 피투성이가 되어 쓰러진 흑도비와 방동한을 안타깝게 보았다. 빨리 치유하지 않으면 두 사람은 곧 생명이 다할 것이다.

묘선옥은 어떻게든 그들을 치유하기 위해 활생술의 기운을 불러 들였다. 하지만, 금빛 기운은 더 이상 그녀의 뜻대로 움직이지 않았다.

스스로 영성을 지닌 활생술이 그녀가 한계라고 판단한 것이다. 활생술은 주인을 지키기 위한 최소한의 기운을 남기기 위해 그녀의 의지를 거부했다.

묘선옥으로서도 더 이상은 해줄 수 있는 것이 없는 것이다.

묘선옥이 체념한 듯 손을 떨어뜨리자 주천학이 다가왔다.

"이게 끝인가?"

그의 물음에 묘선옥은 고개를 끄덕였다.

"그래도 제 예상보다는 오래 버텼네요."

"그렇군. 마지막으로 하고 싶은 말은?"

"전 죽는 건가요?"

"아마도."

"그럼 마지막으로 부탁 하나만 해도 될까요?"

"말해보거라."

"활생술을 얻고 나면 이곳 사람들을 죽이지 말아주세요."

주천학이 살심을 품으면 흑도비와 방동한뿐만 아니라 먼저 몸을 피한 사람들도 결코 무사할 수가 없었다.

묘선옥을 그것을 알기에 활생술을 담보로 그들을 구하고자 한 것이다.

그러나 주천학은 고개를 저었다.

"안 됐지만 들어줄 수 없구나. 내겐 이들을 죽어야만 하는 이유가 있단다."

"유 문주님을 불러내기 위해서죠? 그거라면 걱정하지 않아도 돼요. 굳이 그들을 모두 죽이지 않아도 유 문주님이 반드시 당신을 찾아갈 테니."

"그 말을 믿어주고 싶지만, 입장이 달라서 안 되겠구나. 그것 말고 다른 할 말은 없는가?"

"그렇군요. 그럼 마지막으로 한마디만 더 할게요."

주천학은 느긋하게 기다려 주었다.

어차피 불사의 묘리를 터득한 그였기에 시간에 쫓길 일은 없었다.

묘선옥은 깊게 심호흡을 했다.

그리고 허공을 올려다보고 힘껏 외쳤다.

"귀숙! 살려주세요!"

나 깨우지 마!

돌연 하늘이 어두워졌다.

쩌저적.

굉음과 함께 땅이 갈라지며 거대한 문이 생겨났다.

"귀문개방(鬼門開放)!

음산한 목소리가 터져 나오는 순간. 거대한 문이 활짝 열린다.

끼야아아악!

소름끼치는 괴성이 온 천지에 울려 퍼졌다.

괴성과 함께 문에서 튀어나온 것은 수만 개의 마귀였다. 존재 자체만으로도 혐오감을 느낄 만큼 흉측한 형상의 마귀들이 앞을 다투어 주천학에게로 쏟아져 내린다.

투두둑.

마치 우박이 떨어지듯 쉴 새 없이 쏟아지는 마귀들.

실로 무시무시한 기세였다. 담이 약한 사람은 보는 것만으로 기절할 정도였다.

그 압도적인 광경에 주천학의 얼굴에도 긴장감이 떠올랐다.

팟.

마귀들이 덮치기 직전. 주천학은 건곤술로 몸을 이동시켰다.

주천학이 망령들에게서 십여 장 떨어진 곳에 나타났을 때.

그림자 속에서 검은 손 두개가 불쑥 튀어나와 그의 발을 움켜 쥔다.

주천학은 다시 건곤술로 몸을 이동시켰다. 하지만 한 번 달라 붙은 손은 마치 한 몸처럼 그를 따라 같이 이동해 왔다.

운신이 자유롭지 못하자 주천학은 인상을 찌푸렸다.

"놓아라."

주천학의 손이 허공을 쏙 비집고 들어간다.

그의 손이 발밑에서 나타나더니 발목을 잡고 있는 마귀를 건 드렸다.

펑! 펑!

단지 건드리는 것만으로 마귀가 터져 나가며 시커먼 연기가 피어올랐다.

그러나 그것은 시작에 불과했다.

수만 마리의 마귀가 오직 주천학 한 명만을 노리고 몰려들고 있었다.

마귀는 마치 주천학과 같이 순간이동을 하듯 허공을 격하고 이동했기에 그 움직임을 파악하기가 쉽지 않았다. 또한 속도 역시 어떤 절정고수보다도 빨랐다. 게다가 마귀 부대는 시야가 닿는 모든 곳에 존재했고, 시간이 지나도 줄어들거나 지치지도 않았다.

처음엔 건곤술로 가볍게 피해 다니던 주천학도 점점 마귀들과 부딪치는 빈도가 잦아지기 시작했다.

그 어떤 공격도 웃어 넘겼던 주천학이었지만 마귀와의 격돌이 반복되자 서서히 인상이 굳어져 간다. 그들과 스치면 영혼이 떨어져 나가는 듯 정신이 아득해졌기 때문이다.

금강불괴의 육신과 불사에 가까운 생명력을 지닌 주천학이었지만, 영혼을 물고 뜯는 공격에는 어찌할 방도가 없었다.

마귀들은 실로 그에겐 천적과도 같은 존재였다.

그대로라면 영혼이 수만 마리 마귀의 식사거리로 전락하는 것은 시간문제였다.

오직 하얀 이빨만을 드러내며 호시탐탐 주천학을 노리는 마귀들. 모래알같이 많은 마귀들 한복판에서, 주천학은 느닷없는 웃음을 터트렸다.

"하하하하."

그의 웃음에 거침없이 밀려들던 마귀들이 우뚝 멈췄다.

주천학이 웃음을 그치고 말했다.

"만나서 반갑군."

그가 인사를 하자 순간 사방이 고요해진다.

마귀들은 소름끼치는 울음소리를 그치고 주천학을 가만히 바라보기만 했다.

마귀들의 뒤편에서 키 작은 대머리 노인이 나타났다.

"내가 나타날 것을 알고 있었군."

노인은 바로 마령술의 전인, 귀숙이었다.

그를 본 주천학이 활짝 웃으며 대답했다.

"그렇지 않으면 무엇하러 여길 먼저 왔겠나?"

"선옥이를 미끼로 쓴 건가?"

"그렇네. 사실 내가 노렸던 것은 저 아이가 아니라 자네였거든. 시선의 전인을 먼저 처치하면 자네는 즉시 변고를 알아차렸 겠지. 이미 그의 영과 접선을 해놓았을 테니까. 그럼 자네는 저 아이와 함께 숨었을 테고, 나는 또다시 오랜 세월 동안 자네들을 찾아야만 했겠지. 어쩌면 두 번 다시 찾지 못했을 수도 있고. 하지만 반대로 시선의 전인이 살아 있는 상태에서 이 아이를 위협할 수만 있다면 자네가 반드시 나타날 거라 생각했네."

그의 말에 귀숙은 침음성을 삼켰다.

주천학이 아무리 건곤의 묘리를 깨우쳤다 해도 위치도 모르는 상대를 찾을 수는 없다. 지금껏 묘선옥과 귀숙이 살아남을 수 있었던 것은 그 때문이었다.

그래서 주천학은 한 가지 계획을 세웠다.

그가 가장 원하지만 존재조차 불투명한 시선의 후예를 이용하는 계략이었다.

그는 조양표의 도움을 받아 시선의 후예를 만들고자 했다.

그 계획이 결실을 맺어 유검호가 세상에 나오게 되었다.

하지만 주천학은 유검호를 세상에 불러낸 것으로 만족하지 않고, 그를 미끼로 이용하여 숨어 있던 묘선옥을 불러냈다. 그리고 묘선옥을 미끼로 사용하여 가장 찾기 어려웠던 귀숙까지 찾아낸 것이다.

마지막으로 귀숙과 묘선옥을 또다시 유검호를 끌어들이기 위한 미끼이자 낚싯대로 사용할 속셈이다.

주천학은 수십 년 전부터 이 순간을 위하여 이중, 삼중으로 덫을 놓은 것이다.

물론 그의 계략을 완성하고 실행한 것은 조양표였다. 천하의 기재였던 조양표가 있었기에 이룰 수 있었던 계획인 것이다. 타인에 무심한 주천학이 조양표에게만큼은 신경을 쓰는 것은 그 때문이었다.

이제는 성공을 목전에 두었다.

유검호의 출현 유무와 함께 가장 난제라고 생각했던 귀숙이 바로 그의 앞에 서 있었기 때문이다.

주천학은 성공을 즐기듯 여유롭게 말했다.

"일전에 자네의 존재를 지척에서 느낀 적이 있었네. 하지만 정확한 공간을 파악할 수가 없었지. 이제 보니 망자의 세계에 몸을 숨기고 있었군. 이제 내 앞에 모습을 드러낸 이상 다시 숨을 수는 없을 걸세."

주천학의 말에 귀숙이 콧방귀를 뀌었다.

"흥. 뭔가를 잊고 있는 것 같군. 네놈이 지금 그렇게 여유로운 상황은 아닐 텐데 말이야."

캬아아아아악!

귀숙의 눈이 번뜩이자 수만의 마귀가 일제히 괴성을 질러댄다. 그 소리와 모습이 실로 괴기스러웠다.

마귀들의 공세에 고전하는 모습을 보였었던 주천학에게는 실로 엄청난 압박감으로 작용할 터였다.

하지만 주천학은 미소를 지우지 않았다.

"정말 이런 귀신 놀음으로 나를 어쩔 수 있을 거라고 생각하나?"

그의 물음에 귀숙은 이를 갈며 소리쳤다.

"혼백이 갈기갈기 찢겨져 나가고도 그런 소리를 할 수 있는지 보겠다."

귀숙의 눈이 하얗게 뒤집힌다. 그의 입에서는 끊임없이 주문이 흘러나왔다.

그의 명령에 멈춰 있던 마귀들이 다시 움직였다.

이전보다 더욱 빠르고 집단적으로 주천학을 덮쳐 간다.

마귀들이 죽은 곤충을 발견한 개미 떼처럼 몰려들 때.

여유롭게 지켜보고만 있던 주천학이 손가락을 튕긴다.

딱!

손가락이 부딪치며 경쾌한 소리가 났다.

그와 동시에 주천학의 전면을 가득 채웠던 마귀들이 모두 사라져 버린다. 어떤 소리나 징후도 없었다. 그저 촛불이 꺼지듯 흔적도 없이 사라져 버렸을 뿐이다.

사라진 마귀들이 있던 곳에는 희미한 회색 연기만이 피어오르고 있었다.

주천학은 천천히 시야를 돌렸다.

그의 시야가 닿는 곳마다 마귀들이 햇살 맞은 눈뭉치처럼 사라진다.

마귀들의 수가 급감하자 귀숙이 당황하여 소리쳤다.

"이놈! 무슨 짓을 한 것이냐?"

마령술의 정수는 마에 물든 혼을 부리는 것이다.

그 능력의 기괴함은 팔선 중에서도 독보적인 것이었지만, 처음부터 이렇게 많은 영혼들을 이끌 수 있는 것은 아니었다.

아무리 팔선의 비기라도 영혼을 직접 만들어낼 수는 없었다. 결국 마령술이 빛을 발하기 위해선 다른 영이나 혼이 필요하다는 말이었다.

이곳에 동원된 마귀들은 귀숙이 평생 동안 모아온 것이다.

개중에는 실제 죽은 자의 혼도 있었고, 자연이 만들어낸 영도 있었다. 또 음부에서 직접 끌고 온 마귀도 있다.

그 하나하나가 귀숙에게는 중요한 전력이었다.

무림인에 비유하면 일평생 쌓아온 내공이라 말할 수 있었다.

실로 귀숙에게는 혈육보다 소중한 존재들인 것이다.

그런 마귀들이 매순간마다 사라지고 있었다.

어디로 갔는지도 알 수 없다.

언제 어디서나 느낄 수 있었던 마령들의 존재감이 완전히 사라졌다. 그의 부름에도 전혀 응답조차 하지 않는다.

'안 돼! 어떻게 모은 마령들인데.'

귀숙의 애타는 마음에도 주천학은 멈추지 않았다.

그의 시선은 거센 파도처럼 마귀 떼를 휩쓸고 있었다.

그대로라면 모든 마귀들이 소멸하는 것은 시간문제였다.

귀숙은 당황하여 급히 외쳤다.

"귀, 귀문회귀(鬼門回歸)!"

마귀들은 기다렸다는 듯 앞다투어 돌아간다.

귀문이 닫히자 먹구름이 걷히고 세상이 밝아진다.

환한 세상에 귀숙은 허망한 표정으로 덩그러니 서 있었다.

짧은 순간 대부분의 마귀가 소멸했다. 남은 것은 눈으로 셀 수 있을 정도로 극소수다.

귀숙은 모든 것을 잃은 것 같은 심정이었다.

주천학이 빙긋 웃으며 그를 위로하듯 말했다.

"소멸시킨 것은 아니니 너무 걱정 말게. 안전한 곳에 잘 숨겨두었다가 자네 능력을 얻게 되면 요긴하게 쓰도록 하지."

마령술을 빼앗고 나면 사라지게 만들었던 마귀들을 다시 불러내서 자신의 수족으로 쓰겠다는 말이다.

귀숙은 이를 갈아 붙였다.

"마령술을 쉽게 빼앗을 수 있을 것 같은가?"

"글쎄. 한번 해볼까?"

주천학은 말과 함께 발을 내딛었다.

그의 신형이 빛살처럼 길게 늘어지며 단번에 귀숙의 목을 틀어쥔다. 그것은 건곤술처럼 갑작스러운 것은 아니었으나 뻔히 보고도 피하지 못할 정도로 빠른 움직임이었다.

"최근에 익힌 쾌속의 묘리라네. 아직은 많이 서툰 능력이지. 이것만으로도 자네를 이렇게 제압했다네. 이쯤 되면 어려울 일은 남지 않은 것 같군."

주천학의 말에 귀숙은 눈을 감아버렸다.

더 이상 반항할 생각도 들지 않았다. 아니, 반항할 능력이 없었다.

그의 능력은 마령을 다루는 것이다.

충분히 준비된 상황에서는 수십만 대군이라도 물리칠 수 있었지만, 지금과 같은 상황에서는 큰 전력이 되지 못한다.

귀숙이 체념한 듯하자 주천학의 입가에 미소가 번졌다.

"이제 건곤술로 자네를 내 의식 속에 집어넣을 걸세. 그렇다고 아프거나 하지는 않을 거야. 어차피 자네는 느끼지도 못할 테니까. 물론 자네가 바로 소멸되지는 않을 걸세. 어느 정도 시간이 지나서야 내 의식에 녹아들겠지. 말하자면 자네의 몸과 영혼이 모두 나의 일부가 되는 거네. 그때가 되면 나는 마령술의 기운을 얻게 되지. 그다음에 마령술과 인연이 닿는 자를 찾아 기운을 넘길 생각이네. 그가 온전한 마령술의 묘리를 터득하면 다시 찾아가 흡수하는 것이지. 그렇게 되면 마령술은 완전히 내 것이 된다네."

주천학은 생각만으로도 흥분된다는 듯 입술을 핥았다.

탐욕을 물씬 풍기는 눈빛은 항상 무심하던 모습과는 상반되는 것이었다. 오랜 세월 애를 먹였던 귀숙을 잡았다는 사실에 기분이 고조된 듯했다.

"그럼 자네를 흡수하도록 하겠네. 상당히 고대했던 순간이군."

주천학은 귀숙의 머리에 손을 가져갔다.

이미 목을 제압당한 귀숙으로서는 피할 수도 막을 수도 없었다.

그저 다가오는 죽음의 손아귀를 지켜볼 수밖엔.

주천학의 손이 회색 기운을 머금는다. 회색의 연기가 귀숙을 집어삼키려 했다.

그때 은은한 황금빛 기운이 귀숙의 몸을 휘감고 주천학의 기운을 밀어낸다.

주천학이 고개를 돌렸다.

묘선옥이 주저앉은 채로 두 손을 내밀고 있는 것이 보였다.

귀숙의 몸을 감싸고 있는 것은 바로 그녀의 기운이었다.

주천학이 비웃으며 말했다.

"힘 싸움이라도 해보자는 건가?"

건곤의 기운이 더욱 강성해졌다.

묘선옥의 전신이 사시나무처럼 떨리기 시작했다.

활생술은 자체적인 영성을 지녀 생명을 치유할 뿐만 아니라 악한 기운에 대항하는 습성도 있었다.

지금 주천학에게서 귀숙을 보호할 수 있는 것은 그 때문이다.

하지만 활생술 본연의 능력은 소생이다.

그녀가 활생술을 이용하여 다른 힘에 맞서기 위해서는 적어도 두 배의 기운을 쏟아부어야만 했다.

대등한 상대라도 어려운데 상대는 무한에 가까운 힘을 지닌 주천학이다. 실로 이란투석(以卵投石)이 따로 없었다.

그것을 알고 있지만 묘선옥은 힘을 거둘 수 없었다.

귀숙이 위험에 처한 것은 그녀 때문이다.

물론 이런 결과를 바라고 그를 부른 것은 아니었다.

그녀는 그저 기운을 회복할 시간을 벌 수 있기를 기대했을 뿐이다. 힘이 회복되면 귀숙을 도와 함께 싸울 생각이었다. 팔선의 전인 두 사람이 힘을 합친다면 주천학이라도 쉽사리 자신들을 해치지는 못할 거라 여겼다.

하지만 그것은 주천학을 너무도 과소평가한 것이다.

주천학은 잠깐의 여유조차도 허용하지 않았다. 그를 상대하는 것은 고사하고 기운을 회복하기도 전에 귀숙이 소멸당하게 생겼다.

귀숙은 묘선옥에게 스승과 같은 존재였다. 결코 그를 포기할 수 없었다.

묘선옥은 자신의 모든 힘을 쏟아부었다.

일순 황금빛이 강해지며 주천학을 밀어낸다.

그러나 잠시뿐. 주천학은 여유롭기만 했다.

그의 힘은 점점 더 강해졌고 황금빛은 조금씩 희미해지기 시작했다. 옅어지는 공간으로 회색빛이 파고들었다.

귀숙의 몸이 회색빛이 절반쯤 파묻혔을 때.

묘선옥은 한계를 드러냈다.

쩌정.

깨지는 소리가 나며 황금빛 기운이 산산이 부서져 나간다.

"아아."

묘선옥은 비명과 같은 탄식을 토하며 쓰러졌다.

방해꾼이 사라지자 회색빛이 사악한 뱀처럼 혀를 날름거리며 귀숙을 집어삼켰다.

귀숙의 모든 것이 사라지려는 순간.

번쩍.

알 수 없는 섬광이 터져 나온다.

섬광은 주천학을 꿰뚫고 지나갔다.

주천학이 미처 반응하기도 전에 일어난 일이었다.

귀숙을 잠식하던 회색빛이 멈추었다.

툭.

팔 하나가 떨어져 내린다.

투투툭.

붉은 피가 그 위를 적셨다.

"으음."

주천학이 나직한 신음을 토하며 물러섰다.

놀랍게도 그의 어깨 한쪽이 비어 있었다.

주천학은 침중한 시선으로 바닥에 떨어진 팔을 보았다.

조금 전까지 귀숙의 목을 잡고 있던 팔이었다.

그의 시선이 돌려졌다.

저 멀리서 팔을 자른 자가 터덜터덜 걸어오고 있었다.

"멈추기도 힘들군. 하마터면 백 리 정도 더 달릴 뻔했어."

투덜거리는 인물은 바로 유검호였다.

*   *   *

주천학은 굳은 표정으로 물었다.

"정말 왔군. 개봉에서 여기까지 반 시진이라. 어떻게 한 것인
가?"

"당신하고 비슷해. 당신은 공간으로 시간을 단축했지만, 난
시간으로 공간을 단축했지."

유검호는 말을 하며 땅에 떨어진 팔을 힐끔 보았다.

"아. 팔은 미안하게 됐소. 워낙 빠르게 달리니 눈에 뵈는 게

있어야지. 기분 나쁜 회색이 알짱거리기에 그냥 들이받아 버렸는데 그렇게 깔끔하게 잘려 나갈 줄은 몰랐소."

"괜찮네. 잘 보관했다가 붙이면 된다네."

주천학의 말과 함께 떨어진 팔이 회색빛에 감싸여 사라졌다.

보관을 위해 냉동고에라도 보낸 모양이다. 나중에 활생술을 얻어 치료할 작정인 듯했다.

그동안 유검호는 주변을 둘러보았다.

"대충 상황을 보니 내가 많이 늦진 않은 모양이군."

흑도비와 방동한의 부상이 심해 보이긴 했지만, 아직 숨은 붙어 있었다. 묘선옥과 귀숙 역시 의식을 잃고 쓰러져 있긴 했지만 큰 부상은 없어 보인다.

"누구 죽거나 사라진 사람은 없소?"

"아직은 없네."

주천학은 순순히 대답을 해주었다.

"그런데 팔은 치료 안 할 거요?"

"난 불사의 묘리를 익혔다네. 위험해지면 몸이 알아서 상처를 낫게 하지. 그보다 신기한 수법이더군."

주천학의 시선은 잘려 나간 어깨를 향해 있었다.

유검호가 섬광이 되어 팔을 자른 것이 그에겐 큰 충격이었다. 그럴 만도 한 것이, 주천학은 금강술을 익혔다. 그것은 어떠한 신검보도나 절세무공으로도 절대로 상처를 입힐 수 없는 몸을 지녔다는 뜻이다.

그런데 유검호는 금강술을 무시하고 그의 팔을 잘라냈다.

심지어 그는 팔이 언제 잘려 나갔는지조차 느끼지 못했었다.

만약 유검호가 그런 수법으로 목이나 심장을 노린다면 아무리 그라도 꼼짝없이 당할 수밖에 없다. 불사의 몸이기에 죽진 않겠지만 머리라도 잘라 찾기 힘든 곳에 숨겨 버린다면 그야말로 곤혹스러운 일이었다.

주천학으로서는 걱정하지 않을 수가 없는 것이다.

유검호는 주천학이 무슨 생각을 하는지 알고 있었다.

돌부처같이 무심하던 주천학이 두려워하고 있다는 사실에 기분이 좋았다. 하지만 그는 굳이 숨기려 하지 않고 있는 그대로를 말했다.

"사실 어떻게 했는지 나도 잘 모르오. 그냥 어쩌다 보니 된 거지. 사실 내가 했다기보다 나를 태워준 시간이 했다고 보는 게 맞지. 아마 다시 하라고 해도 하기 힘들 거요."

"시간이 했다라. 시간의 검이라는 건가? 그럼 자네가 그것을 마음대로 사용할 수 있게 되면 나도 당해낼 수 없다는 말이로군. 솔직하게 말해줘서 고맙네. 덕분에 후환을 하나 없앨 수 있겠어."

"미리 싹을 자르시려고?"

"어차피 이곳에서 둘 중 하나는 없어져야 하지 않겠나? 난 그게 자네일 거라고 생각하네만."

주천학은 여유를 되찾았다.

그가 긴장했던 무공이 우연으로 펼쳐졌다는 것을 안 이상.

유검호는 그에게 아무런 위협이 되지 않았다.

그의 태도 변화에 유검호가 투덜거렸다.

"그렇게 노골적으로 안심하면 기운 빠지잖소. 그렇지 않아도 먼 거리 달려오느라 힘들어 죽겠는데."

"상태가 많이 안 좋아 보이긴 하는군."

그의 말대로 유검호의 몸 상태는 좋지 않았다.

천삼백 리 길을 반 시진 만에 달려 왔으니 몸에 무리가 가지 않을 수가 없었다.

무엇보다 개봉에서부터 계속해서 태무신공을 운용한 것이 컸다. 그것도 그냥 발동시킨 것이 아니다. 달리면서 한계의 한계를 계속해서 넘어섰다. 보통 때라면 한 번의 한계를 넘는 것만으로도 녹초가 되어 쓰러졌을 일이다. 의지만으로 그런 한계를 몇 차례나 넘겼다. 이미 유검호의 몸은 망가지기 직전이었다.

그에겐 검을 들어 올릴 기운조차 남아 있지 않았다.

온몸이 물 먹은 솜마냥 축 늘어져 제대로 힘이 들어가지가 않는다.

가장 큰 문제는 주천학에게 대항할 유일한 수단인 태무신공을 사용할 기운이 남아 있지 않다는 것이다.

모든 상황을 종합해 봤을 때, 지금의 유검호는 주천학이 손가락만으로도 쓰러뜨릴 수 있었다.

주천학이 자신하는 것도 이상한 일이 아닌 것이다.

그럼에도 유검호는 걱정하지 않았다.

주천학과 마주함에도 개봉에서와 같은 막막함도 들지 않았다.

이곳까지 오는 반 시진여.

짧은 시간 동안 그는 많은 일을 겪었다.

처음 태무신공을 한계를 돌파하고 시간의 흐름에 뛰어들었을 때. 그는 자신을 잃고 시간 속을 표류해야만 했다. 유검호라는 이름은 물론이고 자신의 정체성까지 잃어버렸다. 마치 바다를 부유하는 표류물과 같이 정처 없이 시간 속을 떠돌아다녔다. 다시 자신을 찾기까지 얼마의 시간이 흘렀는지 모른다. 체감상으로는 수천 년의 시간을 관조한 것 같았다. 오랫동안 시간이 흐르는 것을 지켜보는 동안. 조금씩 정신이 들기 시작했다.

그는 여전히 달리고 있었고 주변은 총천연색의 빛살이 나타났다 사라지고를 반복했다.

유검호는 수천 년이 흘렀다고 여겼던 시간이 실제로는 찰나에 불과했음을 깨달았다.

그런 과정을 몇 번이나 반복했다.

기나긴 시간의 흐름을 관조하며 그는 많은 것을 깨달았다.

물론 실제로 달라진 것은 없었다. 육체적 능력이나 내공은 그대로였고, 무공 경지 역시 똑같았다.

하지만 유검호는 분명 달라졌다.

더욱 성장했고 강해졌다. 그 변화는 보이지 않는 정신의 변화였다.

지금 그는 주천학이 자신하는 것처럼 모든 힘이 소진되었다.

어쩌면 주천학의 일수에 쓰러질지도 몰랐다.

하지만 유검호는 자신이 패하지 않을 거라 생각했다.

그저 근거 없는 자신감이 아니었다. 시간의 흐름을 직접 보았기에 가질 수 있는 확신이었다.

유검호의 담담함에 주천학이 의아함을 표했다.

"어째서 두려워하지 않는 건가?"

"내가 왜 두려워해야 하오?"

"곧 자네의 존재가 소멸당할 텐데, 두려워하는 것이 정상 아닌가?"

"누가 소멸당할지는 해봐야 하는 것 아니겠소?"

유검호의 태연함에 주천학은 고개를 갸웃거렸다. 도저히 이해할 수 없다는 표정이다.

"하긴, 자네가 두려워하든 아니든 달라질 것은 없겠지. 더 시간을 주지는 못할 것 같군. 이젠 모든 것을 정리해야 할 시간이야."

말이 끝나는 순간. 그의 몸이 사라진다.

주천학이 다시 나타난 것은 유검호의 코앞이었다.

주천학의 손이 유검호의 얼굴을 감싸고 땅에다 내리 찍는다.

머리가 박살 나기 직전. 유검호가 흑암을 찔렀다. 흑암이 향한 곳은 주천학의 발등이다.

흑암은 교묘하게 유검호와 주천학 사이를 지탱했다.

그 힘의 배분이 절묘하여 유검호는 땅에 내리꽂히지 않았다.

주천학이 유검호의 얼굴을 틀어쥐고 허공으로 들어 올린다.

그의 손에 회색빛이 아른거린다. 그 상태로 유검호를 흡수하려는 것이다.

얼굴을 잡힌 채 대롱대롱 매달린 유검호가 발을 차올렸다.

그의 발이 주천학의 팔을 휘감아 올린다. 앞서 흑도비가 시도했던 것과 비슷한 동작이다.

흑도비는 주천학의 금강불괴를 꺾지 못하여 낭패를 당했었다.

하지만 유검호는 달랐다.

그는 억지로 주천학의 팔을 꺾으려 들지 않았다.

단지 그의 손을 감싸 쥐었을 뿐이다.

휘이잉.

바람 빠지는 소리가 들린다.

길게 뻗은 주천학의 팔이 쭈그러들고 있었다.

근육이 빠져나가고 피부가 뼈에 달라붙어 앙상한 나뭇가지처럼 변해간다.

"헛."

놀란 주천학이 유검호를 떨쳐내려 했다.

하지만 유검호의 발이 그의 팔을 얽어매고 있어 쉽사리 떨어지지가 않았다.

팟!

주천학은 다급히 건곤술을 사용했다. 그의 신형이 그 자리에서 사라진다.

회색 연기만이 남은 자리에 유검호가 떨어져 내렸다.

쿵.

유검호는 몸을 바로 하지도 못하고 아무렇게나 처박혔다.

"퉤. 미리 말이라도 해주고 빼지."

유검호는 입에 들어간 흙을 뱉어내며 투덜거렸다.

몸을 일으킬 생각도 하지 않고 고개를 돌렸다.

주천학이 놀란 표정으로 말했다.

"이게 혈사교주가 당한 수법인가? 놀랍군. 다른 사람의 신체를 노화시키다니. 역시 팔선의 수장이 남긴 비기라 할 만해."

주천학이 말을 하는 동안 쭈그러들었던 팔이 금세 원래대로 부풀어 오른다. 어차피 불사의 생명을 지닌 주천학이었다.

단순히 노화로는 죽지 않는다. 한순간 신체가 약해지는 감각에 당황했을 뿐이다.

"그게 자네의 마지막 패였던 것 같군. 그럼 이제 끝을 내지."

주천학은 말과 함께 몸을 움직인다.

그의 신형이 번개같이 유검호를 덮쳤다.

유검호는 앉은 채로 흑암을 찔렀다.

흑암이 전면 사방을 찌르며 간소한 변화를 만들어낸다.

주천학은 그것을 무시하고 돌진해 왔다.

파파팍.

흑암의 검초가 주천학의 목과 가슴을 연달아 찌른다.

하지만 주천학의 신체는 어떠한 상처도 허용하지 않았다.

"쓸모없는 짓."

주천학은 가소롭다는 듯 비웃었다.

허나 결과는 주천학의 예상과 달랐다.

흑암이 찔리자마자 감당할 수 없는 중압감에 몸이 밀려난 것이다.

주천학이 인상을 쓰며 다시 덤벼들었다.

그러나 유검호는 번번이 흑암으로 그의 진로를 가로막는다.

어떻게 된 일인지 역체술을 익힌 그도 흑암의 중압감만큼은 감당하기 힘들었다.

주천학은 쾌속술만으로는 접근조차 할 수 없자 건곤술을 사용했다. 주천학은 유검호의 사방팔방에서 신출귀몰하게 나타나며 공격을 가했다.

하지만 유검호는 마치 예상이라도 한 것처럼 주천학이 나타날 장소에 미리 흑암을 찔러왔다.

어떤 공간에 나타나던 한발 앞서 찔러오는 흑암에 의해 주천학은 여러 차례 낭패를 봐야만 했다.

수십 번의 공격이 모두 허위로 돌아가자 주천학은 공격을 멈추었다. 유검호를 보는 그의 표정에는 놀라움이 가득했다.

주천학이 놀라는 것도 당연했다. 하나만 사용해도 적수가 없을 만한 능력을 모두 동원했는데 유검호의 옷자락조차 건드리지 못했다.

더욱 기가 막힌 것은 유검호가 여전히 앉은 자리에서 조금도 움직이지 않고 있다는 것이다. 심지어 광음의 비기를 사용한 것도 아니다. 그저 지닌 무공과 검 한 자루만으로 주천학의 공격을 모두 막아낸 것이다.

"자네는 정말 나를 놀라게 하는군. 어떻게 그럴 수 있는 거지?"

주천학은 진심으로 궁금하여 물었다.

유검호는 이번에도 순순히 대답해 주었다.

"별거 아니오. 그저 당신이 무공을 제대로 배우지 않았기 때문에 일어난 일일 뿐이오."

"무공? 내가 무공을 수련했어야 한다는 말인가?"

"당신은 지닌 능력이 워낙 엄청나서 굳이 무공을 익힐 필요가 없다고 생각했겠지. 내공이나 초식 같은 것이 없어도 천하에서 가장 빠르고 강하니 그런 생각을 가질 만도 하오. 하지만 당신과 비슷하게 빠르고 강한 사람과 싸운다면 어떻겠소? 승부는 결국 발휘할 수 있는 역량에 좌지우지되겠지. 그런 관점에서 무공이라는 것은 승부를 결정지을 수 있는 최상의 수단 아니겠소? 원래 무공이라는 것이 가장 효율적으로 싸우는 방법이니까."

유검호의 말에 주천학은 잠시 생각에 잠겼다.

"자네 말은 자네가 무공을 수련했기 때문에 나보다 느리고 약한데도 나를 막을 수 있었다는 말인가?"

"당신은 깨닫지 못했겠지만, 지금까지 당신이 공격했던 부위는 모두 내가 고의로 허점을 드러낸 곳들이었소. 예측하기가 쉬울 수밖에 없었지. 또한 내 검초 역시 당신의 공격을 제한하는 데 한몫했지. 결정적인 역할을 한 것은 흑암이오. 워낙 사연이 많은 검이라서 당신의 힘에도 밀리지 않을 수 있거든."

유검호는 대수롭지 않게 말했지만 그것은 결코 쉬운 일이 아니었다. 주천학은 진심으로 감탄했다.

"놀랍군. 정말 놀라워. 시선의 비기를 가지고 있지만 않았다면 자네를 반드시 내 수하로 만들고 말았을 걸세."

주천학의 감탄에 유검호는 피식 웃었다.

"별로 기분 좋은 칭찬은 아니군. 이제 당신이 보여줄 차례군. 지금처럼 해서는 평생을 가도 나를 어쩌지 못할 것이오. 아, 물론 당신은 불사니까 버티다 보면 결국 내가 기력이 다할 거라 생각할 수도 있겠군."

유검호의 말에 주천학은 웃으며 고개를 저었다.

"그건 별로 좋지 않은 방법인 것 같군. 그사이에 저들이 일어날 수도 있으니 말이야."

묘선옥과 귀숙이 힘을 회복하는 것을 경계하는 것이다.

주천학은 본래 그들의 힘을 대수롭지 않게 여겼었다. 하지만 예상을 뛰어넘는 유검호의 능력을 보자 생각이 달라졌다. 그들과 유검호가 힘을 합친다면 어떤 변수가 생길지도 모른다는 생각이 든 것이다.

유검호는 주천학이 무슨 생각을 하는지 훤히 읽을 수 있었다.

"그럼 어떤 방법으로 나를 흡수할 것이오?"

유검호의 질문에 주천학은 손을 들어 올리며 답했다.

"이제 곧 보게 될 걸세."

주천학이 들어 올린 손에서 회색빛이 뭉클뭉클 피어오른다.

건곤의 기운을 상징하는 회색빛은 마치 안개처럼 퍼져 나가며 모든 것을 집어삼키기 시작했다.

사방으로 퍼져 나가는 광범위한 확장력이 매우 쾌속하다.

더욱 놀라운 것은 회색빛에 삼켜진 물건은 모두 사라졌다는 점이다.

주천학은 눈에 보이는 모든 것을 어디론가 이동시키고 있는 것이다. 그곳이 좋은 곳일 리는 만무한 일.

일단은 피하는 것이 최선이었다.

몸을 움직이려던 유검호가 문득 쓰러져 있는 사람들을 보았다.

그 혼자 몸을 빼는 것은 일도 아니지만, 남은 사람들을 모두 구할 수는 없었다.

몸이라도 정상이라면 시도라도 해보겠지만, 지금 그에게는 아무런 기운도 남아 있지 않았다.

주천학을 상대하는 내내 앉아 있었던 것도 사실은 조금이라도 힘을 회복하기 위함이었다.

그런 상황에 네 명이나 구할 만한 여력은 없었다. 그렇다고 혼자서 자리를 뜰 수도 없다. 그가 사라지면 남은 사람들의 목숨도 없는 것이다.

주천학도 그런 사정을 파악하고 이런 일을 벌인 것이 분명했다.

'제길. 한번 가보자.'

주천학에게 끌려갈 경우, 살 수 있는 확률은 매우 낮을 것이다. 하지만 만에 하나의 가능성이라도 붙잡는다면 네 명 모두 살릴 수 있다. 유검호는 그 낮은 가능성에 걸어보기로 했다.

유검호는 회색빛에 몸을 내맡겼다.

일순 눈앞이 깜깜해진다.

시야가 다시 밝아졌을 때는 세상이 바뀌어 있었다.

끝을 알 수 없는 공간에 하늘도 땅도 모두 암흑이었다.

그곳에 이전에 있던 곳의 지형과 사람이 그대로 옮겨져 있었다. 한 장소를 통째로 이동해 온 것이다.

음습한 공기가 폐부를 찔러왔다.

알 수 없는 중압감이 몸을 짓눌러 왔고 머리가 어지럽다.

유검호가 주변을 살피고 있을 때.

주천학의 목소리가 들려왔다.

"이곳은 내 의식 속이네. 원래대로 자네들을 흡수했다면 육신은 이곳에 도착하는 순간에 흩어지고 생령만이 남았을 테지. 그리고 얼마 후에 자연스럽게 이곳에 흡수되는 것이지. 이번에는 자네들을 통째로 옮겨오는 바람에 나도 함께 따라 들어올 수밖에 없었네."

주천학이 뒷짐을 쥐고 나타났다.

"굳이 이곳으로 옮겨온 이유가 있소?"

"물론. 이곳에서는 자네를 죽여도 되거든."

유검호는 깨달아지는 바가 있었다.

현실에서 주천학은 유검호의 능력을 빼앗아야만 했다.

하지만 유검호가 죽게 되면 능력도 사라진다.

혈사교주의 경우처럼 죽어서도 유지되는 특수한 능력이 아닌 이상 어쩔 수 없는 일이다.

그렇기에 주천학은 지금껏 유검호에게 살수를 쓰지 못하고 있었다. 그것은 유검호가 탈진한 상태에서도 버틸 수 있었던 가장 큰 이유였다.

하지만 이곳에서는 다르다.

어차피 육신은 없어져야 하는 곳이다.

주천학으로서는 마음 놓고 살수를 펼칠 수 있는 것이다.

더불어 유검호뿐만 아니라 묘선옥과 귀숙의 능력을 한 번에 흡수할 수 있다는 장점도 있었다.

주천학에게는 여러모로 편리한 공간인 것이다.

"이제 안 봐주겠다는 말이군."

유검호는 천천히 몸을 일으켰다.

앉아서 여유롭게 상대할 시기는 지났다.

지금부터는 전력을 다해야만 살아남을 수 있을 것이다.

유검호는 몸 상태를 점검해 보았다.

내공은 채 일 할도 남지 않았고 체력은 바닥을 긴다.

도저히 제대로 싸울 수 있을 것 같은 몸이 아니다.

하지만 그에게는 선택권이 없었다.

죽지 않으려면 전력을 다해야 한다.

유검호가 일어서자 주천학이 뒷짐을 푼다.

"그럼 시작하지."

말이 끝남과 동시에 주천학이 쏘아진다.

이전과 같은 방식. 유검호는 흑암을 찔러갔다.

그 순간. 주천학의 사라진다.

동시에 유검호의 옆구리에 손 하나가 불쑥 나타난다.

유검호의 옆구리에서 피가 튀었다. 유검호는 반사적으로 몸을 비틀며 흑암을 내리찍었다.

콰앙.

손은 사라지고 흑암은 헛되이 바닥을 찍었다.

뒤이어 목덜미가 서늘해졌다.

유검호는 몸을 뒤집으며 발을 차올렸다. 번천각이 허공을 격타한다.

파파파팍.

유검호의 목을 노리던 주천학이 다시금 사라진다.

주천학이 사라지고 나자 이번에는 발밑이 꿈틀거렸다.

유검호는 급히 앞으로 굴렀다. 그가 서 있던 자리에 회색빛이 떠오른다. 유검호가 서 있던 바닥과 돌이 작두에 잘린 것처럼 깔끔하게 잘려 나간다.

유검호는 팅기듯 일어나며 주천학의 기운을 감지하려 했다.

하지만 이곳은 주천학의 의식. 모든 곳에서 주천학이 감지되었다. 마치 백사장에서 일반 모래를 찾는 격이다.

유검호가 주변을 살피는 사이. 하늘에서 주천학이 떨어져 내렸다.

콰직.

유검호의 어깨에 떨어져 내리는 발.

"큭."

유검호의 허리가 굽혀졌다.

주천학은 그대로 유검호를 바닥에 짓눌러 버릴 생각인 듯했다.

유검호는 극심한 통증을 참아내며 흑암을 바닥에 내리찍었다.

콰앙.

그 반동으로 허리를 펴고 주먹으로 주천학의 발목을 후려쳤다.

퍽.

주천학이 펄쩍 뛰어 바닥에 내려온다.

'기회!'

모처럼 만에 포착한 주천학이다. 이 기회를 놓칠 수 없었다.

유검호는 이를 악물고 흑암을 발출했다.

슈슈슈슉.

흑암이 더할 수 없이 쾌속하게 주천학을 찌른다.

주천학이 피할 틈도 없었다.

파파파팍.

뭉툭한 검봉이 수차례 주천학의 몸을 강타했다.

주천학이 주르륵 밀려난다.

유검호는 공세를 늦출 생각이 없었다. 어차피 도검으로는 주천학을 쓰러뜨릴 수 없음을 안다. 그가 원하는 것은 주천학에게 결정타를 먹일 수 있는 단 한 번의 기회였다. 그것을 위해 그를 몰아세울 필요가 있었다.

유검호의 검공이 주천학을 덮친다.

변화는 없었지만 강맹하고 직선적인 검초다.

공격이 성공하기 직전. 유검호는 등 뒤에서 밀려오는 서늘한 기운을 느꼈다.

유검호는 본능적으로 검을 멈추고 앞으로 굴렀다.

파파팟.

그가 서 있던 자리로 회색빛이 쏟아져 내린다.

그것에 걸린 바닥이 움푹움푹 잘려져 나간다.

어딘가로 이동한 것이 아니다. 말 그대로 잘려진 채 소멸한 것이다. 같은 건곤술이라도 밖에서의 것과 이곳에서의 것은 위력 면에서 천지 차이였다.

'불공평하군.'

이곳은 주천학의 의식이 지배하는 공간이다. 어떻게든 주천학에게 유리할 수밖에 없었다.

바닥을 굴러 일어나는 유검호의 앞으로 주천학이 나타났다.

유검호도 몇 차례 공격을 성공했지만 주천학은 너무도 멀쩡했다.

"실컷 발버둥 쳐보게. 자네 힘이 빠지면 빠질수록 내게 흡수되는 시간이 당겨질 테니."

주천학은 장난치듯 말하며 손을 휘두른다.

그의 손짓에 따라 수많은 회색빛이 치솟는다.

'칫. 제대로 고생시키는군.'

유검호는 땅을 박찼다. 그의 몸이 전후좌우 예측할 수 없이 움직인다. 그 뒤로 회색빛이 차례로 떨어져 내렸다.

콰콰콰쾅.

협소한 공간에 수백 개의 뇌전이 떨어지는 듯했다.

유검호는 모든 뇌전을 보법만으로 피해내며 천천히 주천학에게로 다가갔다.

'한 번! 단 한 번이면 된다.'

유검호가 노리는 것은 기회였다. 주천학에게 다가설 수 있는 단 한 번의 기회.

하지만 주천학은 쉽사리 거리를 허용하지 않았다.

유검호가 가까워진다 싶으면 건곤술로 멀찍이 떨어진다.

그리고 일방적으로 공격하고는 다시 멀어진다.

그는 유검호가 모든 힘을 소진도록 유도하고 있었다.

주천학의 의도는 성공했다.

유검호는 더 이상 피할 힘도 남아 있지 않았다.

검을 들기도 버거워 움직일 때마다 흑암을 질질 끌고 다닌다. 축 늘어진 팔은 천근만근과도 같아 주천학의 공격을 막을 생각조차 하지 못했다. 그저 간발의 차이로 피하는 것이 전부였다.

주천학도 결투가 막바지에 이르렀음을 알고 조급해하지 않았다. 느긋하게 가지고 놀듯이 유검호의 힘을 뺀다.

"헉헉."

유검호는 턱까지 차오른 호흡을 미처 가다듬지도 못한 채 주천학의 공격을 받아냈다.

비틀거리며 물러서는 유검호에게 주천학이 다가온다.

유검호의 발치까지 다가온 주천학은 즐기듯이 천천히 손을 내뻗었다. 유검호가 더 이상 반항할 힘이 없다고 생각한 모양이다.

주천학의 손에 회색빛이 서린다. 강기와는 다른, 하지만 그보다 훨씬 무서운 건곤의 기운이다.

유검호의 머리를 짓누르듯 다가오는 손길.

닿자마자 소멸될 것이 분명했다.

그 순간.

유검호의 눈이 반짝였다. 땅에 끌리던 흑암이 거센 회전을 담아 폭사된다.

지척까지 다가와 있던 주천학으로서는 도저히 피할 수 없는 쾌검이었다. 흑암이 주천학의 목을 꿰뚫으려는 찰나.

마치 예상했다는 듯 주천학이 사라진다.

"역시 함정이었나?"

목소리가 들려온 것은 유검호의 등 뒤였다.

파파파팍.

유검호의 등에서 피가 튀어 오른다.

난자당하고 뜯겨져 나간 피와 살점들이 후두둑 떨어진다.

고통을 느낄 사이도 없이 유검호가 몸을 날린다. 그 역시 예상한 것처럼 빠른 대응이다.

유검호는 순식간에 주천학에게서 십여 장 떨어진 곳으로 물러났다.

"멀어진다고 벗어날 수 있을 것……."

주천학이 비웃음을 흘릴 때였다.

도망치는 듯하던 유검호가 땅을 박찬다.

일순간 유검호의 신형이 사라진다.

지금까지와는 전혀 다른 공기의 흐름.

유검호가 마침내 태무신공을 사용한 것이다.

스팟.

그의 모습이 사라지고.

한 줄기 섬광이 치솟는다. 조금 전에 주천학의 팔을 베었던 섬광이다. 그것은 시간을 거니는 자만이 만들어낼 수 있는 빛이었다.

어둠에 잠긴 천지가 일순 환해진다.

섬광이 노리는 곳은 주천학의 머리였다. 실패할 수 없는 공격.

주천학의 머리가 잘려 나가기 직전. 기적같이 주천학이 고개를 젖힌다.

푸욱.

섬광은 주천학의 한쪽 눈을 찌르는 것으로 끝이 났다.

"허억허억."

억눌렀던 숨소리가 터져 나왔다.

섬광은 다시 유검호가 되었고 흑암은 주천학의 눈에 박혀 있었다.

털썩.

유검호는 주천학의 발치에 쓰러졌다.

마침내 모든 힘을 소진한 것이다.

주천학은 무덤덤한 표정으로 눈에 박힌 흑암을 뽑아냈다.

"좋은 노림수였네. 결국 자네의 모든 행동이 이 한 번의 공격을 위한 거였군."

주천학은 이것이야말로 유검호가 마지막까지 쥐고 있던 패였다고 생각했다.

유검호는 너무 지쳐서인지 대답하지 못했다.

주천학은 다시 말을 이었다.

"아마 이곳이 아닌 현실이었다면 성공했을 걸세. 아니, 처음 당하는 것이었다면 이곳에서도 성공했겠지. 안 됐지만 이곳은 내 의식 속. 자네의 속도는 바깥보다 느려졌고 내 반응 속도는 오히려 향상되었지. 또한 난 처음부터 자네의 그 공격을 경계하고 있었네. 자네가 다 죽어가는 척 연기하던 순간에도 말이야."

그는 유검호가 시간의 검을 다시 사용하지 못할 거라고 한 말을 믿지 않았다. 그래서 유검호와 싸우는 와중에도 내내 그것을 대비하고 있었던 것이다.

"이제 정말로 끝을 낼 때가 왔군. 결국 내가 이겼어. 팔선의 전설이 틀린 거지."

주천학은 자신의 성공을 자축하듯 말했다.

그는 쓰러진 유검호를 내려 보았다. 손에는 눈에 박혀 있던 흑암이 들려 있었다.

"자네 목숨은 자네 검으로 거두어주겠네."

주천학은 흑암을 들어 올렸다.

그것을 내리찍으려는 찰나.

흑암의 검신을 타고 엄청난 무게감이 짓눌러 온다.

그것은 역체술을 익혀 천하제일의 근력을 지닌 그로서도 감당할 수 없는 무게였다.

"으음."

주천학은 흑암의 무게를 버티지 못하고 휘청거렸다.

그때 쓰러져 있던 유검호가 주천학의 발을 덥석 움켜쥔다.

그 순간. 주천학의 세상이 느려지기 시작했다.

"무. 슨. 짓. 을……."

주천학은 느릿느릿 말하며 유검호를 떼어내려 했다.

하지만 유검호는 필사적으로 달라붙으며 태무신공을 발동했다.

그가 원했던 단 한 번의 기회. 그것은 조금 전의 일격이 아닌 바로 이것이었다.

불사의 주천학에게 가할 수 있는 최고의 일격. 그것은 바로 주천학을 시간 속에 가두는 것이었다.

유검호는 이 순간을 위해 지금껏 힘을 모아왔다.

그 모든 힘을 지금 쏟아붓고 있는 것이다.

주천학 역시 그런 사실을 깨달은 듯 사력을 다해 반항했다.

그의 능력들이 요동을 치며 유검호의 시간에 대항한다.

'으윽. 힘을 너무 쏟았어.'

조금 전 일격은 주천학을 방심하게 만들기 위한 것이었다.

주천학이 믿게끔 하기 위해 상당한 힘을 소진해야만 했다.

덕분에 마지막 일격에 힘이 부족했다.

'이번 기회를 놓치면 다음은 없다.'

유검호는 모든 정신을 집중했다.

하지만 주천학 역시 필사적으로 반항해 왔다.

유검호는 점점 힘이 떨어져 갔다.

의식이 가물가물해졌다.

편해지고 싶다는 욕망이 그를 유혹한다.

유검호의 칠공에서 피가 터져 나온다.

모든 기운이 소진되고 급기야 생기까지 빠져나가고 있는 것이다.

그럼에도 주천학은 여전히 굳건히 반항을 한다.

죽음을 앞둔 유검호의 모습에 주천학이 눈이 득의의 빛을 띤다.

'이자가 죽으면 광음의 기운을 얻을 수 있다. 비기를 터득하진 못하더라도 광음의 기운만으로도 걸려 있는 제약을 푸는 것은 어렵지 않을 것이다.'

주천학의 생각은 그대로 이루어질 것 같았다.

하지만 또 한 번 이변이 일어났다.

유검호의 등에서 황금빛 기운이 치솟은 것이다.

'활생술? 어째서?'

주천학은 당황했다.

죽어가던 유검호가 고개를 든다. 두 사람의 시선이 마주쳤다.

유검호가 히죽 웃는다.

동시에 회색으로 물들던 유검호의 눈에 생기가 치밀어 오른다.

"시간 속에 갇혀서 평생 동안 반성해 보시오."

그 말과 함께 쇠약하던 태무신공이 걷잡을 수 없이 활발해졌다.

'안 돼!'

주천학의 머릿속에 비명이 맴돈다.

그것을 끝으로 그는 아무런 행동도 할 수가 없었다.

시간이라는 감옥에 완벽히 갇혀 버린 것이다.

"후우."

유검호는 한숨을 쉬며 일어났다.

피와 땀이 섞여 흘러내린다.

고개를 돌리자 기진맥진한 얼굴의 묘선옥이 보였다.

"오늘따라 예뻐 보이는구려."

그녀가 시기적절하게 활생술을 펼치지 않았다면 생각만 해도 끔찍한 결과가 나왔을 것이다.

유검호의 말에 묘선옥은 피식 웃어넘기고는 흑도비와 방동한을 치료하며 물었다.

"그는 어떻게 된 건가요?"

"별거 아니요. 그냥 그의 시간을 조금 느리게 만들어준 것 뿐이오."

묘선옥이 다시 물었다.

"얼마나 느린데요?"

"아마 손가락 하나 까딱이는 데 십만 년 정도 걸릴 거요."

묘선옥은 혀를 내두르며 말했다.

"죽는 것보다 못한 삶이겠군요."

유검호는 주천학에게서 흑암을 뺏어들었다.

"일단 여기부터 나갑시다."

유검호는 흑암을 쥐었다.

충만한 힘이 사지 곳곳에 흘러 넘쳤다.

그가 한 줄기 섬광이 되어 공간을 가른다.

촤아악.

갈라진 공간 너머로 파란 하늘이 보였다.

유검호는 그곳으로 몸을 날리며 비장하게 소리쳤다.

"나 깨우지 마!"

천하제일 팔선문과 벽안신녀

　발 달린 짐승 모두 그늘을 찾아 들어가는 뜨거운 여름날의 남경. 무더운 날씨에도 팔마객잔은 여느 때와 같이 손님으로 북적북적했다.

　"니미럴. 날씨 한번 죽이는군."

　양후성은 거친 욕설을 내뱉으며 객잔에 들어선다.

　그가 들어서자 이 층에서 다른 사내 하나가 반갑게 손을 흔든다.

　"여어. 후성. 여기네."

　사내는 양후성의 죽마고우 손문경이었다.

　양후성은 반색을 표하며 이 층으로 올라갔다. 손문경이 활짝 웃으며 그를 껴안는다.

　"이게 대체 얼마 만인가?"

"정확히 십일 년하고도 오 개월 만이지."

"이 친구야. 그 긴 세월 동안 어떻게 연락 한 번을 안 하나?"

"미안하네. 어찌하다 보니 그렇게 되었네."

"자자. 앉게. 오느라 더웠을 텐데 시원한 냉차부터 한잔하게."

손문경은 자리를 권했다.

"안 그래도 갈증이 나서 죽을 참이었네."

양후성이 냉차를 비우고 나자 손문경이 물었다.

"하하. 동영으로 무사수업을 떠났다는 이야기는 들었네. 대체 무슨 무공을 배웠기에 십 년이 넘게 가 있었나?"

양후성은 한숨을 쉬며 고개를 저었다.

"에휴. 무사수업은 무슨. 당숙 따라 갔다가 고생만 실컷 하고 왔네."

"하하하. 역시 집이 최고지?"

"당연한 말. 난 이제 두 번 다시는 남경을 떠나지 않을 생각이네."

"단단히 고생했나 보구만. 하긴 십 년을 떠나 있었으니 그럴 만도 하지."

"그래도 동영이 계집들 하나는 마음에 들더라고. 계집들 아니었으면 십 년은 고사하고 일 년도 못 버텼을 걸세."

"하하하. 여자 밝히는 건 여전하구만."

두 사람이 대화를 나누고 있을 때였다.

촤르륵.

주렴이 걷히는 소리가 나며 여인 한 명이 객잔에 들어섰다.

왁자지껄하던 객잔이 일순 정적에 휩싸인다.

사람들이 놀란 이유는 두 가지였다.

첫째는 여인이 한인이 아니라는 것이었다.

창백하다 싶을 정도로 하얀 피부와 한인에게서는 볼 수 없는 오뚝 솟은 코, 연갈색으로 흩날리는 머리와 푸른 눈은 그녀가 중원인이 아님을 너무도 여실히 증명한다.

사람들이 놀란 두 번째 이유는 그녀가 너무도 아름다웠다는 것이다.

반듯한 이마에 갸름한 턱, 커다란 눈망울과 도톰한 입술은 그림 속에서 튀어나온 절세가인이라 해도 손색이 없었고, 풍성한 옷으로도 채 가려지지 않는 굴곡진 몸매는 아름답다는 말이 절로 나오게 만든다. 또한 사슴같이 순진한 눈을 깜빡거리는 모습은 청초함의 극치였고, 긴 머리를 양갈래로 땋은 모습은 소녀와 같은 풋풋함을 풍긴다.

아름답고, 귀여우면서도 여인의 성숙함과 청초함을 모두 지닌 여인. 경국지색이라는 말이 부족함이 없었다.

여인은 사람들의 시선이 모두 자신에게 쏠리는데도 조금도 주눅 들지 않고 주변을 두리번거리다가 한 사내와 합석을 했다.

그녀에게 일행이 있음이 밝혀지자 여기저기에서 탄식이 터져 나온다.

"저 여인과 함께 있는 자는 누군가?"

양후성은 여인에게서 눈을 떼지 못하고 물었다.

손문경이 아래를 힐끔 내려 보고는 대답했다.

"그는 마 대인이네. 팔마상단의 주인이지."

"팔마상단? 큰 상단인가?"

"요 몇 년 사이에 급성장하고 있는 곳이네. 워낙 뒷배가 든든한 곳이라서 매년 사업을 확장하고 있다더군. 이 객잔도 팔마상단의 것이라네."

"그럼 부자겠군."

"엄청나지. 남경에서는 아마 가장 돈이 많을 걸세."

손문경의 말에 양후성은 인상을 썼다.

"젠장. 돈이 좋긴 좋군. 저런 절세가인을 끼고 놀다니. 대체 저런 년은 얼마 정도면 살 수 있을까?"

양후성은 나직하게 중얼거렸다.

여인과 같은 미녀를 가지지 못한 것에 대한 시샘으로 한 말이었다.

그러나 그 말을 듣자마자 손문경이 대경실색하여 손으로 그의 입을 틀어막았다.

"뭐하는 건가?"

양후성이 짜증을 내며 손문경의 손을 치웠다.

"이런 미친. 자네 목숨이 여벌로 열 개쯤 되는가? 대체 무슨 정신으로 그런 소리를 한 건가?"

손문경은 말을 하면서도 두려운 표정으로 주위를 두리번거린다. 혹시 누가 들었을까 걱정하는 기색이 역력하다.

그의 태도에 양후성이 의아하여 물었다.

"대체 왜 그러는 건가? 저 여자가 마 대인의 딸이라도 되나?"

손문경이 화들짝 놀라며 소리 죽여 말했다.

"목숨이 아까우면 목소리 낮추게. 잘못하면 자네는 물론이고 양가장까지 화를 입을 수가 있어."

그 말에 양후성이 어이없는 표정을 지었다.

"대체 저년이 뭐라고 우리 가문이 화를 입는단 말인가? 자넨
우리 가문이 우습나?"

손문경이 한심하다는 표정으로 혀를 찬다.

"쯧쯧. 자네 정말 아무것도 모르는군. 아무리 십 년 동안 나
가 있었다지만 어떻게 벽안신녀도 모르는가? 그럼 팔선문은 들
어봤나?"

"벽안신녀? 팔선문? 대체 그게 뭔데?"

"저 여인이 바로 벽안신녀 소린일세. 남경 팔선문의 문주이
자 무림쌍화의 한 명이지. 동시에 무림에서 가장 무서운 여자이
네."

"그러니까 저년, 아니 저 여자가 무림에서 유명한 문파의 문
주라는 말인가? 아니, 문주면 문주지 왜 무섭다는 건가? 설마 어
린 나이에 신분 하나 믿고 설치기라도 하나? 척 보기에 무공도
약할 것 같은데."

"허허. 이렇게 보는 눈이 없어서야. 그녀는 열일곱에 이미 구
대문파의 최고수들을 모두 꺾고 무림십대고수가 된 절정고수
네."

"뭐, 뭐? 십대고수?"

양후성은 깜짝 놀라 되물었다.

아무리 중원을 오래 떠나 있던 그였지만, 십대고수라는 말이
아무한테나 붙는 것이 아님을 알고 있다.

그야말로 무림에서 손꼽히는 절대고수의 앞에나 붙을 수 있

는 말이었다.

그런데 채 약관도 안 되어 보이는 여인이 십대고수라고 하니 믿을 수가 없었다.

"특히 무당파에서 백 년에 한 번 나올까 말까 한다는 무공 천재 운양 도인을 가볍게 꺾고, 내공으로는 누구에게도 지지 않는다는 소림의 혜명선사와 내공 대결을 벌여 이긴 일화는 매우 유명하지. 한마디로 무공으로는 당금 무림에서 맞상대할 수 있는 사람이 거의 없다는 말이네."

"그게 정말이라면 정말 무서운 여자로군."

손문경은 한숨을 쉬며 고개를 저었다.

"하지만 정말로 그녀가 무서운 이유는 무공 때문이 아니네. 사실 그녀는 무공이 높긴 하지만 절대 함부로 손을 쓰지 않거든. 그래서 모든 이들이 그녀를 여협이라 부르며 칭송하지."

양후성은 의아하여 물었다.

"그럼 왜 그녀를 무섭다고 한 건가?"

"그녀의 주변인들 때문이네."

"주변인들? 혹시 대단한 고수들이 그녀와 연관되어 있기라도 한 건가?"

"이제야 머리가 조금 돌아가는군. 정도맹의 위대치 맹주는 벽안신녀가 왔다고 하면 자다가도 벌떡 일어나 버선발로 달려나간다네. 또한 마도맹의 혁련휘 맹주 역시 벽안신녀의 일이라면 만 리 길이 멀다 않고 달려온다지. 그뿐인 줄 아나? 세외 제일 세력인 서천의 대종사는 벽안신녀를 건드리면 철천지원수로 대할 것이라고 무림에 공표까지 했네. 거기다 그녀와 함께 무림쌍화로 꼽히는 북마혈선녀는 둘도 없는 친구라네. 아마 벽안신녀가 도움을 청하면 어디서든 달려올걸. 아. 그리고 보니 자네는 북마혈선녀도 모르겠군. 그녀도 무림십대고수 중 한 명이네. 북마도의 소도주이기도 하지. 북마도는 들어봤겠지? 아무튼 북마혈선녀는 무공도 무시무시하지만 성격이 잔인해서 같은 정파인들도 무서워한다네. 오죽하면 정파인데 혈선녀라는 별호가 붙었겠나? 그리고 그들 모두보다 더욱 무서운 것은 벽안신녀의 사문이네. 바로 남경 팔선문 말이지. 팔선문의 인원은 몇 명 되지 않네. 하지만 그들 하나하나가 모두 천하제일을 다툴 정도로 강하다네. 일례로 적무양이라고 알지?"

"설마 천하제일마 말인가?"

"그래. 그 적무양도 바로 팔선문 소속이네."

"헙!"

양후성은 경악했다. 그도 적무양은 알고 있었다.

하지만 이어지는 손문경의 말은 그를 더욱 경악케 했다.

"더 놀라운 것은 적무양도 팔선문의 일인자가 아니라는 걸세. 팔선문의 일인자는 전대 문주이자 벽안신녀의 후견인이라 할 수 있는 유검호 대협이지. 그는 명실공히 천하제일인이네. 지금은 세외를 유랑하느라 자리를 비웠다고는 하지만, 만약 벽안신녀의 신상에 무슨 일이 생기면 그들이 가만히 있지 않을 걸세. 그 외에도 혹사자라든가 나찰신녀도 굉장한 고수들일세. 또한 저기 앉아 있는 마 대인도 사실은 팔선문도였다고 하더군. 엄청난 무력과 재력이 겸비되어 있으니 팔선문 자체로도 이미 무림에서는 상대할 만한 세력이 없다고 할 수 있지. 그런 여자일세. 벽안신녀가."

손문경의 설명에 양후성은 입을 쩍 벌렸다.

"정말 무시무시하군."

손문경이 거론한 인물과 세력들은 현 무림의 전부라고 해도 과언이 아니었다. 그 모든 세력이 연관되어 있다면 그가 조금 전 한 말 때문에 가문이 화를 입는다는 말도 결코 허언이 아니었다.

양후성은 긴장하여 침을 꿀꺽 삼켰다.

손문경이 이제야 알았냐는 듯한 표정으로 다시 말했다.

"사실 지금까지 설명한 사람들은 위험하다고 말할 만한 사람들은 아니네. 그들이 대단하긴 하지만, 그렇다고 명분 없이 함부로 손을 쓰는 사람들은 아니거든. 하지만 지금부터 설명할 인물은 정말로 위험한 인물이네."

양후성은 힘없는 목소리로 물었다.

"천하제일고수에 무림맹주와 마도맹주, 서천의 대종사까지 나왔는데 대체 뭐가 더 위험할 수 있단 말인가?"

손문경은 다시 한 번 주변을 둘러보고는 조심스럽게 입을 열었다.

"자네는 모르겠지만, 당문에 독공자 당욱이라는 젊은 고수가 있네."

"독공자?"

"그렇다네. 이제 갓 약관이 되었지만 독과 암기로는 적수가 없다고 할 정도로 대단한 고수지. 바로 그가 벽안신녀를 사모하고 있다네."

그 말에 양후성은 어리둥절하여 물었다.

"그게 뭐 어떻다는 말인가?"

"그냥 사모하는 정도가 아니라 매우 열렬히 사모하고 있다네. 거의 정신이 나갔다더군. 항상 벽안신녀 뒤만 졸졸 쫓아다니며 그녀만 바라보면서 산다고 하네. 문제는 그가 벽안신녀와 관련된 일에는 눈이 돌아간다는 걸세. 몇 년 전에 음풍방이라는 방파가 벽안신녀를 노렸던 적이 있었네. 방주였던 음풍마군이 벽안신녀의 미색에 홀린 탓이지. 벽안신녀의 무공이 워낙 높아서 무사히 위기를 넘기긴 했지만 자칫 큰 화를 입을 뻔했다더군. 그런데 그 소식을 들은 당욱이 즉시 당문의 독인들을 모조리 이끌고 음풍방을 공격했네. 음풍방이 상당히 큰 세력이긴 했지만 당문의 독인들을 무슨 수로 당하겠나? 결국 음풍마군은 당욱 앞에 무릎 꿇려졌지. 당욱은 그 자리에서 음풍마군을 백 일 동안 고문했다더군. 죽지도 못하게 묶어놓고는 온몸의 피부를 다 벗겨내고 이백여 개의 독을 하나하나씩 뿌렸다더군. 결국 나중엔 음풍마군이 죽여달라면서 빌었다더군. 또 한 번은 벽안신녀가 게으른 사람을 좋아한다고 농담을 한 적이 있는데, 그때부터 몇 년 동안 씻지도 않는다더군. 게다가 혹여라도 벽안신녀에게 접근하려는 남자가 있으면 포기할 때까지 쫓아다니면서 괴롭힌다고 하네. 그런 일화들이 한둘이 아니네. 벽안신녀를 조금이라도 건드리거나 그녀를 욕보인 자들은 모두 당욱에게 화를 입었지. 그 수가 셀 수조차 없다더군. 그는 체면도 명분도 따지지 않네. 오로지 벽안신녀에 대한 사랑. 그 감정 하나만을 위해 살아가는 자네. 그러니 가장 위험한 것은 바로 독공자 당욱이 아니겠나?"

양후성은 혀를 내둘렀다.

"허허. 이거 참. 벽안신녀도 불쌍하군. 그런 미친놈에게 찍혔으니. 불안해서 밤에 잠도 제대로 못 자겠군."

"그게 또 희한한 것이 당욱은 벽안신녀 앞에만 서면 고양이 앞에 쥐가 따로 없다고 하네. 완전 설설 긴다더군. 일설에는 어렸을 때 벽안신녀한테 까불다가 죽도록 두들겨 맞은 적이 있어서 그렇다더군. 그때의 강렬한 충격 때문에 벽안신녀를 사모하게 되었다나? 어쨌든 제정신이 아닌 자가 가장 무서운 법 아니겠는가? 혹시라도 아까 자네가 한 말이 당욱의 귀에 들어가기라도 하는 날에는……."

손문경은 말끝을 흐렸다.

양후성이 마른침을 꿀꺽 삼키며 주변을 살핀다.

마달은 불쾌한 표정으로 이 층을 힐끔 보았다.

"신경 쓰지 마십시오. 그냥 입만 산 어중이떠중이들입니다."

"괜찮아요. 그보다 마달 아저씨. 아주머니의 산달이 다 되어가지 않아요?"

"아직 한 달 정도 남았습니다."

"너무 밖에만 나가 있지 마시고 아주머니 옆에도 좀 있어주세요."

소린의 말에 마달은 쑥스러운 듯 머리를 긁적였다.

"하하. 그런 것까지 신경 써주시다니. 황송하군요."

소린은 빙긋 웃으며 말했다.

"유 아저씨가 그랬는걸요. 마달 아저씨는 우리 문파 돈줄이니까 잘 챙겨야 한다고요."

"푸하하하. 저를 그렇게 높이 사주시다니. 감사할 따름입니다. 하지만 저야말로 유 문주님이 아니었으면 지금과 같은 삶을 누리지 못했을 겁니다. 당장 연 매를 얻을 수 있었던 것만 해도 저로서는 평생 갚아야 할 은덕인걸요."

"방금 유 아저씨였으면 염장 지른다고 욕하셨을걸요."

"하하하하. 그렇군요."

마달은 유쾌하게 웃었다.

소린이 화제를 바꾸었다.

"그나저나 이번 달에 뭐 하러 이렇게 많은 돈을 보내셨어요? 어차피 저 혼자라서 다 쓰지도 못할 텐데."

"못 쓰다니요. 세상에 돈 쓸 일이 얼마나 많은데요. 문주님도 좀 꾸미기도 하고 사치도 부리면서 사십시오. 맛있는 것도 사 드시고요. 돈은 제가 얼마든지 벌어다 드리겠습니다."

"저 혼자 써봤자 얼마나 쓰겠어요? 정히 그러시면 팔선문 명의로 전장에 넣어주세요. 나중에 유 아저씨들이 돌아오면 보여 드릴게요."

그녀의 말에 마달은 조심스레 물었다.

"아직… 소식은 없습니까?"

"네. 금방 온다고 한 지 벌써 오 년이 넘었는데……."

소린의 눈시울이 금세 붉어진다. 금방이라도 눈물을 흘릴 것 같은 모습에 마달은 가슴이 아팠다.

"곧 돌아오실 겁니다. 그분들이 누굽니까? 천하제일고수들

아닙니까? 금방 웃으면서 볼 수 있을 겁니다."

　마달의 말에 소린은 쓸쓸한 표정을 지었다.

　그녀의 슬픈 표정에 마달 역시 한숨을 쉬었다.

　'참. 그놈의 보물지도가 뭔지.'

소린의 편지

—유 아저씨에게.

잘 지내시죠?

자다 말고 일어나서 보물 찾아 돌아오겠다고 나가신 지가 어느덧 오 년이 다 되어가네요.

처음에는 저만 버리고 갔다는 생각에 원망도 많이 했어요.

아마 한 달 정도는 매일 바다를 보면서 아저씨들을 기다렸을 거예요.

하지만 시간이 지나니까 아저씨가 저를 두고 간 이유를 알 것 같아요.

아마 제가 혼자서도 살아갈 수 있기를 바라는 마음에 그러신 거겠죠.

아저씨의 배려 덕분에 저는 옛날보다 훨씬 강해졌어요.

요즘은 무림에서 제법 인정도 받아요.

어떤 사람들은 제가 무림 제일의 여협이라고 말해주기도 해요. 헤헷. 저 기특하죠?

저는 아직도 아저씨가 떠나면서 했던 말이 기억나요.

'이제부터 니가 문주다. 마달한테 상납금 꼬박꼬박 안 바치면 갔다 와서 많이 혼낼 거라고 전해라.'

하하. 그 말 때문에 마달 아저씨는 아직도 매달 엄청난 돈을 전해주고 있어요.

제가 안 줘도 된다고 해도 막무가내로 떠안기시는 것을 보면 아저씨한테 혼나기가 무척이나 싫으신가 봐요.

덕분에 팔선문은 나날이 부유해지고 있어요.

저번 달에는 건물도 하나 새로 지었어요.

이름은 검호전이에요. 아저씨 이름을 따서 지은 이름이에요.

검호전에서는 가난한 아이들에게 무료로 무공을 가르칠 생각이에요.

미영이 사부님한테 말했더니 저보고 기특하다면서 북마도에서도 지원해 주신 댔어요. 참, 방 할아버지가 아저씨를 애타게 찾았어요. 이유를 물으니까 아저씨가 남자로서 마땅히 져야 할 책임을 회피하고 도망쳐서 그런대요. 자세히는 모르겠지만 많이 화가 나신 것 같았어요.

그리고 문 할아버지는 여전히 백 아저씨를 돌보느라 하루하루를 보내고 계세요.

많이 답답하신지 가끔 찾아가서 바깥 이야기를 해드리면 매우 좋아하세요.

백 아저씨는 그때보다는 조금 나아지신 것 같아요.

이제는 가끔 말도 하시고 사람도 알아보고 하더라고요.

그래도 아직 하루의 대부분은 멍하니 하늘만 보고 계시지만
요.

소영 언니는 결국 문 할아버지가 만든 천선문을 이어받았어
요. 천선문은 문 할아버지가 맹주로 계실 때보다 사람은 줄었지
만 평판은 더 좋아졌어요.

무림맹의 부자 아저씨는 여전히 활발한 활동을 해요.

가끔 찾아오셔서 선물을 많이 안겨주시곤 하세요.

아직 사람들 평은 그렇게 좋지 않지만, 그래도 열심히 하시니
까 곧 좋은 소리 듣겠죠.

부자 아저씨의 친척이라는 장군 아저씨는 역모를 진압해서
벼슬이 더 높아지셨다고 해요. 나중에 들었는데 역모를 꾸민 범
인이 한때 무림맹의 맹주였던 사람이래요. 그런데 어느 야산에
서 시신으로 발견되었대요.

귀신 할아버지 말로는 천벌을 받은 거래요. 귀신 할아버지는
가끔 꿈에 찾아와서 놀다가곤 해요. 저번에는 밤새도록 꿈속에
서 저와 대련을 해주기도 했어요. 요새는 제자를 구한다고 바쁘
셔서 잘 못 오시지만요.

아참! 곧 무공을 겨루는 무림대회가 열려요.

미영이가 같이 나가자고 하도 졸라서 저도 한번 나가보기로
했어요.

갑작스럽게 신청하게 되었지만, 그래도 지고 싶지는 않아요.

아저씨는 안 계시지만, 최선을 다해서 우승할 생각이에요.

또 편지 쓸게요. 물론 답장은 받지 못하겠지만요.

—은설 언니에게.

언니. 잘 지내고 계시죠?

언니를 생각할 때마다 아저씨를 따라다니면서 얼마나 고생하고 있을지 걱정돼서 밤에 잠이 잘 안 와요.

전 아직도 보물을 찾으러 가자는 말을 듣고 언니가 짓던 표정을 잊을 수가 없어요. 밥 먹다가 음식에서 반 토막 난 벌레가 나왔을 때의 언니 표정하고 똑같았거든요.

왜 그때 조금 더 언니를 말리지 않았는지 후회가 되기도 해요. 하지만 전 정말 언니가 배에 타고 있었을 거라고는 생각 못했어요. 아직도 궁금해요. 그렇게 가기 싫다던 언니가 그날 왜 배에 타고 있었는지. 그리고 배가 출발하고 나니까 왜 그렇게 화를 냈는지도요.

그래도 저는 언니가 부러워요.

고생스럽고 위험하지만 모두 함께 있을 수 있잖아요.

저 혼자 남은 팔선문은 너무 외로워요. 혼자 지내기에 너무 크기도 하고요.

그래서 요즘은 미영이를 불러서 함께 지내고 있어요.

미영이하고 함께 있으면 심심하지 않아서 좋아요.

아, 미영이 못 본 지 오래됐죠?

미영이는 많이 예뻐졌어요.

무림에서는 그 애하고 저를 보고 무림쌍화래요.

헤헤. 그런 소리를 들을 때마다 좀 쑥스러워요.

미영이는 좋아하더라고요.

미영이를 좋아하는 남자애들도 많아요.

아마 그 애에게 고백했다 차인 남자만 해도 백 명은 넘을 거예요. 인기가 대단해서 전에는 미영이가 신던 신발을 은자 백냥에 사겠다는 사람도 있었어요. 기분 나빠서 몇 대 때려서 쫓아내 버렸지만요.

미영이는 그런 남자들이 귀찮다면서 짜증은 내는데, 속으로는 즐기는 것 같아요.

말로는 남자에게 관심이 없다고 하는데, 제가 보기에는 단순히 성에 차지 않아서 그러는 것 같아요.

항상 저랑 대화할 때마다 남자는 어떻게 생겨야 한다, 키는 얼마가 되어야 한다, 재산은 어느 정도 되어야 한다, 성격은 어때야 한다 등등 시시콜콜 이야기하거든요. 제가 그런 남자는 없다고 말했지만, 자기한테는 반드시 나타날 거래요.

그냥 그러려니 했어요.

참, 저를 좋아하는 남자애도 있어요.

당욱이라고, 왜 예전에 무림맹에서 저한테 두들겨 맞아 코피 났던 애 있죠? 그 애가 고백을 했었어요. 그런데 전 걔가 그냥 친구로만 느껴져요. 솔직히 이야기했더니 충격을 먹었는지 한참 동안 안 보이더니, 요즘은 또 쫓아다니더라고요. 친구로라도 옆에 있고 싶대요.

그래서 참 난감해요.

더 모질게 굴면 욱이가 상처를 받을 것 같고, 그렇다고 어중간하게 대하면 그것도 나쁜 짓 같거든요.

이럴 때 언니가 있었으면 고민을 상담했을 텐데…….

언니의 시원시원한 대답이 그리워요.

기분도 울적한데 미영이랑 놀러나 가야겠어요.

그럼 다음에 또 편지할게요.

—도비 아저씨에게.

도비 아저씨. 저 소린이에요.

안부는 묻지 않을게요. 아저씨는 항상 잘 지내고 있을 것 같거든요.

요새 들어 아저씨의 검은 얼굴이 많이 떠올라요.

제가 요즘 여러 가지로 고민이 많아서요. 이럴 때 아저씨가 있었으면 뭐든지 단순하게 생각할 수 있을 것 같거든요.

조그마한 게 무슨 고민이냐고 묻겠지만, 이래 봬도 명색이 일문의 장문인이잖아요. 히힛.

그래도 도와주는 사람들이 많아서 아직까지는 잘 헤쳐 나가고 있어요.

참, 북마도의 화란 언니가 항상 흑 아저씨의 소식을 묻곤 해요.

화란 언니는 흑 아저씨와 못다 한 승부를 내야 한다고 말하긴 하는데, 같은 여자의 직감으로 봤을 때 흑 아저씨를 좋아하는 것 같아요.

화란 언니가 다른 남자가 생기기 전에 혹 아저씨가 빨리 돌아왔으면 좋겠어요. 혹 아저씨가 화란 언니 마음만 받아준다면 참 잘 어울리는 연인이 될 것 같아요.

그리고 얼마 후에는 무림대회가 열려요.

여러 가지 행사도 있지만 역시 가장 눈길이 가는 것은 비무대회더라고요.

미영이랑 저도 참가하기로 했어요.

우승을 하고 싶긴 한데, 강한 상대들이 많아서 조금 걱정되기도 해요.

미영이는 우리 둘이 결승전에서 붙게 될 거라고 큰소리치지만, 전 솔직히 그 정도로 자신은 없어요.

쟁쟁한 고수들이 많이 참가하거든요.

일전에 무당파의 젊은 도사님하고 잠깐 겨루어본 적이 있었는데, 정말 강했었어요. 운이 좋아서 이기긴 했지만 하마터면 낭패를 볼 뻔했거든요. 또 소림의 늙은 스님하고 힘겨루기를 하기도 했었는데, 그땐 정말 단전이 터지는 줄 알았어요.

아저씨들이 너무 강해서 이전에는 느끼지 못했지만, 직접 무림을 돌아다녀 보니 강자가 정말 많더라고요. 구대문파나 오대세가는 당연하고, 그 외에도 정말 셀 수도 없이 많은 고수들과 무공이 있어요.

물론 그래도 아저씨들보다 강한 사람은 아직 만나보지 못했지만요.

자신은 없지만 그래도 우승은 하고 싶어요.

만약 혹 아저씨가 있었다면 응원을 해주었겠죠.

또 아저씨와 무림대회를 구경했으면 좋을 텐데. 참 아쉬워요.
그럼 다음에 또 편지할게요.

추신 — 이제 저도 아저씨처럼 공중에서 다섯 바퀴 회전하고
열 번 걷어차는 동작 할 수 있어요!

—적 할아버지에게.

할아버지. 잘 지내시죠?

저는 요즘 하루하루를 바쁘게 보내고 있어요.

얼마 후면 무림대회가 열리는데 남경의 많은 문파에서 저와
동행하고 싶다고 초대장을 보내고 있거든요.

일일이 거절을 하느라 정신이 없어요.

적 할아버지가 계셨다면 호통 한 번으로 모두 줄행랑을 치게
만들었겠죠?

가끔은 적 할아버지처럼 사람들을 두렵게 만들 수 있으면 편
리하겠다는 생각도 들어요.

아, 이 말은 유 아저씨한테는 비밀이에요.

아마 유 아저씨가 보면 적 할아버지한테 오염되었다고 한바
탕 난리를 칠 테니까요.

저번에는 마도맹의 혁련 아저씨도 찾아왔었어요.

아참. 할아버지는 모르시겠군요. 이 년 전에 혁련 아저씨가
마도맹의 맹주 자리를 물려받으셨어요. 사람들 말로는 마도맹
의 후계자 계승이 성공적으로 이루어져서 무림맹과의 불가침조

약이 더욱 굳건해질 거래요.

어쨌든 이전에도 마도맹에서 정기적으로 선물이 오곤 했었는데, 이번에는 직접 오셨더라고요.

혁련 아저씨는 제게 마도맹에 들어오라고 권하기 위해 왔다고 했어요. 적 할아버지를 봐서라도 이제 슬슬 마도맹으로 들어오는 것이 옳다더라고요.

사실 저 혼자라면 그것도 나쁘진 않을 거라는 생각도 들었어요. 하지만 지금 저는 팔선문을 책임지고 있는 사람이라 팔선문주의 입장에서 생각을 해야 했죠.

결국 깔끔하게 거절을 했어요. 혁련 아저씨는 많이 섭섭하신 것 같았어요.

하지만 어쩔 수 없죠.

전 팔선문이 어딘가에 얽매이지 않고 자유로울 수 있어서 좋거든요.

사실 요즘 팔선문은 정파인지 사파인지를 묻는 질문을 많이 받고는 해요.

무림맹과도 친하고 마도맹하고도 친하니까 사람들은 이상한가 봐요.

저는 아직도 잘 모르겠어요.

어째서 정파와 사파의 노선을 확실히 해야 하는지를요.

물론 적 할아버지는 무조건 사파가 좋다고 하시겠지만요.

하지만 저는 적 할아버지도 사실은 그런 거 따지는 걸 귀찮아하신다는 걸 알고 있어요. 만날 유 아저씨 말에 반대하기 위해 따지는 척하는 것뿐이라는 것도요.

어쨌든 그래서 요즘은 많이 심난해요.

주변에서 찾는 사람도 많고 제게 바라는 것도 많아져서요.

이럴 때는 정말 적 할아버지나 아저씨, 언니처럼 어딘가로 확 떠나 버리고 싶어요.

무림대회가 끝나면 정말 유 아저씨처럼 배라도 확 타버릴까 생각 중이에요. 만약 가게 된다면 혼자서는 심심하니까 미영이도 같이 갈 거예요.

어쩌면 머나먼 땅에서 우연히 적 할아버지를 만나게 될지도 모르죠.

헤헷. 생각만 해도 기분이 좋네요.

오늘은 이 기분을 간직한 채로 잠들어야겠어요.

그럼 이만 줄일게요.

보물을 찾자!

"으아아아아아아악!"

흑도비는 긴 비명을 지르며 내달렸다.

그의 뒤에는 집채만 한 바위가 굴러오고 있었다.

비명에 놀라 돌아보던 강은설의 눈이 화등잔만 해진다.

"그, 그, 그거 뭐야?"

흑도비가 알기 쉽게 그녀의 물음에 대답해 주었다.

"사저! 뛰어!"

흑도비의 외침에 강은설이 뒤도 보지 않고 달렸다.

우르르릉.

바위는 걸리는 것을 모두 납작하게 만들어 버리며 점점 더 가속을 더한다.

흑도비의 팔다리가 더욱 빠르게 움직인다.

그때 앞장서서 달리던 강은설이 우뚝 멈춰 선다.

"으아아악. 사저 멈추지 마!"

흑도비가 비명을 지르며 강은설을 지나치려다 입을 쩍 벌린다.

앞에는 족히 백 장은 됨직한 절벽이 펼쳐져 있었기 때문이다.

"절, 절, 절벽? 여기 왜 절벽이 있어?"

"그걸 내가 어떻게 알아? 이 길을 고른 것은 흑 사제잖아!"

"난 대장 말을 믿었지. 아까 갈림길에서 헤어질 때 대장이 그랬단 말이야. 이쪽 길로 가면 보물이 있을 것 같다고!"

"뭐? 그 말을 곧이곧대로 믿었단 말이야?"

"헉! 그러게. 내가 왜 대장 말을 믿었지?"

"지금 그걸 말하고 있을 때가 아냐. 이거 어떻게 해?"

콰르르릉.

바위는 계속해서 굴러오고 있었다.

진퇴양난.

흑도비가 결연한 표정으로 소리쳤다.

"사저. 나 믿지?"

강은설은 조금의 망설임도 없이 대답했다.

"아니!"

"그래. 인간 흑도비! 신뢰 하나로 살아온⋯ 어? 왜? 왜 안 믿는데?"

"니가 자고 있는 날 납치해서 배에다 실었잖아! 안 그랬으면 내가 여기 있지도 않았을 거라고!"

"그, 그건 그냥 사저하고 같이 여행 다니면 즐겁겠다 싶어서⋯⋯."

"됐으니까 저거부터 좀 어떻게 해봐! 그럼 조금은 믿어볼게."

바위는 벌써 지척에 이르렀다.

흑도비는 더 이상 시간 끌지 않고 손을 내밀었다.

"내 손 꼭 잡아."

강은설이 손을 내밀자 덥석 잡고는 그대로 절벽을 뛰어 내린다.

"꺄아악!"

강은설은 비명을 질렀다.

그녀는 흑도비가 바위를 막거나 피할 수 있는 방법을 찾을 줄 알았지, 설마 곧장 뛰어내릴 줄은 생각도 못했다.

'설, 설마 뭔가 방법이 있으니까 뛰어내렸겠지? 분명 있을 거야. 도비 사제도 머리란 게 달려 있는데. 대책도 없이 뛰진 않았을 거야.'

강은설은 힘들게 고개를 돌렸다.

거센 풍압 너머로 흑도비가 정신 나간 사람처럼 중얼거리는 것이 들려온다.

"나는 새다. 나는 새다. 나는 새다."

그리고는 팔과 다리를 파닥거리며 강은설에게 소리친다.

"사저도 빨리 날갯짓해!"

"꺄아아아아악! 야 이 깜둥이 새끼야!"

결국 강은설의 입에서 험한 욕이 튀어나왔다.

백 장이나 되는 높이였지만, 추락은 순식간이었다.

발밑에 듬성듬성 솟은 바위들을 보며 강은설은 절망했다.

'이 머나먼 이역까지 와서 개죽음을 당하다니.'

그녀가 포기하려는 순간이었다.

구원의 목소리가 들려왔다.

"잡아!"

그와 함께 묵빛 검 한 자루가 쏜살같이 날아든다. 유검호의 흑암이다.

흑도비가 기다렸다는 듯 그것을 거머쥔다.

흑암은 백 장 절벽에서 떨어지는 두 사람의 무게가 실렸음에도 전혀 속도가 줄지 않고 벽까지 날아가 꽂힌다.

흑도비가 벽을 박차 흑암을 뽑고는 땅에 내려선다.

강은설은 두 발이 땅에 닿자 다리가 풀려 주저앉았다.

팔이 빠질 것같이 아팠지만 살았다는 안도감에 웃음이 나왔다.

"하하하. 살았네."

흑도비가 더욱 큰 웃음을 터트린다.

"으하하하하하. 그것 봐. 나만 믿으라니까. 그런데 아까 떨어질 때 나한테 뭐라고 하지 않았어? 왠지 나 기분이 나쁜 것 같아."

"응? 난 흑 사제가 시키는 대로 열심히 날갯짓만 했어."

강은설은 그의 시선을 회피하며 말했다.

두 사람이 생존의 기쁨을 누리고 있을 때였다.

흑암이 날아왔던 곳에서 유검호가 튀어나왔다.

흑도비가 그를 보고 반갑게 다가가려다 우뚝 멈춰 선다.

"왜 그래?"

흑도비의 굳은 표정을 보고 이상함을 느낀 강은설이 일어서며 유검호 쪽을 보았다.

그녀의 표정도 굳어졌다.

두 사람을 향해 뛰어오던 유검호가 외쳤다.

"야! 튀어!"

유검호의 뒤로 중요 부위만 겨우 가린 흑인 수백 명이 괴성을 지르며 쫓아온다. 그들의 손에는 예리한 창과 활이 들려 있었다.

잠시 멍하게 서 있던 흑도비와 강은설의 시선이 마주쳤다.

"젠장!"

두 사람은 다시 달렸다.

흑도비가 달리면서 소리쳤다.

"대, 대장. 그새 친구들을 많이 만들었군요."

"닥쳐! 저게 내 친구로 보이냐?"

유검호가 두 사람과 합류했을 때였다. 갑자기 그들을 쫓던 흑인들이 비명을 질렀다.

흑도비와 강은설이 뛰어내린 절벽에서 집채만 한 바위덩이가 떨어져 내렸기 때문이다.

흑인들은 대경실색해서 무기도 집어 던지고 도망쳤다.

콰아아앙!

바위가 산산조각 나며 사방으로 깨져 나간다.

매캐한 먼지가 높이 치솟았다.

"저건 또 뭐야?"

유검호가 어이없는 표정으로 물었다.

흑도비가 씩 웃으며 대답했다.

"우리 친구죠."

바위 덕분에 흑인들은 당분간 추격을 포기한 모양이었다.

유검호는 숨을 몰아쉬며 걸음을 옮겼다.

강은설이 그 뒤를 좇으며 물었다.

"아까 그 사람들은 대체 왜 쫓아온 건데?"

유검호는 이를 바드득 갈았다.

"빌어먹을 영감이 쟤네 성물을 훔쳤어!"

강은설이 놀라며 물었다.

"성물? 대체 그건 왜?"

"황금으로 된 왕관이었거든."

"황, 황금 왕관? 그런 게 왜 여기 있었던 건데?"

"알게 뭐야. 바다에 쓸려 온 걸 주웠나 보지."

흑도비가 의아하여 물었다.

"그럼 어르신은 어디 가셨는데요?"

"망할 놈의 영감탱이. 왕관 뒤집어쓰더니 좋다고 혼자 튀어 버리더군."

"그럼 이 섬도 아닌 거예요?"

"그런가 봐. 아무리 봐도 신선도와는 거리가 멀어."

"아저씨. 우리 그냥 포기하면 안 돼? 벌써 몇 년째야, 이게. 소린이가 보고 싶지도 않아?"

"잊었나 본데. 우리한텐 선택권이 없어."

그의 말에 강은설이 처량한 표정을 지었다.

"그렇지. 우린 배가 없어서 집에도 못 가는 거구나. 우린 왜 배 한 척 없는 걸까?"

흑도비가 안타깝다는 듯 탄식했다.

"휴우. 그때 대장이 해도를 잘못 보지만 않았어도 폭풍은 피했을 텐데. 그럼 우린 여전히 큰 배를 가지고 있었겠지. 하지만 괜찮아요! 대장. 우린 결코 대장을 원망하지 않아요."

"이런 뻔뻔한 놈. 폭풍은 무사히 넘겼잖아! 네가 고래한테 시비만 걸지 않았어도 배는 무사했다고! 대체 잘 지나가는 고래한테 왜 뛰어든 거냐?"

"고래의 거대함을 보니까 꼭 이겨보고 싶었다고요! 대장은 사나이의 열정도 몰라주고!"

두 사람이 옥신각신할 때였다.

묵묵히 걷던 강은설이 돌연 소리 질렀다.

"배다!"

그녀의 시선이 향한 곳은 저 멀리 보이는 바닷가였다.

해안가에서 얼마 떨어지지 않은 곳에 커다란 배 한 척이 서 있었다.

"오오! 진짜 배다!"

흑도비가 다시 한 번 외치며 후다닥 해안가로 달려간다.

유검호와 강은설도 급히 그 뒤를 쫓았다.

먼저 달려가던 흑도비가 멈칫한다.

"어? 대장. 해골 깃발이 걸려 있는데요?"

그의 말에 유검호가 반색했다.

"뭐? 해적선이야? 잘됐군. 뺏어 타자!"

유검호의 말에 흑도비도 신이 나서 외쳤다.

"오랜만에 몸 좀 풀겠네요."

"도비야! 얘 들어라."

유검호의 말에 흑도비가 강은설을 번쩍 들어 어깨 위에 올린다.

두 사람은 물 위를 평지처럼 딛고 배를 향해 달려갔다.

순식간에 배에 올라탄 흑도비가 벼락같이 소리 질렀다.

"으하하하하! 못생긴 해적 놈들아! 이 배는 이제부터 우리가 접수……."

호기 넘치게 소리치던 흑도비가 입을 다물었다.

예상치 못한 인물이 그들을 반겼기 때문이다.

"왜 이렇게 늦은 게냐? 빨리빨리 못 다녀?"

커다란 술통에 걸터앉아 술을 홀짝이고 있는 것은 바로 적무양이었다. 적무양은 머리에 번쩍거리는 왕관을 쓰고 있었다.

유검호를 쫓기게 만든 왕관이었다.

"이런 빌어먹을 영감탱……."

욕을 하려던 유검호가 멈칫한다.

배 안의 풍경 때문이다.

어질러져 있는 술통과 나무판자들. 군데군데 꽂혀 있는 해적 칼. 그리고 이리저리 굴러다니는 해골들.

적무양이 쐐기를 박듯 말한다.

"배 안에 사람이 하나도 없더군. 제 놈들끼리 싸우다 전부 죽은 모양이야. 대체 이 큰 배가 모는 사람도 없는데 어떻게 여기까지 멀쩡히 왔는지 모르겠군."

우우우웅.

허리에 차고 있던 은사검이 소리 높여 울어댄다.

"맙소사. 유령선이군."

유검호의 외침에 강은설이 의아하여 물었다.

"유령선이 뭔데? 이거 타고 집에는 갈 수 있는 거야?"

그녀의 물음에 유검호가 한심하다는 듯 한숨을 쉬었다.

"유령선을 타고 집에 가자니. 말도 안 되는군. 넌 머리를 너무 장식용으로 달고 다니는 것 같아. 생각이란 것을 좀 더 해보라고."

강은설이 움찔하여 다시 물었다.

"왜? 유령선은 타면 안 되는 거야? 설마 진짜 유령이라도 나오는 건 아니겠지?"

"아니. 유령 무서워서 배를 못 탄다는 건 말이 안 되지."

"그럼?"

유검호는 피식 웃으며 선상에 나뒹구는 선장모를 주워 들었다. 그리고는 천천히 머리에 쓰며 소리쳤다.

"이런 배를 얻고도 집에 간다는 건 더 말이 안 되거든. 도비야! 돛 올려라! 보물 찾으러 가자!"

그렇게 또 다른 모험이 시작되었다.

〈完〉

FUSION FANTASTIC STORY
천성민 장편 소설
짐승의 규칙
『무결도왕』 『다크로드 블리츠』
천성민 작가의 신간!
『짐승의 규칙』
살아야만 했다.
나를 위해 희생당한 부모님을 위해.
복수를 위해.
죽여야만 했다.
내가 살기 위해 타인의 목숨을.
그렇게……
나는 짐승이 되었다.
Book Publishing CHUNGEORAM
유행이 아닌 자유추구 -
WWW.chungeoram.com